조선후기 통신사 필담창화집 번역총서 3

和韓唱酬集 一

화한창수집 일

조선후기 통신사 필담창화집 번역총서 3

和韓唱酬集 一

화한창수집 일

구지현 역주

보고사

이 역서는 2008년도 정부재원(교육과학기술부 학술연구조성사업비)으로 한국연구재단의 지원을 받아 연구되었음(KRF-2008-322-A00073)

이 번역총서는 2012년도 연세대학교 정책연구비(2012-1-0332) 지원을 받아 편집되었음.

차례

조선후기 통신사 필담창화집 번역총서를 간행하면서 /349

일러두기

1. 통신사 필담창화집 번역총서는 제1차 사행(1607)부터 제12차 사행(1811)까지, 시대순으로 편집하였다.

2. 각권은 번역문, 원문, 영인자료의 순서로 편집하였다.

3. 300페이지 내외의 분량을 한 권으로 편집하였으며, 분량이 적은 필담창화집은 두 권을 합해서 편집하고, 방대한 분량의 필담창화집은 권을 나누어 편집하였다.

4. 번역문에서 일본 인명과 지명은 한국 한자음 그대로 표기하고, 처음 나오는 부분의 각주에 일본어 발음을 표기하였다. 그러나 번역자의 견해에 따라 본문에서 일본어 발음대로 표기를 한 경우도 있다.

5. 번역문에서 책명은 『 』, 작품명은 「 」으로 표기하였다.

6. 원문은 표점 입력하였는데, 번역자의 의견에 따라 표기하는 것을 원칙으로 하였지만, 가능하면 한국고전번역원에서 정한 지침을 권장하였다. 이 경우에는 인명, 지명, 국명 같은 고유명사에 밑줄을 그어 독자들이 읽기 쉽게 하였다.

7. 각권은 1차 번역자의 이름으로 출판되었는데, 최종연구성과물에 책임연구원과 공동번구원의 이름이 반드시 들어가야 한다는 한국연구재단의 원칙에 따라 최종 교열책임자의 이름으로 출판되는 책도 있다.

8. 제1차 통신사부터 제12차 통신사에 이르기까지 필담 창화의 특성이 달라지므로, 각 시기 필담 창화의 특성을 밝힌 논문을 대표적인 필담창화집 뒤에 편집하였다.

거질의 필담창화집 출현
『화한창수집(和韓唱酬集)』

　　본래 일본은 무사가 중심인 사회였기 때문에, 한문은 교양을 갖춘 승려처럼 특수한 계층에서나 할 수 있는 것이었고 외교 업무도 승려들이 관장하였다. 그런데 에도막부가 들어서면서 처음으로 승려가 아니면서 막부에 고용되어 한문을 담당하는 인물이 등장했다. 그가 바로 하야시 라잔[林羅山, 1583~1657]이었다. 라잔의 문집에는 사명당(四溟堂, 1544~1610)을 필두로 사행이 있을 때마다 나눈 필담이 실려 있다. 그가 상대했던 사행원은 주로 독축관(讀祝官), 이문학관(吏文學官) 등이 관함을 띠고 있었다. 라잔이 죽은 후에도 자손들이 대를 이어 막부의 외교문서를 다루었다.

　　그러다가 1682년 제7차 사행에 이르러 양국 문사의 교류에 새로운 국면이 전개되었다. 기본적인 임무는 에도 막부 5대 쇼군인 도쿠가와 쓰나요시[德川綱吉]의 즉위를 축하히고 국서를 전달하는 것이었지만, 양국인 사이에서 부수적으로 문화교류가 활발하게 이루어졌다. 그 대표적인 현상으로 "제술관(製述官)"이라는 직임이 새로 설치되어 파견된 것이다. 제술관은 사행원 내부의 필요가 아니라 일본인들의 문사 욕구에 부응해서 특별히 파견된 사행원이었다.

전국시대(戰國時代)를 거치고 평화의 시대를 맞이했던 에도 막부는 초닌[町人] 문화의 발전을 통해 일반 서민들도 교양을 갖추어 나갔다. 통신사의 회수가 거듭될수록 조선인의 글을 받고 싶어 하는 일본인이 점점 늘어났다. 그러다가 1682년에 이르면, 통역을 통해 글을 부탁하는 수준이 아니라 직접 스스로 한문으로 애기를 나눌 수 있는 일본의 문사들이 대거 등장하게 된다. 가는 지역마다 유자(儒者)들이 있어서 조선의 문사들을 만나 필담을 나누고 싶어 하고 시를 주고받고 싶어 했다. 호행(護行)을 담당한 쓰시마 사람들, 특히 한문을 담당하는 진문역(眞文役)은 이들을 통제하고 중개하였다. 1682년에 국격을 지키고 조선 사절을 배려하기 위해, 함부로 일본인이 조선인에게 접근하지 못하도록 막부로부터 엄중한 명이 내려왔고, 나눈 필담은 모두 기록해서 보고하도록 했기 때문이다.

활발한 교류의 결과, 1682년 조선인과 나눈 시와 필담을 대대적으로 수집하고 편집해서 간행한 일이 처음 시도되었다. 그 결과물이 바로 『화한창수집(和韓唱酬集)』이다. 교토의 한 서점인 정자옥(丁子屋)에서 전국적으로 필담기록을 구하여 7책으로 편찬해 이듬해인 1683년에 출간한 것이다. 창화시 및 필담을 실은 일본인과 상대한 조선인의 성명은 다음과 같다.

권수	지역	일본인	조선인
首	교토	祖辰	윤지완[尹趾完, 정사], 이언강[李彦綱, 부사], 박경후[朴慶後, 종사관], 성완[成琬, 제술관], 홍세태[洪世泰, 자제군관]
		高伯順	이담령[李聃齡, 부사서기]
		松下見林	홍세태

首	에도	林鷄峰	성완, 이담령, 홍세태
		林整宇	윤지완, 이언강, 박경후, 성완, 이담령, 홍세태
		南春庵	성완, 이담령, 홍세태
		坂井漸軒	성완, 이담령, 홍세태
		林整宇	윤지완, 이언강, 박경후, 성완, 이담링, 홍세태
		山田復軒	성완, 이담령, 홍세태
	요도[淀]	長岡元甫	성완, 홍세태
		長岡山立	성완, 홍세태
一之一	오사카	山本洞雲	성완
		福住道佑	성완
	교토	熊谷了庵	성완, 이담령, 홍세태
		顯靈	윤지완, 이언강, 박경후, 성완
		堀蒙窩	성완, 홍세태
		黑川義齋	성완, 홍세태
		谷川榮元	성완
		橋本益亭	성완, 이담령,
		三宅誠齋	성완, 홍세태
		玄機	성완, 이담령, 홍세태
		玄緣	성완, 이담령, 홍세태
		竺靈	박경후, 성완, 이담령, 홍세태, 이삼석[李三錫, 소동]
	에도	木下順庵	성완, 이담령, 홍세태
一之二	오사카	三宅遜宇	성완, 홍세태
		三宅淑愼	성완, 이담령, 홍세태, 정두준[鄭斗俊, 양의]
		淺野梅隱	성완, 홍세태
		舟木近信	성완, 홍세태
		養朴	홍세태
	교토	原田順宣	성완
		木下菊潭	성완, 이담령, 홍세태
		靑木東庵	성완, 이담령, 홍세태
	우시마도(牛窓)	小原正義	성완
	교토	覺印	성완
		向井滄洲	성완, 이담령, 홍세태
		星野富春	성완, 이담령, 홍세태
		田村三恕	이담령

二之一 二之二 三	교토, 에도	柳川震澤	성완, 이담령, 홍세태, 정두준, 안신휘[安愼徽, 상통사]
四	에도	板坂晩節齋	성완, 이담령, 홍세태, 안신휘

위의 표에서 보듯 특별한 경우를 제외하고는 주로 제술관 성완, 부사 서기 이담령, 자제군관 홍세태가 일본 문사를 상대하였다. 비록 일본 문사 교류를 전담시키기 위해 제술관을 파견했지만, 혼자서 많은 문사를 상대하기에는 벅찼다. 서기 이담령이 성완과 함께 하였고, 우연히 자제군관으로 오기는 했지만 문장 능력이 출중했던 홍세태가 적극적으로 참여하였다. 이외에 글씨를 잘 썼던 역관 안신휘, 의원 정두준도 일본 문사들과 종종 필담을 나누었다.

일본 문사는 총 39인이다. 그 가운데 전통적인 한문학 담당층이었던 승려들이 있다. 오사카에서 맞이하여 에도까지 안내하는 호행장로 조진(祖辰)처럼 조선 문사와 접할 기회가 많은 사람은 그만큼 창수시도 많이 남겼다. 에도에서 만난 일본 문사들에는 라잔의 손자인 하야시 세이우[林整宇]와 제자인 히토미 가쿠잔[人見鶴山]처럼 막부의 유관(儒官)이 있고, 주군을 따라 에도의 번저(藩邸)에 온 각 번의 유관들이 있었다. 이런 유관들은 주로 교토의 학자들에서 학맥을 형성했던 경학파(京學派)가 많았다. 대표적으로 기노시타 준안[木下順庵]과 같은 거유(巨儒)를 들 수 있는데, 그의 제자들 가운데는 번이나 막부에 고용되지 않고 민간에서 경서와 시를 가리키는 학자도 있었다. 대표적으로 야나가와 신타쿠[柳川震澤]을 들 수 있는데, 그의 뛰어난 문장력을 인정한 성완 등과 많은 필담을 나누었다. 『화한창수집』 7책 가운데 3

책이 그의 글로 채워져 있다.

당시 출판문화가 한창 발달하고 있던 일본에서 이처럼 필담창화가 상업적으로 출판되었다는 것은 어느 정도 인기가 있었는지 가늠케 해준다. 이 필담창화집은 일본인만 읽었던 것이 아니다. 1719년 서기로 일본에 갔던 성몽량(成夢良)은 오사카에 도착해서 "임술사화집(壬戌使華集)"을 구하여 보았다. 백부 성완이 1682년 일본에 와서 남긴 글을 구해서 돌아가고 싶었기 때문이다. 성몽량과 함께 책을 본 신유한(申維翰)은 『해유록(海游錄)』에 이 "임술사화집(壬戌使華集)"에는 시편과 필담이 상세히 기록되어 있고 특히 야나가와 신타쿠의 글이 뛰어났다고 기록하였다. 이 임술사화집은 정황상 바로 『화한창수집』을 가리키는 것이라고밖에 볼 수 없다. 조선 문사들도 이렇게 간행된 필담창화집을 구해서 돌아갔던 것이다.

『화한창수집』의 가장 큰 의의는 이후로 전국적인 필담창화를 모두 갖추어 출간하는 필담창화집의 전형을 마련했다는 것이다.

『화한창수집(和韓唱酬集)』은 목판본(木板本) 7冊으로, 四周單邊 半郭 20.3×14.0cm 10行15字, 黑口, 無魚尾, 27.1×18.0cm로, 간기는 "天和三癸亥歲(1683)正月吉旦丁子屋源兵衛梓行"라고 되어 있다. 현재 국립중앙도서관, 일본공문서관(日本公文書館), 동경도립도서관(東京道立圖書館), 텐리대학도서관(天理大學圖書館) 등에 소장되어 있는 것이 파악되었는데, 결본 등이 있는 경우도 있지만 같은 간본들이다. 이 책에서는 전권이 갖추어져 있는 국립중앙도서관 소장본을 선본으로 사용하였다.

화한창수집 일지일

和韓唱酬集 一之一

화한창수집 일지일

천화(天和) 2년 7월 그믐

필어(筆語)

삼가 드립니다[謹呈] 산본동운(山本洞雲)[1]

"사군(使君)께서 이번 행차에 성대한 예를 맡아 통신사의 부절을 지
니고 오셨습니다. 돛배로 만 리 뱃길을 무사히 오셨습니다. 몸 보중을
잘하시기 바랍니다."

답하다[復] 성 취허(成翠虛)[2]

"안부를 물어주시니 매우 감사합니다. 공의 호는 무엇입니까? 써 보

---

1 산본동운(山本洞雲) : 야마모토 도운(?~?). 이름은 태순(泰順), 자는 삼경(三徑), 별
호는 매실(梅室)이다. 일본의 유학자로, 우도궁 둔암[宇都宮遯庵, 우쓰노미야 도안,
1633~ 1709]의 제자이다. 저서로 『태극도설언해(太極圖說諺解)』 등이 있다.

2 성 취허(成翠虛) : 성완(成琬, 1639~?)으로, 본관은 창녕(昌寧), 자는 백규(伯圭), 호
는 취허(翠虛)이다. 1666년 진사에 합격하였고, 관직은 찰방에 이르렀다. 1682년 제술관
으로서 일본에 다녀왔다.

여주십시오."

말하다[言]

"제 성은 산본(山本)이고 이름은 동운(洞雲), 자는 자문(子文), 별호는 매실(梅室)이고, 대화주(大和州)[3] 출신으로, 이곳에 살고 있습니다. 변변찮은 시 한 편을 성 공께 드리니 질정해주셨으면 합니다. 산본동운 드림."

한 점의 사신 배가 만 리 여정 나서서	一點星槎萬里程
바다 입구 바람 잠잠 봉래섬에 건너왔네	海門風穩渡蓬瀛
부사산 봉우리에 천년의 눈 여전하여	士峯猶有千秋雪
반가운 눈 하니 도의 마음 씻기 좋네	淸眸正宜洗道情

매실(梅室)이 보인 운을 따라 드림[奉次梅室示韻] 성 취허

부상 오는 채익선 돌아갈 길 아득한데	扶桑鶒路渺歸程
만 리 길을 돛을 펴고 큰 바다 지나왔네	萬里風帆過大瀛
삼도와 십주[4]가 바라다 보이는 곳	三嶋十洲瞻望裡

---

3 대화주(大和州) : 현재 일본 내량[나라, 奈良] 현 일대에 있던 일본 율령국의 하나이다.
4 삼도와 십주 : 삼도(三島)와 봉래산(蓬萊山)·방장산(方丈山)·영주산(瀛洲山)을 가리

그대와 그윽한 정 나누어야 하리라   與君端合討幽情

말하다[言] 산본동운

"제멋대로 거친 시를 드렸는데 문득 화운시를 내려 주셨습니다. 받기는 비록 받았습니다만 제가 기대했던 것은 아니었습니다. 모과를 바치면서 어찌 옥구슬을 바라겠습니까? 다만 자애롭게 고쳐주시길 바랄 뿐이었습니다."

답하다[復] 성 취허

"이미 보여주신 훌륭한 시에는 조금도 흠잡을 데 없었는데 이렇게까지 지나치게 겸손하십니다. 호저(縞紵)를 나누는 사이[5]에 도리어 매우 부끄럽습니다.

키고, 십주(十洲)는 조주(祖洲)·영주(瀛洲)·현주(玄洲)·염주(炎洲)·장주(長洲)·원주(元洲)·유주(流洲)·생주(生洲)·봉린주(鳳麟洲)·취굴주(聚窟洲)를 가리킨다. 전설상에 신선들이 사는 곳이다.

5 호저(縞紵)를 나누는 사이 : 친구 사이의 선물, 또는 깊은 정을 주고받는 것을 가리킨다. 오(吳)의 계찰(季札)이 사신으로 가서 정(鄭)의 자산(子産)에게 명주띠[縞帶]를 주자, 자산은 이에 보답하여 모시옷[紵衣]을 바쳤다고 한다.《左傳 襄公 29年》

천화2년 임술년 가을 8월 1일 본원사(本願寺) 남당에서 조선의 성 학사에게 부치다[天和二年龍集壬戌秋八月一日於本願寺南堂寄朝鮮成學士儒雅] 매림노부(梅林老夫)

하늘 한쪽 모퉁이서 우연히 만나니	邂逅相逢天一方
흰 눈이 만 리 길 고향을 막고 있네	白雪萬里阻枌鄉
명성이 지축[6]에 울릴 뿐만 아니라	聲名匪啻鳴支竺
시정을 토로하니 부상이 진동하네	吐出詩情動搏桑

매림이 보여준 운에 차운하다[奉次梅林示韻] 성 취허가 쓰다

누선 타고 뱃길 만 리 동쪽을 향하니	樓船萬里向東方
향하는 길 불사의 땅 삼신산 가리키네	路指三山不死鄉
하늘 끝 만남은 인연이 있었던 것	邂逅天涯眞有數
부상에 솟구치는 붉은 해 함께 보네	共看紅旭湧扶桑

다시 성 학사의 화운시를 차운하다[再步成學士高和] 매림헌

정신 수양 골격 바꿀 방법이 내게 있어	我有頤神換骨方
신령스런 마을 향한 조선 손님 알게 됐네	始知韓客指靈鄉

---

6 지축(支竺) : 월지국(月支國)과 천축(天竺)을 가리킨다.

붓 끝으로 네 계절의 경치를 그려내니   毫端寫出四時景

인간 세상 상전벽해 이런 말 필요없네   不用人間海變桑

또 매옹(梅翁)의 운을 차운하다[又次梅翁韻] 해월헌(海月軒) 쓰다

큰 바다는 망망하여 사방으로 넘치는데   大海茫茫浸四方

채익선은 날듯이 귤 숲 마을 지나네   彩船飛過橘林鄕

백설가 맑은 시가 입안으로 들어오고   白雪淸篇入牙頰

칠사(漆史)가 경상(庚桑)[7]을 찾아오니 더 놀랐네   還驚漆史過庚桑

따로 절구 한 수를 짓다[別賦一絶] 매림헌(梅林軒)

중추절 가까운데 늦더위가 남은 시절   中秋已近暑殘時

본원당[8] 안에서 아름다운 이 만났네   本願堂中逢紫芝

적간관과 남도[9]의 경치를 묻노니   爲問赤間藍嶼境

---

7 경상(庚桑) : 춘추 시대 노자(老子)의 제자라고 전하는 경상초(庚桑楚)를 가리킨다. 경상초는 노자에게서 도를 터득하고, 북쪽의 외루(畏壘)라는 산에 들어가 살면서 첩이나 하인 중에 지혜로운 자는 멀리하고 어리석은 자들만을 데리고 살았는데, 그곳에 산 지 3년 만에 그곳에 큰 풍년이 듦으로써 백성들이 그를 성인에 가까운 분이라고 존경하여 그를 임금으로 모시려고까지 했다고 한다. 《莊子 庚桑楚》

8 본원당 : 통신사 숙소로 쓰였던 동본원사[東本願寺, 히가시혼간지]를 가리킨다. 현 오사카시의 규타로마치[久太郎町]에 있다.

9 적간관과 남도 : 통신사의 여로에 있는 적간관[赤間關, 아카마가세키]과 남도[藍島,

풍월 시편 마음 속에 몇 편이나 두었소　　　　　　胸襟風月幾篇詩

매옹의 시에 차운하다[次梅翁韻] 취허(翠虛)

고요한 절에서 만나는 이 한 때　　　　　　蕭寺相逢此一時
온 몸에서 향기 풍겨 영지를 씹는 듯　　　　香生九竅嚼靈芝
작은 집은 청정하고 공의 이치 말하는 곳　　小軒淸淨談空處
붓 아래 고운 시가 길게 길게 이어지네　　　筆下長驅綺語詩

조선의 성 취허·이 반곡 두 학사와 홍 창랑 첨정께 드려서 만난 것에 감사하다[奉呈朝鮮成翠虛李盤谷兩學士洪滄浪僉正以謝面晤] 웅곡요암(熊谷了庵)[10]이 쓰다

푸른 발 친 하얀 배 삼한에서 왔으니　　　　靑簾白舫自三韓
인재들이 어려운 길 멀리에서 달려왔네　　　俊彩遙馳行路難
이국 땅 손님 맞이 누추함이 있으랴　　　　殊域迎賓何陋有
군자 계셔 국풍이 넉넉히 남았는 걸　　　　幸存君子國風寬

아이노시마]를 가리킨다. 적간관은 현재 야마구치 현의 시모노세키[下關]이고, 남도는
현재 후쿠오카 현의 아이노시마[相島]이다.

10 웅곡요암(熊谷了庵) : 구마가이 료안(?~1695). 이름은 입한(立閑), 자는 여돈(荔
墩), 호는 여재(荔齋)이다. 미장 번[오와리 번, 尾張藩]의 유관으로, 시, 와카, 하이쿠
에 능했다.

요암의 시에 차운하다[次韻了庵詞案] 성 취허

하늘 멀리 채익선 길 부상 한국 이었으나	天遙鷁路接桑韓
만 리 길 풍파는 옛날에도 어려웠네	萬里風濤古亦難
이국땅의 만남은 참으로 운명이니	域外相逢眞有數
술잔을 받아야만 근심이 풀리랴	消愁何待酒杯寬

요암이 보여준 시에 감사하다[奉謝了庵示韻] 이 반곡[11]

팔월에 사신 배가 삼한에서 멀리 오니	八月星槎遠自韓
풍랑 속에 돛단배가 고생 실컷 하였다네	一帆風浪飽艱難
절간의 한낮이라 부들자리 고요하여	禪窓白日蒲團靜
길손의 깊은 수심 잠시나마 풀어놓네	客裏愁情得暫寬

요암이 보여준 시에 차운하다[奉次了庵示韻] 홍 창랑[12]

기쁘게도 게으른 나 그대를 만났으니	自喜踈慵幸識韓

---

11 이반곡(李盤谷) : 이담령(李聃齡, 1652~?)으로, 본관은 경주(慶州), 자는 백로(百老), 호는 반곡(盤谷), 붕명(鵬溟) 등이다. 1679년 진사에 합격하였다. 1682년 종사관 서기로 일본에 다녀왔다.

12 홍창랑(洪滄浪) : 홍세태(洪世泰, 1653~1725)로, 본관은 남양(南陽), 자는 도장(道長), 호는 창랑(滄浪)·유하(柳下)이다. 1675년 역과에 응시, 한학관에 뽑혀 이문학관에 제수되었다. 1682년 부사의 자제군관으로서 일본에 다녀왔다.

세상에서 기이한 만남 원래 어렵네	世間奇會古來難
얘기하다 나도 몰래 일산 자주 기울이니	淸談不覺頻傾蓋
근심스런 나그네 맘 어느새 풀렸네	客裏愁懷頓爲寬

요암 사종께 감사하다[奉謝了庵詞宗] 이 반곡

선공[13]께서 문장으로 부상 땅을 울렸고	先公翰墨鳴桑域
아들 명성 선대에 누 끼치지 않는구나	愛子高名不忝先
문하에서 등용됐던 옛 손님이 있으니	門下登龍有舊客
소산의 문채가 인재들 중 으뜸이네	小山文彩冠諸賢

반곡 이 진사에게 감사드리다[次韻奉謝盤谷李進士示詞] 요암

같은 자리 한 번 뵈니 이국이 따로 없어	一面同堂無異域
큰 인재 만나는 데 앞자리 차지했네	鴻才仰見最占先
쓸모없는 재주로 부끄럽게 시인 뵈니	羞今樗散對騷老
옛날의 죽림칠현 닮을 수가 없구나	不似竹林千古賢

---

13 선공 : 웅곡요암(熊谷了庵)의 아버지인 웅곡활수[구마가이 갓수이, 熊谷活水, ?~ 1655]를 가리킨다. 미장번(尾張藩)의 유학자이다. 저작에 〈부상명승시(扶桑名勝詩)〉 등 이 있다.

천화2년 임술년 8월 상순 조선에서 온 통신사의 관명[天和二戌年禾秋上浣朝鮮之來聘信使官名]

정사(正使) 통정대부이조참의지제교(通政大夫吏曹參議知製敎) 윤지완(尹趾完)

부사(副使) 통훈대부홍문관전한지제교 겸 경연대강관 춘추관편수관(通訓大夫弘文館典翰知製敎兼經筵待講官春秋館編修官) 이언강(李彦綱)

종사관(從事官) 통훈대부홍문관교리지제교 겸 경연대강관 춘추관기주관(通訓大夫弘文館校理知製敎兼經筵待講官春秋館記注官) 박경후(朴慶後)

상상관(上上官) 3명

동지 박재흥(朴再興) 첨지 변승업(卞承業) 첨지 홍우재(洪禹載)

상판사(上判事) 3명

주부 안신휘(安愼徽) 직장 정문수(鄭文秀) 정 유이관(劉以寬)

제술관(製述官) 1명

성균관진사 성완(成琬)

차상판사(次上判事) 2명

판관 김관(金琯) 봉사 박중열(朴重烈)

마상재(馬上才) 2명

부사과 오순백(吳順伯) 부사과 형시정(邢時挺)

이상은 조선신사(朝鮮信使)이다.

변변찮은 시를 지어 삼가 세 통신사에게 드리다[謹賦小詩奉呈三官大人] 승려 현령(顯靈)[14]이 드리다

태평한 세상에 좋은 이웃 통하여	太平寰宇善隣通
사행 길 마침 접해 해동으로 향하네	適接官遊向海東
통역이 없어도 마음을 알겠으니	意到不求煩譯舌
나누는 정 오히려 말 없는 데 있구나	交情猶在默存中

현령 장로의 시에 차운하여 가르침을 바라다[次靈長老辱示韻仍冀斥教] 정사 동산거사(東山居士)[15]가 드리다

푸른 바다 만 리에 뱃길이 통하니	萬里滄溟水道通
마음을 서쪽 동쪽 구분짓게 하겠는가	宜教情意限西東
스님 시 격조 높아 대적할 이 없으니	上人詩格高無敵
금총(琴聰)[16]이 여기 있음 그 누가 알았으랴	誰識琴聰在此中

---

14 현령(顯靈) : 영장로(靈長老)를 가리킨다. 경도(京都)의 상국사(相國寺) 101대 주지를 지냈다. 1682년 3월부터 1684년 4월까지 이정암(以酊庵)에 윤번승(輪番僧)으로 파견되었다. 1682년 통신사를 호행하였다.

15 동산거사(東山居士) : 윤지완(尹趾完, 1635~1718)으로, 본관은 파평(坡平), 자는 숙린(叔麟), 호는 동산(東山)이다. 1662년 문과에 급제하였고, 경상도 관찰사·함경도 관찰사 등을 역임하였다. 1682년 통신사 정사로 일본에 파견되었다. 시호는 충정(忠正)이다.

16 금총(琴聰) : 송나라 때 승려 사총(思聰)으로, 거문고를 잘 탔다고 한다. 《소동파집(蘇東坡集)》〈증시승도통(贈詩僧道通)〉 시에, "웅장하고 오묘하며 괴롭고 살지기는 금총과 밀수 그 둘이 있을 뿐이지.[雄豪而妙苦而腴 祇有琴聰與蜜殊]"라고 하였다.

상에서 현령 장로의 시에 차운하다[席上次靈長老辱示韻] 부사

노호산인(鷺湖散人)[17]

큰 바다 망망한데 채익선 길 통하여	瀛海茫茫鷁路通
삼한의 사절이 강동을 향하네	三韓使節指江東
말 전하려 통역을 귀찮게 하지 마오	休煩象舌傳言語
깊은 정은 한 조각 편지에서 받는다오	領取深情片牘中

대마도 석상에서 현영 장로가 준 시에 차운하다[馬島謎席次靈長老辱贈韻] 종사관 죽암(竹庵)[18]이 드리다

사절이 해마다 오지 않을 지라도	使節年來縱未通
우호가 동쪽 서쪽 막힌 적이 없다네	鄰交曾不隔西東
우호 닦는 이번 길에 현령 스님 만나니	今因修好逢靈釋
주고받는 시구 속에 두터운 뜻 있다네	厚意相酬句語中

17노호산인(鷺湖散人) : 이언강(李彦綱, 1648~1716)으로, 본관은 전주(全州), 자는 계심(季心), 호는 노호(鷺湖)이다. 1678년 문과에 급제하였고, 사헌부 지평·홍문관 수찬·교리 등이 청요직을 두루 거쳤다. 1682년 통신사 부사로 일본에 다녀왔다.

18죽암(竹庵) : 박경후(朴慶後, 1644~?)로, 본관은 함양(咸陽), 자는 휴경(休卿), 호는 취옹(醉翁)·만오(晚悟)·죽암(竹庵)이다. 1675년 문과에 급제하였고, 승정원주서·홍문관수찬·사간원정언 등 삼사(三司)의 요직을 두루 거쳤다. 1682년 통신사 종사관으로 일본에 파견되었다.

붓을 달려 학사께 드려 웃으며 얘기할 거리로 삼다[走呈學士 聊擬笑談] 태허수(太虛叟)

고운 자태 구슬 시문 잔치 자리 비추니	英姿聯璧照賓筵
우연히 그대 만나 좋은 인연 닦았네	偶接芝眉修好緣
나란히 배를 타니 우아한 흥취 많아	並駕方舟多雅興
강산의 도움으로 시 몇 천 편 지었는가?	江山成助幾千篇

삼가 차운하여 현영 장로께 드리다[敬次玉韻呈靈長老案下]
학사 성완(成琬)

화려한 이 잔치에 반가운 눈을 만나	靑眸邂逅此華筵
한 바탕 웃고 보니 오래된 인연일세	一笑相看定宿緣
고요한 중 소나무와 달 아래 어찌 얻어	安得靜中松月下
염불하는 나머지 벽운편(碧雲篇)[19]을 말하랴	梵餘同討碧雲篇

---

19 벽운편(碧雲篇) : 《강문통집(江文通集)》 권4 〈휴상인원별시(休上人怨別詩)〉의 "저물녘 푸른 구름 뭉쳐 있는데 고운 사람 오히려 아니 오누나[日暮碧雲合, 佳人殊未來。]"에서 나온 말로, 멀리 헤어져 있는 정겨운 사람을 그리는 뜻으로 지은 글이다.

천화 임술년 8월 26일, 목하순암[20]과 본서사[21]의 여관을 들러서 조선 학사 성 취허, 홍 창랑과 창화하였다[奉呈翠虛成公案下] 취허 성 공께 드리다

계림의 밝은 문물 부럽게 보았으니	羨見鷄林文物明
성균관이 문을 열어 영주(瀛州)[22] 함께 올랐네	成均開館共登瀛
장쾌한 천 리 유람 자장(子長)의 뜻[23]이요,	壯遊千里子長志
문장을 떨치는 데 제일가는 이름이네	振起辭章第一名

공이 문형(文衡)의 선발에 응해 성균관 교육을 맡으셨으니, 우뚝하고 울창하여 용이 뛰고 봉황이 나는 듯합니다. 태산북두를 바라보다가 우연히 부평초처럼 만나니 어찌 기뻐서 펄쩍 뛰지 않을 수 있겠습니까? 촌스러운 말로 감사드립니다만 귀를 더럽혔다 허물하지 말아주

---

20 목하순암(木下順菴) : 기노시타 준안(1621~1699). 이름은 정간(貞幹), 자는 직부(直夫), 별호는 금리(錦里)이다. 송영척오(松永尺五, 마쓰나가 세키고)의 제자로, 금택(金澤, 가나자와) 번에서 벼슬했다. 62세에 장군 덕천강길(德川綱吉)의 시강이 되었다. 당시 일본을 대표하는 유학자로 평가된다.

21 본서사(本誓寺) : 현재 도쿄도[東京都] 고토쿠[江東區]에 있는 절로, 1682년 당시 통신사의 숙소로 쓰였다.

22 영주(瀛洲) : 당 태종(唐太宗)이 문학관(文學館)을 열어 방현령(房玄齡), 두여회(杜如晦) 등 18명을 뽑아 특별히 우대하였는데, 이를 세상 사람들이 영주에 오른다고 하였다. 신선이 산다는 전설상의 산인 영주(瀛洲)에 오르는 것에 비유하여 영광으로 여긴 것이다.

23 자장(子長)의 뜻 : 자장(子長)은 사마천(司馬遷)의 자(字)이다. 그가 20세 때부터 남쪽의 회계(會稽)와 우혈(禹穴)과 구의(九疑)로부터 북쪽의 문수(汶水)와 사수(泗水)에 이르기까지 중국 각지를 거의 빠짐없이 종횡무진 유력(遊歷)했던 경험이 있었기 때문에 《사기(史記)》를 지을 수 있었다고 한다.《史記 太史公自序》

십시오.

임술년 가을 몽와(蒙窩) 굴정박(堀正樸)[24] 쓰다.

차운하여 몽와가 보여준 시에 감사하다[次謝蒙窩示韻] 취허(翠虛)

시원스런 시편이 눈을 씻어 밝게 하고	洒落詩篇刮眼明
신의 수레 봉래 영주 들르는 듯 성대하네	奕如飆馭過蓬瀛
곤옥이 품에 든 듯 광채가 찬란하니	入懷崑玉光璀璨
오색 붓의 강랑(江郎)이[25] 큰 이름을 떨치네	彩筆江郎擅大名

임술년 가을

취허 성 공께 드리다[奉呈翠虛成公梧下]

신선 배가 무강가에 믿음을 통하니	仙槎通信武江濱
바야흐로 풍운경회[26] 태평한 때라네	方是風雲慶會辰

24　굴정박(堀正樸) : 1627~1687. 유학자 굴행암[堀杏庵, 호리 교안]의 손자이자 목하순암[木下順庵, 기노시타 준안]의 사위이다. 안예주(安藝州)의 유관이다.

25　오색 붓의 강랑(江郎)이 : 강랑은 남조(南朝) 양(梁) 나라 때 문장가 강엄(江淹)을 가리킨다. 일찍이 뛰어난 문장으로 유명하였으나, 꿈속에서 곽박(郭璞)에게 오색 붓을 돌려준 뒤로는 재주가 상실되었다고 한다.

26　풍운경회(風雲慶會) : 훌륭한 임금과 신하가 만난 성대한 시대라는 뜻으로, 《주역》 건괘(乾卦) 문언(文言) 구오(九五)에 "구름은 용을 따르고 바람은 범을 따른다.[雲從龍,

한 점의 사신 별이 문채 불길 찬란하니 　　　　一點使星文焰燦
천하의 제일인을 해동에서 이제 보네 　　　　海東今見斗南人

히늘이 기이한 인연을 주셔서 홀연 봉황 같은 이와 함께 하니 진실로 큰 영광입니다. 함부로 거친 시를 지어 좌우에 드립니다만 고명하신 분을 더럽힐까 두렵습니다. 스스로 깊이 허물을 얻은 것이나, 바다가 모든 것을 품듯 받아주시기만 바랍니다.

임술년 가을, 의재(義齋) 흑천현달(黑川玄達) 드림.

의재(義齋)가 보여준 운에 감사하다[次謝義齋示韻]

우연히 금옥 같은 형제 만난 바닷가 　　　　玉季金昆遇海濱
나그네 광경 중에 좋은 날에 속하네 　　　　客中光景屬良辰
맑은 얘기 접하니 둘도 없는 선비인데 　　　　清談幸接無雙士
동방의 제일인을 그 누가 알았으랴? 　　　　誰識東方第一人

임술년 8월 취허

홍 공께 드리다[奉呈滄浪洪公座前]

사절이 달려와서 사귐의 길 통하고 　　　　使節駃駃交道通

風從虎。]"는 말에서 나온 것이다.

여러 현인 모이시니 각각이 다 호걸일세	群賢麋至各豪雄
적선(謫仙)께서 이 자리에 대붕부[27]를 지으시니	謫仙今有大鵬賦
문장 기운 구만 리 바람을 능가하네	辭氣當凌九萬風

옛말에 "만호후에 봉해지기를 바라지 않고 다만 형주(荊州)와 면식 트기를 바란다."[28]라고 하였습니다. 한번 옥당(玉堂)을 우러르고 다시 아름다운 모습을 뵈었으니, 제 소원은 이미 충분히 이루어져 통역 대신 시로 감사드립니다. 몽와(蒙窩).

붓을 달려 몽와의 시에 차운하다[走次蒙窩示韻] 창랑(滄浪)

두 나라가 사이좋게 백 년을 통하여	兩邦鄰好百年通
사신 배 좇았으나 사신만큼 호걸이네	來逐東槎亞使雄
오늘날 다행히 문사 모임 배석하여	今日幸陪文士會
번갈아 새 시 읊어 붓에서 바람 이네	新詩迭唱筆生風

---

27 대붕부(大鵬賦) : 당나라 때 이백(李白)이 강릉에서 천태산(天台山)의 도사(道士) 사마승정(司馬承禎)을 만났는데, "선풍도골(仙風道骨)이 있어 함께 팔극(八極) 밖에 신유(神遊)할 만하다."라는 칭찬을 듣고 과시하는 시를 지었다가, 중년(中年)에 이르러서 다시 「대붕부(大鵬賦)」를 지었다고 한다. 《李太白文集 卷24》

28 만호후에 …… 바란다 :《全唐文 卷348 李白 與韓荊州書》

창랑 홍 공께 드리다[奉呈滄浪洪公梧右] 의재(義齋)

마음의 달 비추어 천 리가 밝으니	心月照臨千里明
신령스런 배 띄워 가을 바다 건넜네	靈槎秋泛渡滄瀛
계림 손님 소문이 미리부터 자자하여	預傳藉藉雞林客
초목 역시 성대한 이름을 알았다네	艸木亦將知盛名

붓을 달려 의재의 시에 차운하다[走次義齋示韻] 창랑(滄浪)

한가로이 도연명을 배우려 하였더니	閑居曾欲學淵明
어쩌다가 사신 좇아 큰 바다를 건넜네	偶逐仙槎渡大瀛
나그네 길에도 지기 있어 기쁘니	還喜客中知己在
그대 집안 형제가 나란히 이름 났네	君家昆季自齊名

순암 사장께 드리며 아울러 여러 사람에게 보이다[奉呈順菴詞丈兼示諸賢] 취허(翠虛)

강호의 지리가 웅장하다 들었으니	聞說江都地理雄
고인의 풍모를 인재들이 떨치네	群才大振古人風
구슬과 옥 나무가 뒤섞여 빛나는 곳	琳琅玉樹交輝處
백설가 노래 소리 푸른 하늘 울리네	白雪高歌動碧空

삼가 취허 공이 여러 손님에게 보인 시에 화운하다[謹和翠虛公見示諸客韻] 몽와

산천의 기개가 웅대하다 들었는데	見說山川氣槃雄
갈대가 멋대로 옥인 풍모 의지하네[29]	蒹葭謾倚玉人風
신선 새가 부상(扶桑)에서 솟구쳐 올라서는	仙禽高擧扶桑樹
천 리 높이 날아올라 갠 하늘을 뚫고 가네	千里昻昻凌霽空

붓을 달려 취허 공의 시에 화운하여 드리다[走奉和翠虛公嚴韻] 의재(義齋)

제술관의 재주는 일대의 영웅이라	製述材官一代雄
우뚝한 태산 북두 높은 풍모 우러르네	崢嶸山斗仰高風
어찌하면 붕새 따라 굳센 날개 펼쳐서	安隨健翮大鵬去
구만 리 부상(扶桑)에서 푸른 하늘 솟구칠까?	九萬扶桑凌碧空

---

29 갈대가…… 의지하네 : 위 명제(魏明帝)가 황후의 동생인 모증(毛曾)과 황문 시랑(黃門侍郎) 하후현(夏侯玄)을 같은 자리에 앉게 하자, 하후현이 자신의 초라함을 매우 부끄러워하였다. 당시 사람들이 이를 두고서 "갈대가 옥나무에 기대었다.[蒹葭倚玉樹]"고 평했다고 한다.《世說新語箋疏 卷下 容止》

순암 사백께 드리며 아울러 자리의 명사들에게 보이다[奉呈順菴詞伯兼示席上諸名士] 창랑

산에는 재목 많고 바다에는 진주 많고	山多杞梓海多珠
사물 이치 유래는 진실로 속임 없네	物理由來信不誣
자리 가득 여러 분들 모두가 뛰어나니	滿座諸公皆俊逸
무슨 복에 이번 생에 이름난 도읍 왔나	此生何幸入名都

붓을 달려 창랑 공이 갑자기 지어 보여준 시에 화운하다[走筆和滄浪公卒題見示韻] 몽와

큰 바다엔 명주가 있다는 것 새삼 아니	復知滄海有明珠
수많은 광채를 속일 수가 없다네	多少光輝不可誣
가을해는 키 큰 나무 풍경 비춰 살피고	秋日照看喬木色
빼어난 기운이 동도에 어리네	稜稜秀氣映東都

삼가 창랑 홍 공이 보인 시에 화운하다[敬和滄浪洪公示韻] 의재

가슴에는 곤륜산 옥구슬 쌓여있고	襟懷含蓄積岡珠
주자 정자 부르는 것 또한 어찌 속이리	呼作朱程亦豈誣
은자의 풍모를 어느 누가 미치겠나	嚴壑風標誰得及

빼어난 빛 만 길 뻗어 동도를 비추네   秀光萬丈照東都

순암께 드리다[奉呈順菴案右] 취허

이제야 덕 높으신 아름다운 모습 뵈니   今逢德秀紫芝眉
문채와 풍류는 한 시대 으뜸이네   文釆風流擅一時
담담한 마음을 기쁘게 이해하니   湛然方寸欣相照
시단에서 마땅히 만 수 시를 부르리   宜唱騷壇萬首詩

취허 공이 순암에게 보여주신 시에 화운하여 드리다[奉和翠虛公見示順菴韻] 몽와

한림의 빼어남이 백미[30]에 모였고   翰林鍾秀馬公眉
달과 구름 깎는 솜씨[31]이 시대를 세웠네   月斧雲斤建此時
손으로 광한전 궁 안의 옥 깎아내니   手劚廣寒宮裏玉
비단에 수놓은 듯 백 편의 시 지어내네   裁爲錦綉百篇詩

---

30 백미 : 촉(蜀) 나라 마씨(馬氏)의 형제 다섯 중에 눈썹에 흰 털이 난 마량(馬良)이 가장
   뛰어났다. 《三國志 卷39 蜀志 馬良傳》

31 달과 구름 깎는 솜씨 : 문장을 잘 하는 것을 비유한 말로, 소식의 《왕문옥만사(王文玉挽
   詞)》에 "재주 명성 뉘라서 광문한과 같을까, 달과 구름 깎는 솜씨 폐부를 다듬어내네[才
   名誰似廣文漢, 月斧雲斤琢肺肝。]"라고 하였다.

임술년 8월 26일 공경히 아래 두 편의 시를 지어 성 진사에게 드리고 삼가 잡아 주시면서 한 번 웃으시기를 바라다[壬戌仲秋念六恭賦下調二章呈成進士伏乞郢正一粲] 곡천영원(谷川榮元)

비단 돛 배 부산포에 바람을 고르고서	錦帆風調釜山浦
맑은 깃발 낙수가에 날마다 닳게 했네	淸旆日磨洛水涯
명을 받은 사신은 큰 절개를 품었는데	奉命使臣懷大節
이웃나라 사귐은 문장에만 드러나네	隣交但見在修辭

또[又] 같음

높은 산과 긴 물은 하나의 천지인데	山長水遠一乾坤
어진 손님 관광에 지존을 모시네	賢客觀光奉至尊
한림의 경세하는 선비와 마주치니	偶値翰林經世士
보고서는 말 한마디 못한들 어떠랴	何如目擊及無言

곡천의 운에 차운하다[次韻谷川韻] 성 취허

사신 배가 바다 건너 신선 손님 만나고	星槎渡海遭仙客
옥산과 낙수 물가 두루두루 돌았네	圓轉玉山洛水涯
나라 밖에 새로운 이 우연히 알게 된 곳	域外新交傾盖地
화운시에 고운 시어 부족한 게 한스럽네	恨酬高韻乏姸辭

또 차운하다[又次] 같음

만 길의 금산이[32] 누런 땅을 압도하니	金山萬丈壓黃坤
육십 몇 주 가운데 이곳 홀로 높구나	六十餘州此獨尊
용 서리고 범 웅크린 아름다운 땅에서	虎踞龍蟠佳麗地
새 시 화답 하고파도 없는 시어 부끄럽네	欲和新製愧無言

성 진사께 드리다[奉呈成進士詞案下] 익정(益亭) 교본겸(橋本謙)이 이 마를 조아리다

삼한에서 오셨던 통신사께서	三韓通信使
일 마치고 고향으로 돌아가시네	畢禮欲還鄕
수레를 멈추고 절에 묵는데	留駕宿精舍
붓 휘둘러 낙양을 울리신다네	揮毫鳴洛陽
먼 곳에서 찾아온 영준한 선비	遠來英傑士
바라보니 비단 옷의 어사시라네	仰見繡衣郞
오늘은 다른 바람 전혀 없으니	今日無他望
내 속을 씻어낼 시 보여주길	示詩洗我腸

---

32 만 길의 금산이 : 남조(南朝) 양(梁)의 명산빈(明山賓)이 주이(朱异)를 천거하는 표문
　(表文)에 "만 길의 금산과 같아서 오르려 해도 오를 수가 없다.[金山萬丈, 緣陟未登。]라
　고 하였다. 《南史 卷62 朱异列傳》

익정(益亭)이 보여준 시에 차운하다[奉次益亭示韻] 성 취허

제잠(鯷岑)[33]에서 만 리 먼 길 떠난 나그네	鯷岑萬里客
산수 고운 고을에서 마주쳤다네	邂逅水雲鄕
고요함 가지고 동파 만나고	絶闇逢蘇子
미숙한 소리로 백양(伯陽 : 노자) 대하네	幼音對伯陽
빼어난 시 읊는 신선의 풍모	仙風啼逸韻
옥 같은 자질은 기랑이로세	玉質挹奇郎
헤어지면 하늘 끝에 떨어지리니	一別天涯隔
시름이 마음에 맺히는구나	愁懷結寸腸

이 학사께 바치다[獻李學士詞案] 익정

반가운 눈 마주하여 간절하게 생각하니	靑眸相對切開思
다른 나라 문장 통해 마음을 절로 아네	殊域通文心自知
이 모임의 이 마음에 더욱 기쁨 참으니	此會此情尤耐喜
그 당시 성당(盛唐) 때를 우연히 만났구나	逢遭當日盛唐時

---

33 제잠(鯷岑) : 제(鯷)는 고대에 동해(東海) 바다 가운데에 있는 종족의 이름인데, 여기서
는 우리나라를 가리킨다.

40 和韓唱酬集 一

다른 운을 써서 네 공(公)에게 감사하다[用別韻謝四公] 이 붕명
(李鵬溟)

그 당시 사걸이 시로써 울렸으니	當時四傑以詩鳴
묻노니, 시단에서 맹주는 누구신가?	爲問騷壇孰主盟
이제부터 재주는 오직 으뜸 뿐이라	自是才華但第一
거친 말로 훌륭한 시 창화하기 부끄럽네	愧將蕪語續希聲

갑작스럽게 이 공의 시에 차운하다[率爾次李公高韻] 익정

일본 조선 서로 만나 시를 지어 울리니	桑韓相會作詩鳴
붓 달리고 맘껏 읊어 시맹을 맺었네	驅筆縱吟共結盟
문학에는 이 같은 이 예나 제나 적으니	文學如君古今少
옥 같은 시 땅에 던져 금석 같은 소리 나네	玉章擲地發金聲

아룀[啓]

오늘의 모임에서 높은 분을 알고 싶은 소원을 이루었고 또 주옥 같은 화답시를 받았으니 실로 일생의 큰 행운입니다.

대답[復] 이 붕명

교본(橋本) 공은 특히나 매우 민첩하시고 또 재주가 많으십니다.

○취허 성 공에게 드리다[奉呈翠虛成公]

서쪽에서 동쪽으로 이어지는 수백 개의 역정을 지나 사신의 수레가 이곳에 이르러 다행히 훌륭한 모습을 뵙게 되니 기쁨을 이기지 못하겠습니다. 함부로 변변찮은 노래 한 편을 불러 높으신 귀를 더럽히고 아울러 감사하는 마음을 폅니다. 삼택견서(三宅堅恕)[34] 쓰다.

계림의 시인이 자라 머리[35] 차지하니	鷄林詞客占鼇頭
운몽[36]으로 꽉 채운 채 먼 여행을 노래하네	芥蔕雲夢賦遠遊
성스러운 모범은 기자(箕子)를 대하는 듯	聖範猶思箕子對
기이한 향기 속에 명류 만나 기쁘네	奇芬可喜接名流

○급히 성재의 시에 차운하다[走次誠齋韻] 취허가 급히 쓰다

사신 배가 바다 서쪽 끝에 다시 돌아가면	星槎重返海西頭
고향 향해 장대한 유람을 얘기하리	擬向鄕園說壯遊

---

34 삼택견서(三宅堅恕) : 산택성재[미아케 세이사이, 三宅誠齋, ? 1728)로, 이름은 견서(堅恕)이다. 상명 번[桑名藩]에서 벼슬하였다. 1721년 은퇴한 후 경도(京都)에서 살다가 죽었다.

35 자라 머리 : 제일 앞자리를 차지하는 것을 가리킨다. 당송 때 한림학사, 승지 등이 황제를 알현할 때 커다란 자라를 새긴 어전의 계단 중앙에 섰던 데에서 연유한 말이다.

36 운몽(雲夢) : 한(漢)나라 사마상여(司馬相如)의 자허부(子虛賦)에 "운몽 같은 호수 여덟 아홉 개를 한꺼번에 집어삼키듯, 그 흉중이 일찍이 막힘이 없었다.[呑若雲夢者八九於其胸中, 曾不蔕芥。]"라고 하였다.

빼어난 재주 지금 옛날 같지 않지만	廷秀奇才今不古
시단은 천년 걸쳐 풍류를 잇는구나	騷壇千載繼風流

○창랑 홍 공에게 드리다[奉呈滄浪洪公] 견서(堅恕)

만 리 푸른 물결에 갓끈을 씻으니	萬里碧流淸濯纓
삼한의 호걸들이 알아봐 주었네	三韓英傑識韓荊
흰 구름에 칼 짚고 가을은 저무는데	白雲倚劒秋將暮
필마로 나그네 정 만류하기 어렵네	匹馬難留覊客情

○붓을 달려 삼택이 보여준 시에 차운하다[走次三宅示韻] 창랑

난초 엮어 패옥 삼고 구리때로 갓끈 삼아	紐蘭爲佩茝爲纓
사랑스런 맑은 재주 자형(子荊)[37]과 닮았네	愛爾淸才似子荊
슬프게도 만나자 곧 이별하게 되었으니	惆悵相逢還作別
흰 구름 속 단풍나무 정 이기지 못하겠네	白雲紅樹不勝情

---

37 자형(子荊) : 손초(孫楚, ?~293)로, 자는 자형(子荊)이다. 서진(西晉) 때 문학가이다. 젊은 시절 은거하려 하면서 "나는 돌을 베개로 삼고 흐르는 물에 입을 씻겠다."라고 하려던 말을 "흐르는 물을 베고 돌로 입을 씻겠노라."고 잘못 말하여 옆 사람이 조롱하자, "흐르는 물을 베개로 함은 귀를 씻으려는 것이요, 돌로 입을 씻음은 이를 잘 닦으려 함이다."라고 대답하였다고 한다. 《晉書 卷56 孫楚傳》

천화 임술년 조선의 세 사신이 오셔서, 8월 3일 경사(京師)에 이르러 본국사(本國寺)에 묵었다. 이틀 후 현기(玄機)·현연(玄緣)이 함께 가서, 성(成) 학사와 이(李)·홍(洪) 두 문장(文丈)을 뵙고 즉석에서 창수(唱酬)하였는데, 모두 26수이다.

○성·이·홍 세 공께 드리다[呈成李洪三公詞案] 현기(玄機) 자는 대방(大方)

맑은 시절 세 가지 소리[38] 그치고	淸時三籟歇
사해에는 상서로운 구름이 이네	四海起祥雲
주변 나라 사신을 파견해 와서	員國馳官使
우리나라 대군을 축하한다네	敝邦賀大君
위의와 모습은 지금 뵀지만	儀容今謁見
재주와 덕 예전부터 들어 알았네	才德舊知聞
뜻밖에도 훌륭한 만남 얻으니	望外得奇遇
필담으로 즐거움을 거두고 싶네	文談欲斂欣

---

38 세 가지 소리 : 《장자》〈제물론(齊物論)〉에 보이는 인뢰(人籟)·지뢰(地籟)·천뢰(天籟)를 가리킨다. 인뢰는 사람이 울리는 소리로 악기의 소리이고, 지뢰는 대지가 일으키는 소리로 바람 소리이고, 천뢰는 인뢰와 지뢰의 근본이 되는 대자연의 소리이다.

○대방이 보여주신 시에 차운하여 감사하다[次謝大方辱示韻] 성 취허

만 리 멀리 떠나온 삼한 나그네	萬里三韓客
누선으로 바다 구름 건너왔다네	樓船駕海雲
기자 나라 큰 경사를 계승하였고	箕邦承大慶
일본에선 명군을 축하한다네	日域賀明君
낙양에서 고상한 선비 만나니	洛下逢高士
온 나라에 공의 소문 진동하였네	寰中擅公聞
남북으로 다르다고 한탄치 마오	莫嘆南北異
우연한 만났어도 서로 기쁘오	傾盖卽相欣

○대방께 감사하다[奉謝大方詞案] 붕명

8월에 떠나온 사신 뱃길은	八月星槎路
학 등에 구름 멀리 이어졌다네	遙連鶴背雲
풍류로는 어느 누가 주인 되었나	風流誰作主
문채로는 기쁘게 그대 만났네	文彩喜逢君
인물은 이곳에 번성하였고	人物斯爲盛
호수와 산 예전에 듣던 대로네	湖山昔所聞
반가운 눈으로 서로 만난 곳	靑眸相對處
나그네 맘 오히려 기쁘기만 해	羇抱却欣欣

○대방이 보여준 시에 감사하다[奉謝大方示韻] 창랑

평생토록 꿈에도 못 뵈었는데	平生夢不到
오늘은 다행히 구름 젖혔네	今日幸披雲
이국땅의 나그네 신세 잊으니	異地忘爲客
지음으로 그대가 있어서라네	知音賴有君
맑은 모습 진실로 읍할 만하고	淸標眞可挹
높은 논의 더욱이 감당하겠나	高論更堪聞
주옥 같은 시를 주셔 감사 드리며	多謝瓊琚贈
마음으로 남몰래 기뻐한다네	中心竊自欣

○성·이·홍 세 공께 드리다[呈成李洪三公詞案] 현연(玄緣) 자는 별종(別宗)

우리나라 임금께서 새로 즉위해	我國君新立
외국에서 특별히 와 축하드리네	異邦特賀來
수천리 길 안개 낀 머나먼 물길	千程煙水遠
한 폭의 비단 돛배 길을 떠났네	一幅錦帆開
서울 절에 수레를 잠시 멈추니	京寺暫留駕
역정에서 몇 번이나 먼지 털었나	驛亭幾掃埃
군신의 만남이 때때로 있어	風雲時際會
한림의 재주를 우러러 보리	仰看翰林才

○차운하여 별종에게 감사하다[次謝別宗詞案] 취허

다행히 돈독한 수교 날 맞아	幸際敦修日
신선 배가 바다 너머 밖으로 왔네	仙查海外來
흰 머리로 거센 파도 멀리 건너고	白頭鯨浪遠
열리는 도성 문을 반갑게 봤네	靑眄鳳城開
옥가루 날리는 듯 맑은 이야기	瓊屑霏淸話
주옥 같은 시편에는 티 하나 없네	瑤篇絶點埃
위원[39]에는 뛰어난 이 많기도 하나	葦原多雋人
두 공의 재주를 먼저 꼽으리	先數二公才

○별종에게 감사드리다[奉謝別宗詞案] 붕명

두 나라가 이웃으로 우호를 닦아	兩國修隣好
신선 배가 만 리 길을 찾아왔다네	仙槎萬里來
안타깝게 세월은 잡지 못하고	流光嗟不住
나그네 시름은 풀기 어렵네	羈抱苦難開
큰 바다에 바람으로 파도 일었고	滄海風生浪
먼 길에 내린 비로 먼지 씻었네	長途雨洗埃
시단에서 우연히 만나게 되어	詞壇邂逅地

---

39 위원 : 일본을 가리킨다. 본래는 위원중국[아시하라노나카쓰쿠니, 葦原中國]이라고 하
는데, 일본 신화에 나오는 명칭으로, 신들이 살고 있는 천상세계인 고천원(高天原)과 대
비하여 인간이 사는 일본 국토을 가리키는 호칭이다.

화답하고 싶어도 재주 부끄러　　　　　　　　　欲和愧微才

○별종의 주옥같은 시에 차운하다[奉次別宗瓊韻] 창랑

멀리에서 사신 배를 좇아와서는　　　　　　　　遠逐星槎使
가는 길이 일본 땅을 가로 질렀네　　　　　　　行穿日域來
만나보니 훌륭한 선비가 있어　　　　　　　　　相逢高士在
한바탕 웃으니 마음 풀리네　　　　　　　　　　一笑好懷開
관소에는 나무에 바람이 일고　　　　　　　　　華館風生樹
정원에는 비가 내려 먼지를 씻네　　　　　　　間庭雨洗埃
잔치 자리 붓놀림을 겨뤄야 하니　　　　　　　當筵競揮筆
고인의 재주에 사양 않으리　　　　　　　　　　何讓古人才

○대방에게 드리다[奉呈大方詞案] 취허

청고한 골격은 신선 같은 선비인데　　　　　　清高骨格列仙儒
예술의 숲 속에서 생각의 말 달리네　　　　　術藝林中意馬驅
고운 뭇 거침없어 나그네 눈 놀라니　　　　　彩筆憑陵驚客眼
부들자리 같이 하여 담소해도 좋으리　　　　不妨談笑共團蒲

○화운하다[和] 현기

한림의 선비 만나 놀라서 바라보니	相逢驚見翰林儒
굳건한 필체는 준마를 모는 듯	健筆恰如駿馬驅
이 못난 중 어떻게 가시 같은 입을 여나?	野衲何開荊棘口
산에 살던 예전에 부들만 엮었다네	居山平昔只編蒲

○별종에게 드리다[奉呈別宗詞案] 취허

물 속의 달 같은 정신 흰 갈매기 같은 자태	水月精神海鶴姿
젊은 나이 문채가 하늘 끝을 비추네	紗年文彩映天涯
만남은 진실로 한 때 우연 아니니	邂逅誠非當時偶
반가운 눈 서로 보며 훌륭한 모습 뵙네	靑眼相看對紫眉

○화운하다[和] 현연

의관은 의젓하여 맑은 자태 드러내고	衣冠嚴爾見淸姿
탁월한 문장은 한 시대의 으뜸이네	卓出文章甲一時
우연히 만났어도 오랜 친구 같으니	邂逅還如舊知己
십주와 삼도에서 노인을 축수하네	十洲三島祝龐眉

○여러 공에게 감사 드리다[奉謝僉公榻下] 붕명

해동의 천년에 규문성이 비추니	海東千載映奎文
문장으로 떨친 명성 두 분이 최고라네	翰墨聲名最二君
마주하여 오늘 함께 담소하는 자리에서	今日一床談笑地
뛰어난 재주로 영 땅 도끼[40] 주시기를	高才讓與郢中斤

○화운하다[和] 현기

비단과 꽃 모은 듯 영철한 문장이니	簇錦簇花英哲文
삼한 나라 안에서 시인으로 임금일세	三韓國裡一騷君
찾아와 뵈온 것은 다른 일이 아니라	訪來謁見非他事
묘수의 질정을 구하려는 것뿐이네	只是將求玅手斤

○같음[仝] 현연

조선에는 비단 문장 가득하다 들었는데	聞說三韓富錦文
글 잔치 열린 오늘 그대 만나 기쁘네	文筵此日喜逢君

---

40 영 땅 도끼 : 《장자》〈서무귀(徐无鬼)〉에 "영 지방 사람이 코끝에 백토를 파리 날개처럼 묻혀 놓고 장석(匠石)을 시켜 그것을 깎아 내게 하였다. 그러자 장석이 바람을 일으키며 도끼를 휘둘러 마음대로 깎아 내기 시작하였는데, 백토를 다 깎았는데도 코를 다치게 하지 않았고 그 영 지방 사람도 조금도 동요하지 않고 그대로 서 있었다." 하였다. 후대에는 글을 잘 고치는 것을 뜻하는 말로 쓰이기도 한다.

구름과 비처럼 붓끝을 휘두르니　　　　　毫端揮起如雲雨
화답하는 시편에는 꾸밀 도끼 필요하리　　聊賦和篇需斧斤

○자리에서 급히 여러 공 안하(桉下)에 드림[席上走呈僉公桉下] 창랑

모두가 다른 나라 선비들이니　　　　　共是殊邦士
이 날의 만남 어찌 기약했으랴　　　　那期此日逢
처음 보자 눈이 문득 활짝 열리고　　　初看眼便豁
말 없어도 뜻이 먼저 배어나오네　　　不語意先濃
문예 동산 고수를 추대하노니　　　　藝苑推高手
스님 자태 파리한 얼굴 하였네　　　　禪風帶瘦容
백설가가 진동하는 새로운 시편　　　新篇動白雪
한 번 읊고 막힌 가슴 시원해지네　　一唱爽煩胸

○화운하다[和] 현기

많은 날들 간절히 갈망하다가　　　　多日渴望切
오늘 아침 다행히 만나게 됐네　　　　今朝幸得逢
외국이라 말은 비록 다르다 해도　　　外邦雖語異
같은 자리 진한 정에 기뻐한다네　　　同席喜情濃
이 못난 중 미욱한 자질을 속여　　　貧道暫微質

귀관의 바른 자태 우러렀다네   貴官仰貞容
새로운 시편 내게 부쳐 주시니   新詩蒙寄我
한번 보고 가슴이 탁 트인다네   一見豁襟胸

○화운하다[和] 현연

북쪽 나라 영준하고 뛰어난 선비   北邦英傑士
해외에서 기쁘게도 서로 만났네   海外喜相逢
초면이나 정은 외려 따뜻하였고   初見情還睦
새 시지만 맛이 가장 진하였다네   新詩味最濃
글 짓는 자리에서 솜씨에 놀라   文筵驚妙手
옥패 찬 귀한 손님 우러러보네   玉佩仰貴客
드넓고 아득한 운몽의 호수   滄茫雲夢澤
한 치 가슴 속에다 품고 계신가   却疑藏寸胸

○대방과 별종 두 분에게 드리다[奉呈大方別宗兩詞案] 취허

이수[41]의 용 서려있는 금봉산 줄기에는   伊水龍盤金鳳山
오색 채운 사이로 줄지어 있는 궁궐   參差宮闕五雲間

---

41 이수 : 중국 하남성(河南省) 서부에 있는 이하(伊河)로, 동북으로 흘러서 낙수로 들어가
  는 강이다.

배를 멈춘 이 날에 머물러 있게 된 곳	停槎此日淹留處
누각 기대 읊으며 얼굴 한 번 펴보네	嘯倚高樓一解顔

○화운하다[和] 현기

만 리 길 사신 배가 부산포를 출항하여	萬里艤舟出釜山
사신 깃발 홀연히 경도에 도착했네	旌旗忽到洛京間
위로코자 온 것이 그대 찾은 뜻인데	特來要慰訪君意
끊임 없는 맑은 얘기 웃음꽃이 피어나네	亹亹淸譚開笑顔

○화운하다[和] 현연

만 리 길 삼한은 산과 바다 막혔는데	萬里三韓隔海山
나그네 길 하루 아침 우연히 만났네	一朝傾盖客僑間
왕래하며 몇 번이나 창화를 하였던가	往來酬唱幾多度
못난 시로 어떻게 유사에게 기쁨 주랴	拙句何懽遊士顔

○대방에게 감사하고 이어 별종 도사에게 보이다[奉謝大方仍示別宗道士] 붕명

이 몸은 우물 안 개구리와 마찬가지	此身無異井中蛙

강물은 보았으나 바다 끝은 못 보았네	曾見河江不見涯
오늘에야 동해의 즐거움을 알게 되니	今日始知東海樂
대방가 웃음 살 일[42] 면하게 되었다네	免教貽笑大方家

○**화운하다[和]** 현기

우물 안 개구리는 겸손한 말씀이니	言謙自道井中蛙
문장 바다 물결이 끝없이 펼쳐지네	文海波瀾無涘涯
고금에 그대를 필적할 이 그 누구리	今古如君誰等匹
당송 명가 네 명[43] 중에 보았던 것 같구나	想看唐宋四名家

○**같음[仝]** 현연

우습고도 가련한 우물 안 개구리	堪笑堪憐水底蛙
하늘 끝에 솟구치는 붕새 모습 부러워라	羨看鵬鳥擊天涯
회오리바람에 바다에는 파도 이니	扶搖海上波瀾起
문채는 자유자재 일가를 이루었네	文彩縱橫作一家

---

42 대방가 웃음 살 일 : 황하의 신 하백(河伯)이 황하가 불어나자 의기양양해하다가 북해 (北海)에 이르러 그 끝없이 펼쳐진 물을 보고 탄식하기를, "내가 대방가(大方家)에게 비 웃음을 당하겠구나."라고 하였다. 《莊子 秋水》

43 당송 명가 네 명 : 당(唐)의 한유(韓愈), 유종원(柳宗元)과 송(宋)의 구양수(歐陽脩), 소식(蘇軾)을 가리킨다.

○다시 율시 한 수를 지어 여러 공에게 감사하다[更賦一律奉謝僉公] 현기

시단의 맹주를 홀연히 만나	忽遇騷壇主
마음 속 불평이 사라졌다네	心頭消不平
역관을 통해야만 말 전하지만	寄鞮唯達語
창화하다 도리어 정이 통하네	唱和却通情
붓 잡으니 마음은 법을 잊었고	執筆心忘法
시 지으니 그림 속에 소리가 있네	賦詩畫有聲
산천과 더불어 풀과 나무들	山川兼草木
가을날 향기를 한껏 풍기네	秋日發香榮

○같음[소] 현연

빙문하러 와주신 세 분 사신들	來聘三官使
서로 따라 바다 동쪽 도착하였네	相隨到海東
비단 돛은 저녁 해에 광채가 나고	綉帆輝夕日
그림 배는 가을바람 타고 달리네	畫舫駕秋風
글에는 송나라 소식(蘇軾) 보이고	文見宋蘇子
시에는 당나라 두보(杜甫) 생각나	詩思唐杜公
세월이 태평하여 더욱 기쁘니	太平尤可喜
이러한 영웅들을 만나게 됐네	邂逅此豪雄

○다시 대방 사안에게 드리다[更呈大方詞案] 취허

듣자니 영공(英公) 스님께서는	聞說英公苾蒭□
꽃을 바친 당일에 문도 허락 받았다네	獻花當日許門徒
구슬 배로 불경바다 더불어 떠가고	珠船共泛旃檀海
혜안으로 법계의 경지에 능통했네	惠眼能通法界圖
백로 있는 연못가에 범패 자주 들리고	白鷺池邊頻唄梵
푸른 원앙 절에서 가부좌 몇 번 했나	青鴛刹裏幾跏趺
이역에서 만난 것은 전생 인연 있어서니	相逢異域前緣在
다음 생에 변할 몸을 그 누가 알겠는가	次律誰知幻一軀

○별종에게 드리다[奉呈別宗詞案] 같음

조계종 일파가 남종을 인정하여	曹溪一派認南宗
일찍이 운사(雲師) 향해 도의 자취 밟았네	早向雲師躡道蹤
발로는 부상의 천리 길을 걸었고	脚下扶桑千里路
지팡이로 부사산 오운봉을 짚었네	筇頭富士五雲峰
연화루 물시계는 쌍림[44]의 꿈 깨우고	蓮花漏驚雙林夢
기원[45] 나무 바람은 칠보 종을 전히네	祇樹風傳七寶鐘

---

44 쌍림(雙林) : 석가모니가 열반(涅槃)한 발제하(跋提河) 언덕 사라쌍수(沙羅雙樹)의 숲을 가리킨다.

45 기원 : 기수급고독원(祇樹給孤獨園)의 준말이다. 옛날 인도 기타태자(祇陀太子) 소유의 원림(園林)을 수달급고독(須達給孤獨) 장자(長子)가 사서 석가(釋迦)에게 기증한 승원(僧院)이다.

묻노니 어느 때에 낙사(雒社)[46]에 오시는가?　　　　爲問何時來雒社
잠깐에도 깊은 사귐 양쪽 정이 진하네　　　　　　交深傾盖兩情濃

천화(天和) 2년 임술년, 조선국의 세 사신이 우리 조정에 왔다. 정사 윤지완(尹趾完)·부사 이언강(李彦綱)·종사 박경후(朴慶俊)가 8월 3일 경도(京都)의 본국정사(本國精舍)에 도착했다. 5일 나는 별종(別宗)과 함께 이역의 풍속과 불교의 흥폐를 묻기 위해 서산(西山) 매옹(梅翁)[47]에게 의뢰하여 가서 뵈었다. 학사 성취허(成翠虛)이름은 완(琓)이고 매월헌(海月軒)이라 부름, 학사 이붕명(李鵬溟) 담령(聃齡), 홍창랑(洪滄浪) 세태(世泰)이 나와서 맞았다. 서로 읍을 하고 마주 앉아 필담을 나누었다. 매옹(梅翁)이 내게 말하였다.

"먼저 시 한 편을 드려야 합니다."

그래서 두 사람이 각각 오언율시 한 편을 지어서 세 학사에게 겸해서 주니, 취허 역시 절구 두 편을 주었고, 두 사람이 곧 화운시를 지었다. 붕명이 절구 한 편을 짓고 창랑이 율시 한 편을 각기 겸해서 지어 주었다. 두 사람이 따라서 화답하였다. 붕명과 취허가 또 각각 절구 한 편을 주자 따라서 화답하였다. 이 사이 세 학사의 화운시가 차례로 이루어졌다. 나와 별종은 다시 율시 한 편을 지어 세 학사에게 주었

---

46 낙사(洛社) : 낙양기영회를 가리킴. 송(宋) 나라 문언박이 사마광(司馬光)·부필(富弼) 등 13인과 함께 백거이의 구로회를 모방하여 만든 모임.

47 서산(西山) 매옹(梅翁) : 대마도 서산사 승려 현상(玄常)을 가리킨다. 호는 매산(梅山) 이다.

다. 취허 역시 칠언 근체시 두 편을 지어 두 사람에게 주며 말하였다. "오늘의 만남이 거의 전생 인연이 있는 듯 하니 감복함을 어찌 말하겠습니까? 낮부터 밤까지 마주한들 어찌 감히 만족하게 여기겠습니까? 그러나 공사가 매우 급하여 긴 얘기를 나누지 못하니 매우 유감스럽습니다. 주신 율시 한 편은 내일 화운시를 지어 드리겠습니다. 제 시 역시 내일 화운시를 받는다면 어찌 다시 만나는 것과 다르겠습니까?"

서로 읍하고 헤어졌다. 그러므로 나라의 풍속을 묻고 불교에 대해 이야기 할 길이 없었고 단지 공연히 시단의 창화를 행하여 좋은 일의 자취를 흉내 낼 뿐이었다. 아아, 세 선비의 풍부한 문재(文才)여! 쓴 글에는 버릴 게 없었고, 순식간에 이루어졌다. 상오에서 하오까지 취허는 7편, 붕명은 4편, 창랑은 3편을 지었고, 나와 별종은 각각 6편을 지었다. 통틀어 26수인데, 얼마 안 되는 시간에 지은 것이다. 끙끙거리며 읊는 내 솜씨로 다른 사람의 빠른 붓을 대하니 긴박함을 알 만할 것이다. 그리하여 전말(顚末)을 기록하고, 이어서 마무리를 짓는다.

○ **천화 임술년 8월 8일 현기(玄機) 쓰다**

다음 날 준 시 9수

○ **성 학사가 주신 시에 화운하다[和成學士惠韻]** 같음

우레와 같은 명성 나무꾼도 알고 있고　　　　　雷名轟轟及蕘蕘

안자 따른 덕행을 기쁘게 보았다네 　喜見德行顔子徒
붓 휘둘러 북쪽 나라 문한을 빛내다가 　揮筆北邦輝翰苑
말을 타고 동쪽에 와 절에서 쉰다네 　鳴珂東域憩浮圖
여러 차례 수창하여 서로 뜻이 통하니 　數回酬唱相通意
하루종일 담소에 함께 앉아 있었네 　終日笑譚俱結趺
영원토록 비장방48은 한 둘이 아닐 테니 　永也房公非一二
동시에 두 그림자 전신과 후신일세 　同時雙影後前軀

○다시 앞의 운을 써서 성 학사에게 감사하다[再用前韻謝成學士] 같음

용 그린 배 먼 바다 밖으로 오니 　龍舟來海外
따르는 이 구름처럼 빼곡하구나 　簇簇從如雲
인원수 뽑아서 사행 보내니 　選數差官使
빛나는 문장에는 그대 있구나 　輝文在貴君
글자 통해 마음을 서로 전하니 　字通心共達
다른 언어 귀로만 듣고 있다네 　音異耳唯聞
스님의 게송에서 얻은 화답시 　山偈得淸和
이 기쁨을 어떻게 감사 드리랴 　奈何謝此欣

---

48 비장방 : 후한(後漢)의 비장방(費長房)이 도인인 호공(壺公)에게 축지술을 배워 대나무 지팡이를 타고 멀리 떨어져 있는 집까지 순식간에 날아갔다고 한다.《神仙傳 卷5 壺公》

○**다시 앞의 운을 써서 이 학사에게 감사하다[再用前韻謝李學士]** 같음

붕새가 날아서 남국에 오니	鵬鳥來南國
날개가 만 리 구름 드리웠다네	翼垂万里雲
고향 떠도 나그네 시름 없으니	離鄕無客思
도를 즐겨 마음이 태평하다네	樂道泰天君
못 배운 천박한 학문 속여서	暫未學膚受
박람강기 그대를 마주했다네	對强記博聞
긴 여정은 염천의 더운 날인데	脩途炎熱日
훌륭한 경치에 즐거워하네	佳勝是驪欣

○**다시 앞의 운을 써서 홍 사백에게 감사하다[再用前韻謝洪詞伯]** 같음

서쪽 바다 천 길 파도 물결이 일고	西海千尋浪
동쪽 관문 만 리에 구름 끼었네	東關萬里雲
꽃다운 이웃나라 사신이 와서	芳隣修聘如 "使"인가?
예물로 새 임금 축하한다네	奇産祝新君
예의는 엄정하니 볼만하였고	禮則嚴宜見
음악 소리 조화로워 들을 만하네	樂音和可聞
경모하지 않을 이 누가 있으랴	有誰無景慕
만나서 얘기한 나 기쁠 뿐이네	晤語我唯欣

○차운하여 해월헌 취허 공이 주신 시에 감사하다[次謝海月軒翠虛公惠韻] 현연

하순(賀循)[49]은 세상에서 유종으로 여겼으니	賀循曾是世儒宗
천년에 견줄 이가 또 있을 줄 알았으리?	千歲何知更比蹤
초서는 활기차서 물에 뱀이 떠가는 듯	草聖欣欣蛇泛水
글의 광채 밝게 빛나 봉우리에 해 솟는 듯	文光赫赫日昇峰
먼 길 만 리 떠나와 한양의 꿈꾸다가	遠遊萬里漢陽夢
난야[50]의 종소리 한 번에 꿈 깨었네	忽破一聲蘭若鐘
산의 구름 바다의 달 아울러 다 말하고	話盡山雲兼海月
주옥같은 시문 주셔 굳은 사귐 맺었네	瓊瑤報我結交濃

○다시 앞의 운을 써서 취허에게 드리다[再用前韻呈翠虛袱下] 같음

한양에서 국명을 받들고 떠나	漢陽承命去
일본 땅에 국서를 받들고 왔네	日域奉書來

---

49 하순(賀循) : 260~319. 자는 언선(彦先)이다. 재능이 뛰어나 당시 오준(五俊)의 하나로 꼽혔다. 무강령(武康令)으로 있을 때 정교가 크게 행해져 이웃 고을에서 종주로 따랐다. 벼슬이 태사, 태상경에 이르렀다. 병으로 벼슬을 그만두었으나, 황제가 친히 찾아와서 인끈을 내렸고, 태자 역시 세 차례나 병문안을 하였다. 죽었을 때 황제가 소복을 입고 곡을 하였다. 《晉書 卷68 賀循列傳》

50 난야(蘭若) : 범어 āranyaka의 음역인 아란야(阿蘭若)의 준말로, 출가자가 수행하는 사원을 가리킨다.

이름 듣고 간절하게 갈망했다가	名聞渴望切
황홀하여 반가운 눈 크게 떴다네	怳然靑眼開
문장 물결 바다처럼 솟아오르고	文瀾湧如海
시의 운치 맑아서 티끌 없다네	詩韻淨無埃
두 나라에 성가를 높이 올리니	兩國揚聲價
마땅히 천하의 재주라 하리	宜稱天下才

○다시 앞의 운을 써서 붕명 사백에게 감사하다[再用前韻謝鵬溟詞伯] 같음

조선을 나와서 멀리 떠나와	遠出朝鮮國
사신의 수레가 이 땅에 왔네	輶車此地來
거친 글을 그대 만나 바치게 되니	蕪詞遇君獻
비단 수 같은 말씀 내게 하시네	繡口爲吾開
옥구슬 꿴 듯이 나란히 앉아	品坐如聯玉
맑은 얘기 티끌이 어찌 일겠나	淸談豈惹埃
산봉우리 처마 끝에 걸려있는데	台峰掛檐角
시인 재주 기다리듯 푸름 짙구나	翠似待詩才

○앞의 운을 써서 창랑께 감사하다[用前韻謝滄浪案下] 같음

말 달라도 나누는 정 두터웠으니	語異交情厚

시편은 몇 차례나 오고 갔던가?	詩篇幾往來
기러기 울음에 고향 그리워	鴈鳴鄉意切
거문고 소리에 시름 푸시네	琴響旅懷開
황금의 궁궐에 항상 있다가	常在黃金闕
멀리 떠나 번화가 먼지를 밟네	遠離紫陌埃
나라를 보좌할 훌륭한 인재	俊良堪佐國
현명한 군주가 들어 썼다네	明主擧名才

○또 율시 한 편을 지어 세 사백에게 감사하다[又賦一律謝三詞伯] 같음

헌걸찬 세 명신이 우리나라 오시니	三傑名臣來我國
벼슬아치 바삐 나가 구름수레 맞이하네	士夫倒舃迎雲軺
수천 산의 풍경은 몇 편 구절 시가 되고	千山風景數篇句
만 리의 안개 길은 한 조각 배로 왔네	萬里煙波一葉艘
일본과 조선에서 명성을 떨치고	桑域箕邦馳美譽
비단 옷과 옥부절에 높은 표상 보았네	繡衣玉節見高標
떠나며 망망한 동해 밖을 바라보면	去看東海渺茫外
눈 머금은 부사산이 푸른 하늘 솟았으리	含雪士巖衝碧霄

○해월헌·붕명·창랑 세 분께 드리며 화답시를 청하다[呈海月軒鵬溟滄浪三詞案以需和敎] 축령(竺嶺)

물길 뱃길 구름 수레 소식 이미 통하고	水陸雲車信旣通
정으로 화합하니 천 리에도 풍교 같네	情和千里則同風
옥관을 밝게 쓰고 구슬 누대 오르니	玉冠晳立瓊臺上
월궁을 둘러싸는 세 별을 우러르네	仰見三星遶月宮

○삼가 축령 선사께 감사하다[奉謝竺嶺禪榻下] 붕명이 급히 쓰다

아득한 부상으로 나그네 길 통하여	杳杳扶桑客路通
구름 돛에 만 리 길 바람을 타고 왔네	雲帆萬里駕長風
서경은 강산 경치 본디 으뜸이라 하니	西京素擅江山勝
말안장 잠시 풀고 사원으로 들어가네	暫卸征鞍就梵宮

○축령 스님이 보인 시에 차운하다[次竺嶺師示韻] 창랑이 쓰다

망망한 푸른 바다 한 척 배가 통하여	茫茫滄海一槎通
멀리 파도 헤치고 만 리 바람을 타고 왔네	破浪遙乘萬里風
이틀 동안 두 서울에 거듭해서 묵으니	兩日兩京聊信宿
흰 구름 가을 풍경 절집에 가득 찼네	白雲秋色滿蓮宮

○간소하게 서산 대사께 드려 화운시를 구하다[簡呈西山大師要和] 해월헌이 붓을 달려 쓰다

범과 고기 부르는 오온(五蘊)[51]의 선승이	喚虎召魚五蘊禪
허공 날아 용천에서 낚싯줄을 폈었네	飛空抒釣自龍泉
급원[52]에서 오랫동안 마하[53] 방에 머물렀고	給園久掩摩訶室
삶의 바다 때때로 대원선[54]을 띄웠네	生海時浮大願船
배 구멍의 한줄기 빛 해와 달과 통하고	腹竅絮光通日月
혀뿌리의 꽃술은 푸른 연꽃 관통하네	舌根香蘂貫青蓮
백호상[55]이 놀라게 하는 곳을 한 번 보니	試看毫相驚人處
동방의 만 팔천 곳 비추고 있구나	照破東方萬八千

---

51 오온(五蘊) : 불교의 용어로, 색(色), 수(受), 상(想), 행(行), 식(識)의 다섯 가지 작용이 모여 쌓여서 사람의 신심(身心)을 이루는 것을 말한다.

52 급원(給園) : 옛날 인도의 기타태자(祇陀太子) 소유의 원림을 급고독장자(給孤獨長者)가 구입하여 정사를 세운 다음 석가모니에게 희사했다는 기수급고독원(祇樹給孤獨園)을 가리킨다.

53 마하 : 석가모니의 수제자인 마하가섭(摩訶迦葉)을 가리킨다. 불타로부터 첫 번째로 법을 전수받은 제자로, 석가모니가 영산회상(靈山會上)에서 염화시중(拈花示衆)하였을 때했 가섭만이 파안미소(破顔微笑)를 하였다고 한다.

54 대원선(大願船) : 중생을 구제하는 것이 배를 태우는 것과 같아서 불교에서 비유적으로 쓰는 표현이다.

55 백호상 : 여래 32상의 하나인 백호상(白毫相)을 가리킨다. 세존의 두 눈썹 사이에 있는 흰색 털이 있는데 오른쪽으로 말린 데서 빛을 뿜어낸다고 한다.

○삼가 서산에 드리며 화운시를 구하다[謹呈西山詞案要和]

설월당(雪月堂)

천 리 멀리 떨어진 영주땅에서	瀛州千里外
높은 풍모를 접하니 무슨 복인가	何幸接高風
반가운 눈으로 마음을 털어놓으니	靑眼論襟處
사귀는 정 저절로 끝이 없구나	交情自不窮

○차운하여 현 대사께 감사드리다[次韻奉謝玄大師道案] 죽암

도인(竹菴道人) 쓰다

글 솜씨 재주로는 당할 자 없고	翰墨才無敵
산림에서 도가 통해 이웃이 있네	山林道有隣
뜬 구름 한가한 달 있는 곳에서	浮雲閑月在
사슴과 날마다 서로 친하네	麋鹿日相親

○매산과 수중[56] 여러 분께 드리다[奉呈梅山守中僉案下] 홍세

배(洪世泰) 느리다

푸른 도포 흰 승복이 의젓하게 함께 하여	靑袍白衲儼相連
손님 주인 즐거운데 잔치자리 다했네	賓主歡深敞勝筵

---

56 수중(守中) : 대마도 기실 소산조삼(小山朝三)의 호이다.

산 넘고 물 건너는 천 리 먼 길 근심하니	跋涉肯愁千里遠
주선한 것 실로 신의 힘, 막역한 사이 된	周旋實賴神交俱莫逆
이 몸이 벗 얻음도 다른 생의 인연이리	此身知音異生緣[57]

○천지가 남북으로 떨어져 수로와 육로 만 리 길인데, 여름과 가을을 겪으면서 더위를 무릅쓰고 장기(瘴氣)를 뚫고 오셨으니, 나랏일로 고생하심을 노복을 차례로 바꾸어가며 따져본들 어찌 다 할 수 있겠습니까? 다행히 올해 비바람이 때에 맞았고, 바다의 파도가 일지 않아, 배를 타고 건너기 쉽고 수레를 타고 달리기 편했습니다. 위험한 곳을 지나오면서도 일이 평소와 다르지 않았으니 화락한 군자를 신령이 도와주신 것이니, 어찌 다만 사신의 영화일 뿐이겠습니까? 실로 두 나라의 경사이니 매우 축하드립니다.

임술년 가을 8월, 순암(順菴) 목정간(木下貞幹)[58]

---

57 이 부분은 착간(錯簡)이 있는 듯하다. 『信使和韓唱和集』에 連·筵·賢·禪·緣의 운자를 쓰는 시가 보이는데, 이 시도 그 차운시 가운데 하나로, 시의 후반부가 잘못 기재된 것으로 보인다.

58 목정간(木貞幹): 목하순암[木下順庵, 기노시타 준안, 1621~1699]으로, 이름은 정간(貞幹), 자는 직부(直夫), 별호는 금리(錦里)이다. 송영척오[松永尺五, 마쓰나가 세키고]의 제자로, 금택[金澤, 가나자와] 번에서 벼슬했다. 62세에 장군 덕천강길(德川綱吉)의 시강이 되었다. 당시 일본을 대표하는 유학자로 평가된다.

○곧바로 바른 모습을 대하고 대인군자임을 알았습니다. 다만 두 나라의 언어가 통하지 않으니 눈을 마주칠 뿐이었습니다. 이제 먼저 정중하게 물어주시고 게다가 먼 길을 온 저를 위로해 주셨습니다. 글로 쓰신 뜻이 절절하여 10년 된 옛 친구 같아 감격스럽기 그지없습니다. 이는 진실로 두 나라의 돈독한 수교의 힘에서 나오는 것입니다. 덕행으로 도야한 위의를 뵙게 되니 참으로 다행스럽습니다. 취허(翠虛).

○행렬이 서경(西京)에 이르던 날, 뜻밖에 존공(尊公)의 문하에 있는 선비 진택(震澤)[59]을 만나 뵈었습니다. 공관에서 존공의 학식과 문장이 한 시대의 으뜸이라 듣고, 한번 뵙고 싶었습니다. 생각지도 않게 근래 헛된 명성을 지나치게 들으시고 먼저 객관으로 찾아와 주셨습니다. 비록 처음에 하루의 교분도 없었지만, 한번 뵙고 벌써 큰 덕과 많은 학식 그리고 예(藝)에서 노니는 기상을 알아보았습니다. 참으로 다행이고 다행입니다. 마땅히 조용한 때를 기다려, 필담을 나누어야 할 것입니다. 대략 대강을 진술하고 이만 줄입니다.

임술년 8월, 취허.

○진실로 말씀하신 대로입니다. 서경에 있을 때 진택을 보았는데, 문장의 선비였습니다. 세사가 이와 같으니 그 스승을 알만 합니다. 존

---

59 진택(震澤) : 유천진택[柳川震澤, 야나가와 신타쿠, 1650~1690]으로, 이름은 순강(順剛), 자는 용중(用中), 통칭은 평조(助), 호는 평암(平菴)이다. 경도(京都)에서 목하순암(木下順庵)에게 배웠고, 스승의 아들 목하국담(木下菊潭)을 가르쳤다. 따로 벼슬은 하지 않았고, 저서로는 『진택장어(震澤長語)』, 『평암만록(平菴漫錄)』 등이 있다.

경하는 마음이 일어나게 합니다. 창랑(滄浪).

　○제 문인 유강(柳剛)이 지나치게 칭찬을 받으니 감사하는 마음 실로 깊습니다. 저 같은 사람이 기두(箕斗)[60] 같은 헛된 이름으로 여러분의 높으신 안목을 잘못 더럽히니 부끄러움을 어찌 말하겠습니까? 삼가 변변찮은 시 한 편을 엮어, 취허 공께 드립니다.

문창성이 바다 구름 동쪽에 환히 뵈니	文星快覩海雲東
옥 빛깔 따스하게 군자의 풍모로다	玉色溫溫君子風
모영(毛穎)[61]은 천년 세월 혀 여전히 남아있어	毛穎千年舌猶在
영묘한 서각[62]처럼 뜻이 먼저 통하네	靈犀一點意先通

임술년 8월 하순 순암 목정간 쓰다.

○삼가 순암이 보여주신 시에 차운하다[謹次順菴辱示韻] 취허(翠虛)

넓은 학식 큰 재주가 일본에서 으뜸이니	博學宏才冠日東

---

60 기두(箕斗) : 실제 내용은 없이 이름만 있는 것을 비유한 말이다. 《시경》 대동(大東)에 "남쪽 하늘에 기성이 떠 있어도 나락을 까불 수 없고, 북쪽 하늘에 북두성이 있어도 술을 떠 마실 수 없네. [維南有箕, 不可以簸揚。維北有斗, 不可以挹酒漿。]"이라는 구절이 나온다.

61 모영(毛穎) : 붓을 의인화한 표현이다.

62 영묘한 서각 : 서각(犀角)은 한 가운데에 구멍이 뚫려 있어 양쪽으로 통하므로, 두 사람이 서로 의기투합함을 비유하는 말로 쓰인다.

반가운 눈 크게 뜨고 높은 풍모 읍하였네	靑眸開處揖高風
어진 스승 제자에 나라사람 감복하니	邦人定服賢師弟
수사(洙泗)[63]의 연원은 만고에 통하네	洙泗淵源萬古通

○거듭 앞의 운을 써서 취허 사종에게 드리다[重用前韻奉呈 翠虛詞宗案下] 순암

사신 깃발 나부끼며 동쪽으로 향하니	文旆悠悠道暫東
온화하게 바른 모습 맑은 풍모 우러르네.	穆如大雅仰淸風
계림의 벽수(璧水)[64]에서 와서 모인 인재들	鷄林璧水群英會
이제 보니 수사(洙泗)는 한 물결로 통하네	洙泗今見一派通

○순암께 드리다[奉呈順菴案右] 해월옹(海月翁) 또 쓰다

빼어난 덕 아름다운 모습을 이제 뵈니	今逢德秀紫芝眉
문채와 풍류는 한 시대 으뜸이네	文彩風流擅一時
담박한 마음을 기쁘게 이해하니	湛然方寸欣相照
시단에서 만 수의 시 부르도록 하리라	宜唱騷壇萬首詩

---

63 수사(洙泗) : 노나라 곡부(曲阜)에 있는 수수(洙水)와 사수(泗水)를 아울러 일컫는 말
이다. 공자가 이 지역에서 강학 활동을 하였으므로 유학을 가리키는 말로 사용된다.

64 벽수(璧水) : 벽옹에 둘러 흐르는 물로 태학을 가리킨다. 여기에서는 조선의 성균관을
의미한다.

○취허 사백에게 화답함[和答翠虛詞伯] 순암

문장으로 대화하며 눈을 들어 바라보니	文談筆語各揚眉
정 넘치는 높은 집에 마주 대한 때로구나	情洽高堂相對時
석목진과 부상 사이 삼만 리 여정에서	析木扶桑三萬里
맑은 시를 시주머니 거두어 넣었겠지	錦囊取拾入淸詩

○순암께 드리며 여러분께도 보이다[奉呈順菴詞丈兼示諸賢]
취허

듣자니 강호 도읍 지리가 웅장하여	聞說江都地理雄
인재들이 크게 떨쳐 고인 풍모 갖췄다네	羣才大振古人風
구슬과 옥 나무가 섞이어 빛나는 곳	琳琅玉樹交輝處
백설가 높은 소리 푸른 하늘 진동하네	白雪高歌動碧空

○거듭 아름다운 운을 차운하여 취허께 감사하다[重次瓊韻謝翠虛詞丈] 순암 쓰다

드넓은 시의 원천 조선 손님 웅대하여	浩浩詞源韓客雄
두 나라의 풍모를 일시에 함께 보네	一時同見兩邦風
이별 뒤의 소식 미리 통할 것을 기약하며	預期別後通音信
기러기 먼저 가리키며 먼 하늘을 바라보네	先指雲鴻望遠空

○율시 한 수를 급히 써서 취허 성 공께 드리다[卒賦一律奉呈翠虛成公槃下] 순암이 갖춰 쓰다

우뚝한 높은 의표 고운 노을 높이 드니	卓犖高標擧彩霞
뛰어난 재주에 티 없는 옥임에랴	英才況又玉無瑕
일찍이 등과하여 장원을 했었고	登科早折三秋桂
사신 따라 8월의 배 멀리까지 띄웠네	隨使遙浮八月槎
붓으로 한 담론은 지맥이 통하고	筆下談論通地脉
가슴 속의 뜬 생각은 천파(天葩)[65]를 토하네	胸中萍思吐天葩
만나 보니 다른 언어 한스러울 리 있으랴?	相逢何恨方言異
사해의 사문(斯文)은 절로 한 집안인 걸	四海斯文自一家

○삼가 순암이 보여준 시에 차운하여 부치다[謹步順菴示韻却寄] 월헌(月軒)이 붓을 달려쓰다

젊은 나이 빼어난 뜻 푸른 노을[66] 울창하니	妙年奇志鬱靑霞
초나라 벽옥 본디 흠이 없음 알고 있네	楚璧從知欠點瑕
해 그림자 함지(咸池) 스쳐 천 겹 파도 일어나고	影拂咸池千疊浪
박망후[67]의 신령스런 뗏목에 몸 실었네	身隨博望一靈槎

---

65 천파 : 천연적으로 아름다운 꽃을 말하는데, 전하여 뛰어난 재주를 뜻한다. 한유(韓愈)의 〈취증장비서시(醉贈張祕書詩)〉에 "동야는 세속을 놀라게 하니 천파가 뛰어난 향기를 발한 때문일세[東野動驚俗, 天葩吐奇芬。]"라고 하였다.

66 푸른 노을 : 기상이 높음을 비유한 말이다. 강엄(江淹)의 〈한부(恨賦)〉에 "푸른 노을의 기특한 뜻 울창하네[鬱靑霞之奇意]"란 구절이 있다.

맹생(孟生)은 단전을 삼킨 것 알았었고[68]	孟生已識曾吞篆
강필(江筆) 다시 천파 토해 모두가 놀라네[69]	江筆皆驚更吐葩
강도의 만남은 하늘의 도움이니	邂逅東都天實佑
세상 끝에 나와서 대방가를 만났네	出涯方見大方家

○비로소 훌륭한 모습을 뵙자 반갑게 맞아주시니 뛸듯이 기뻐 삼가 거친 시를 지어 창랑 홍 공께 드리다[始接紫眉旣蒙靑眄欣躍之深謹呈俚詞以謝滄浪洪公詞案] 순암 목정간이 쓰다

이국과 어떤 뜻에 동맹을 맺었던가?	殊方何意作同盟
한번 보고 비루한 맘 없어져 버렸네	一見渾消鄙吝情
지극히 맑은 사람 벗 없단 말 못 믿으니	未信至淸無友語
그대에게 기댄 오늘 더러운 갓끈 씻네	憑君此日濯塵纓

임술년 가을 8월

---

67 박망후 : 장화(張華)의 《博物志》에 따르면 한무제(漢武帝) 때 장건(張騫)이 뗏목을 타고 은하수를 거슬러 올라가 직녀를 만나 지기석을 받아 돌아왔다고 한다. 장건은 후에 박망후에 봉해졌다.

68 맹생(孟生) : 맹교(孟郊)를 가리킨다. 한유(韓愈)가 젊었을 때 꿈을 꾸었는데, 어떤 사람이 억지로 자기 입에 단전(丹篆) 1권을 넣어 삼키게 하고 옆에서 다른 사람이 이를 보고 손뼉을 치며 웃는 것이었다. 깨어나니 뱃속에 무언가 들어있는 것처럼 묵직했다. 나중에 맹교를 만나고 나서 그때 웃었던 이가 그였음을 깨달았다고 한다.

69 강필(江筆) : 양(梁) 나라 때의 문장가인 강엄(江淹)의 붓이란 뜻으로, 그가 일찍이 곽박(郭璞)에게서 오색필(五色筆)을 받아 문명(文名)을 크게 떨쳤다가 뒤에 꿈에 그 붓을 다시 돌려주고는 문재(文才)가 상실되었다 한다. 《南史 卷59 江淹列傳》

○삼가 순암 공이 보여주신 시를 차운하다[敬次順菴公辱示韻] 창랑 근고(謹稿)

시단의 우이 잡고 맹약을 주관하니	騷壇牛耳擅宗盟
씻은 듯한 천년 전의 백설곡[70] 뜻과 같네	瀟洒千秋白雪情
봉황이 고운 날개 펄럭이듯 찬연하고	燦若鳳凰騫彩翮
기린이 긴 밧줄 벗어난 듯 빼어나네	逸如騏驥脫長纓

○다시 창랑 홍 공께 드리다[再呈滄浪洪公吟榻] 순암 쓰다

시단 새로 올랐으나 옛 친구 모임 같고	新上騷壇似舊盟
모과에 구슬 화답[71] 깊은 정을 입었네	李投瓊報荷深情
다행히 엄우(嚴羽)[72] 따라 시화를 이으니	幸從嚴羽繼詩話
말 장식 자랑하는 헛된 영화 부럽잖네	不羨浮榮誇馬纓

---

70 백설곡 : 옛날 거문고 곡조의 이름으로, 진(晉)의 사광(師曠)이 지었다고 한다. 옛날 사광이 백설곡을 타면 신물이 내려왔다고 한다. 《淮南子 卷6 覽冥訓》

71 모과에 구슬 화답 : 보잘 것 없는 시문에 훌륭한 화답시를 보내준 것을 비유한 말이다. 《시경》〈위풍(衛風) 목과(木瓜)〉에 "나에게 목과를 주거늘 경거로써 갚는다.[投我以木瓜, 報之以瓊琚。]"라고 하였다.

72 엄우(嚴羽) : 송나라 사람으로 자는 단구(丹邱), 호는 창랑포객(滄浪逋客)이다. 《창랑시화(滄浪詩話)》를 지었다.

○순암 사백에게 드리다[奉贈順菴詞伯] 창랑이 삼가 쓰다

모든 이의 글 찾아내 아름다운 꽃을 씹고	搜羅百氏咀英華
웅장한 눈길로 시단의 대가 됐네	雄視騷壇自一家
공의 시에 익숙한 것 이상하게 생각 마오	莫怪公詩聞已熟
일찌감치 문하 통해 후파(侯芭)[73]를 알았다오	曾從門下識侯芭

○창랑 사형에게 화답하며 드리다[奉和滄浪詞兄] 순암 쓰다

계림의 영걸은 문화가 으뜸이니	鷄林英傑擅文華
굳센 필력 작가를 이루었다 할만하네	健筆可呼成作家
천년 전 자운(子雲)의 공 여기에 남았으니	千載子雲公自在
우리 문하 어떻게 후파를 감당하리	吾門何耐太玄芭

○순암 사백께 드리며 아울러 자리의 제군들께 보이다[奉呈順菴詞伯兼示座上諸君][74] 창랑 쓰다

산에는 재목 많고 바다에는 진주 많고	山多杞梓海多珠

---

73 후파(侯芭) : 중국 한(漢) 나라 양웅(揚雄)의 제자이다. 양웅이 『법언(法言)』을 지어
『논어(論語)』에 비기고, 『태현경(太玄經)』을 지어 『주역(周易)』에 비겼는데 후파가 항상
같이 거처하면서 『태현경』과 『법언』을 배웠다. 《漢書 卷87 下 揚雄傳》

74 앞서 나온 〈순암 사백께 드리며 아울러 자리의 명사들에게 보이다[奉呈順菴詞伯兼示
席上諸名士]〉와 중복이다.

사물 이치 유래는 진실로 속임 없네	物理由來信不誣
자리 가득 여러 분들 모두가 뛰어나니	滿座諸公皆俊逸
무슨 복에 이번 생에 이름난 도읍 왔나	此生何幸入名都

임술년 8월

○차운하여 창랑께 사례하다[次謝滄浪詞文] 순암 쓰다

붓 끝은 만 곡(斛)의 야광주 쏟아내니	毫端萬斛夜光珠
조선 손님 큰 재주를 누가 다시 속이랴?	韓客宏才誰復誣
오경을 고취(鼓吹)[75]해서 이어야 하리니	須爲五經賡鼓吹
〈이경부〉 끝나면 또 삼도부 노래하리	二京賦了又三都

○우연히 시가 이루어져 창랑 사백의 호기를 부추기다[偶爾成章鼓動滄浪詞伯豪氣] 순암 쓰다

광대한 하늘과 땅 굽어보고 올려보니	磅礴乾坤俯仰中
고상한 이 장한 뜻에 생각은 끝이 없네	高人壯志思無窮
황하 근원 알고자 월지 밖을 물어서[76]	河源欲問月支外

---

75 오경을 고취(鼓吹) : "좌사(左思)의 〈삼도부〉와 장형(張衡)의 〈이경부〉는 오경을 고취한 것이다.[三都、二京, 五經之鼓吹也。]"라고 하였다. 《晉書 卷56 孫楚傳》

76 황하 … 물어서 : 한무제 때 장건(張騫)이 뗏목을 타고 서역으로 사신 가서 대완(大宛), 강거(康居), 월지(月氏), 대하(大夏) 등 여러 나라들을 모두 한나라로 복속(服屬)케 한

해 뜨는 곳을 찾아 일본 동쪽 손님 왔네	暘谷來賓日本東
예로부터 청구는 초택(楚澤)을 삼켰으니	自古靑丘呑楚澤
조선의 물 지금까지 중화 바람 접하네	至今鮮水接華風
구름 안개 종이 삼고 바다를 벼루 삼아	雲煙爲紙海爲硯
하늘 붓은 무지개에 만 길 높이 걸었네	天筆高懸萬丈虹

○차운하여 순암의 돌보심에 감사하다[次謝順菴詞文盛眷]

창랑

신분을 잊은 채 한 번 보고 마음 통해	一見忘形意氣中
무릎 대고 글 논하니 흥은 끝이 없다네	論文促膝興無窮
저 멀리 개운포 하구에서 배를 타고	乘槎遠自開雲口
석목진 동쪽으로 사명 받고 오늘 왔네	拭玉今來析木東
손님을 아끼니 그대 후의 알겠고	愛客知君多厚誼
어리석음 깨우치니 뵙게 된 일 기쁘네	擊蒙欣我挹高風
잔치자리 취한 김에 다투어 붓 휘둘러	當筵倚醉爭揮筆
한낮의 푸른 하늘 무지개 찬란하네	白日靑天爛彩虹

임술년 8월. 개운은 포구의 이름으로 부산 땅인데 출항하는 곳이다.

공을 세우고 박망후에 봉해졌다. 전설에 따르면 이 때 황하를 거슬러 올라가 은하수에
닿았다고 한다.

○삼가 취허 성 공과 창랑 홍 공에게 드리다[謹呈翠虛成公滄浪洪公案下] 순암 목정간 쓰다

지난번 광채나는 모습을 뵙고 잘못 인정해주심을 입었습니다. 작고 보잘 것 없는 기량으로 어찌 언론의 막중한 책임을 맡겠습니까? 옛사람의 한 글자 칭찬이 화려한 제후의 곤룡포보다 영화로웠으니 더욱이 정성스러운 여러 편 시를 받들어 문장 불꽃의 남은 빛을 쬐었는 데이겠습니까? 감격스러움이 빽빽하게 여러 겹 쌓였으니 어느 날에 잊겠습니까? 비록 그러하나 소문이 실정을 지나치는 것은 군자가 부끄러워하는 것이라, 내면을 살펴보니 부끄럽습니다. 만약 여유가 없으시면, 다음에 마땅히 계신 곳을 살펴서 감사를 드리도록 하겠습니다. 뜻하지 않게 눈에 병이 들었는데 차도가 없어 붓을 잡고 지금까지 머뭇거리고 있습니다. 대인의 넓은 도량으로 용납하셔서 허물하지 마시길 바랍니다. 옛사람이 말하기를, "백락이 돌아봐 주면 둔한 말도 가치가 백배가 된다."라고 하였는데, 못난 제가 무슨 행운으로 이런 기이한 복을 얻었을까요? 기쁜 마음을 말씀드리지 않을 수 없기에, 시 한 수를 좌우에 드려 후의에 감사드립니다. 농서 땅을 얻고서도 촉 땅을 바라는 것이나[77] 감히 화답시를 빌어 봅니다.

맑은 모습 거듭 뵌 것 최고로 상쾌하니 重挹青芬最快哉

---

77 농 땅을 … 것이나 : 탐내는 마음이 한이 없는 것을 비유한 말이다. 후한(後漢) 광무제(光武帝)가 잠팽(岑彭)에게 농서(隴西) 땅을 공격해서 뺏게 한 뒤에 다시 계속해서 촉 땅으로 진격하도록 하자, "농서를 평정하였는데 또 촉 땅까지 원하는가.[旣平隴, 復望蜀。]"라고 탄식하였다고 한다. 《東觀漢記 卷9 岑彭傳》

풍류와 고아함에 절로 티끌 하나 없네	風流儒雅自無埃
시 한 번 읊고서 계림 시에 다 놀라니	一鳴俱駭鷄林唱
수만 개 눈 나란히 접역의 재주 보네	萬目比看鰈域才
새 벗이 앞으로 끌어준 것 감사한데	深感新知推轂我
배웠던 것 서툴러 한층 더 부끄럽네	更慙舊學倒絣孩
올해는 바닷길이 파도 없어 편안하니	今年海上恬無浪
쉬이 돌아가도록 몸 보중 잘 하시길	珍重行人容易回

임술년 9월 상순

○삼가 순암 사백이 보여주신 시에 차운하다[謹步順菴詞伯示韻] 취허

제가 서경(西京)에 들어와서 진택(震澤) 공을 우연히 만나, 비로소 존공의 박아(博雅)함을 듣고서 한번 만나 마음을 털어놓고 얘기하고 싶었습니다. 동경(東京)에 들어가 사람들이 빽빽하게 모여 넓게 앉은 가운데 공의 학식과 유예(遊藝)가 불세출이고 나라 안 선비 가운데 짝이 없다는 말을 더욱 듣게 되었습니다. 요사이 관소에서 한번 만나 비록 하루를 마칠 정도는 아니었으나 한번 뵙고 오총귀(五總龜)[78] 육경고(六經庫)의 기상임을 알았습니다. 또 창화를 거듭하는 사이에 안에 쌓여

---

78 오총귀(五總龜) : 박학다식함을 비유한 말이다. 거북은 장수하여 천년 만에 다섯이 함께 모이는데, 무엇이든 물어 보면 모르는 것이 없다고 하므로, 당(唐) 나라 때에 박식하기로 이름이 높았던 안원손(顏元孫)·위술(韋述)·하지장(賀知章)·육상선(陸象先)·은천유(殷踐猷) 5인을 오총귀라 불렀던 데서 온 말이다. 《唐書 卷199 殷踐猷傳》

서 밖으로 드러나는 문채(文采)를 볼 수 있었습니다. 회남자(淮南子)가
이른 바 고기 한 점을 맛보면 솥 안의 국물 맛을 안다는 말을 어찌
믿지 않겠습니까? 지난번 서로 헤어져 떨어진 후 제 마음이 진실로 가
눌 길이 없었습니다. 이번에 거듭 여관으로 찾아주셔서 다시 짧은 서
문과 근체 한 수를 보이셨습니다. 글은 천리의 안개 속에 신기루가 허
공에 출몰하는 듯하고, 시는 바다 사람의 그물로 굴 속에서 산호를 얻
은 듯하니, 또한 기이합니다. 이제 서쪽으로 돌아갈 날이 매우 가깝고
슬픈 이별이 곧 있으니 울적한 마음이 피차 어찌 다르겠습니까? 그래
서 대강을 서술하고 또 차운하였습니다. 진택 또한 소매에 이별의 말
을 넣어 와서 주었습니다. 사제(師弟) 된 분이 남을 향한 정성이 종시
한결같고, 진실로 또 이와 같이 절절하였습니다. 마침내 졸렬한 솜씨
로 화운하였습니다.

모습을 거듭 뵈니 기상이 웅대하고	重瞻眉宇氣雄哉
맑은 시 또 읊으니 티끌이 씻겨지네	更讀淸篇洗點埃
대가의 솜씨 이미 연나라 시 놀래켰고	大手已驚燕國語
큰 문장에 봉루(鳳樓) 재주[79] 생각나게 만들었네	弘文尙想鳳樓才
관상(菅相)[80]을 계승하여 영예를 떨치고	仰承菅相揚芳譽

---

79 봉루(鳳樓) 재주 : 문단의 거장(巨匠)의 솜씨라는 말이다. 송(宋)나라 한계(韓洎)가 자
  기 형인 한부(韓溥)의 글 솜씨는 겨우 비바람을 막는 초가집을 짓는 실력인 데 비해, 자신
  의 문장 솜씨는 오봉루를 지을 만하다고 자찬(自讚)한 고사에서 나온 것이다. 《類說 卷53
  引 談苑》

80 관상(菅相) : 관원도진[菅原道眞, 스가와라노 미치자네, 845~903]를 가리킨다. 헤이
  안[平安] 시대의 학자이자 한시인이다. 현재 일본에서 학문의 신으로 추앙되고 있다.

조경(晁卿)[81]을 딛고 서서 어린애 취급 했네   俯壓晁卿等少孩

부드러운 말 끝나기 전 고별하게 되었으니   軟語未終將告別

돌아오는 기러기에 편지도 어렵겠지   尺書難付雁奴回

임술년 9월

○차운하여 순암 사백에게 감사하다[次謝順菴詞伯]

창랑이 붓을 달려 쓰다

세상 가장 기쁜 것은 알아줌을 입는 것   人世乑知莫樂哉

옥호 같은 이 대하니 티끌도 전혀 없네   玉壺相對絶纖埃

우연히 만난 것은 진실로 천행이요   萍蓬偶合眞天幸

사제 모두 현명하니 세속 재주 아니네   師弟俱賢不俗才

앞선 현인 향해서 걸음 양보 하려 하나   欲向前修退步武

동류들이 어린 애로 보는 것을 알겠네   定知流輩視嬰孫

객중에 자주 보니 얼마나 다행인가?   客中何幸頻來訊

담소하며 우선은 돌아가지 말아주오   談笑留連且莫回

임술년 9월

---

81 조경(晁卿) : 아배중마려[阿倍仲麻呂, 아베노나카마로, 698~770]를 가리킨다. 나라[奈良] 시대 견당유학생 중 한 명으로, 일본의 사신으로 중국에 왔다가 중국의 문물을 흠모한 나머지 50년 동안이나 경사(京師)에 머물러 있었다.

○제 시 가운데 지(知)와 행(幸) 두 자를 잘 못 썼습니다만, 옛사람이 두 글자 잘 못 쓰는 것이라면 그렇게 쓰는 경우가 많았으므로, 감히 썼습니다.

순암께 감사드리다[奉謝順菴案下] 반곡이 드리다

지난날 서경에 있었을 때에	昔在西京日
그대의 문장 명성 듣게 되었네	聞君翰墨名
반가운 얼굴로 이제 만나니	靑眸今邂逅
시와 술에 새로운 정 부쳐본다네	詩酒托新情

임술년 가을

○화운하여 반곡 이 공께 드리다[和奉盤谷李公詞壇] 순암 목정 간 쓰다

풍모 의표 세속을 초월하였고	風標塵俗外
평소 듣던 명성과 가장 맞았네	最愜素聞名
다행히 구슬 같은 시구 얻으니	幸得瓊瑤句
아교와 옻칠 같은 정에 즐겁네	深欣膠漆情

유강(柳剛)이 서경에서 와서 넘치는 성덕(盛德)에 대해 모두 설명하

여, 용문을 올라가고 싶은 바람이 간절했습니다. 이제 다행히 높으신
전범을 뵙고 아울러 고운 노래를 주시니, 기름진 고기를 맛보고 꽃향
기를 움켜쥔 듯 기쁘기 그지없습니다.

　　임술 9월 상순

○붕명 이 공 안하에 삼가 드림[謹呈鵬溟李公案下] 순암

태백(太白)의 신선 재주 누가 함께 논하리?	大白仙才誰共論
시 지으니 붕새 날개 하늘 문을 덮는 듯	賦成鵬翼掩天門
술 한 말에 시 백 편을 쓰는 큰 시인이니	百篇一斗豪吟客
대아(大雅) 편이 천년 세월 또 여전히 존재하네	大雅千年今又存

　　임술년 9월

○화운하여 순암께 감사하다[和謝順菴詞案] 반곡 드리다

여러 사람 분분해도 논하기에 부족한데	諸子紛紛不足論
영재들 여러 명이 그대 문하 출신이네	英才多少出君門
그 가운데 진택이 먼저 꼽혀 마땅하니	其間震澤宜先數
서경을 다 찾으면 몇이나 있으려나	搜盡西京幾箇存

　　임술년 상순

○진택(震澤)의 시를 보니 격조와 음향이 청고(淸高)하여 하리파인(下里巴人)[82]이 여기에 미칠 수가 없습니다. 공의 뛰어난 시를 보니 진택이 문하가 되는 것이 공연한 것이 아니었습니다. 반곡.

○옛사람의 시는 물정을 살필 수 있게 하고 여러 사람과 어울릴 수 있게 하였습니다.[83] 그래서 춘추 열국이 교제할 때는 반드시 시를 써서 뜻을 드러냈습니다. 후세의 시와 아송(雅頌)의 노래가 어찌 하늘과 땅 차이일 뿐이겠습니까? 그러나 뜻을 드러내고 우호를 통하는 것은 오늘의 시가 옛 시와 같습니다. 그대의 뜻은 어떠신지 모르겠습니다. 순암.

○시에는 고금(古今)이 없습니다. 반곡.

○저와 족하(足下)는 만 리 떨어진 이방에서 태어났으나, 이제 창수(唱酬)를 나누니 진실로 천재일우입니다. 두 사람의 정을 통하여 우호

---

82 하리파인(下里巴人) : 통속적인 작품을 가리킨다. 송옥(宋玉)의 〈대초왕문(對楚王問)〉에 "영중에서 노래하는 나그네가 있어 맨 처음 하리파인을 노래하자, 국중에서 그것을 이어 창화하는 자가 수천 인이 있고, …… 양춘곡, 백설곡을 노래하자, 국중에서 그것을 이어 노래하는 자는 수십 인에 불과했으니,…… 이는 곧 곡조가 고상할수록 창화하는 자가 더욱 적기 때문이다.[客有歌于郢中者, 其始曰《下里》《巴人》, 國中屬而和者數千人, … 其爲《陽春》《白雪》, 國中屬而和者不過數十人, …… 是其曲彌高, 其和彌寡。]"라고 하였다.

83 물정을 … 하였습니다. : 공자가 제자들에게 시의 효용에 대해 말하면서 "물정을 살필 수 있게 하며, 여러 사람과 어울릴 수 있게 한다. [可以觀, 可以群。]"이라고 하였다. 《論語 陽貨》

를 맺을 수 있으니, 시가 옛사람에 미치지 못하는 것이 무슨 상관이겠습니까? 창랑.

○병 때문에 물러나고자 하니, 어떻게 하면 다시 뵐 수 있겠습니까? 반곡.

○우선 다음 날을 기약하지요. 순암.

○삼가 신재(愼齋) 안 공[84]에게 드리다[謹呈愼齋安公吟榻]

순암 목정간 쓰다

신선 손님 동해의 바닷가에 만나니	仙客相逢東海濱
맑은 의표 깨끗하여 현진(玄眞)[85]을 안은 듯	淸標瀟洒抱玄眞
오이만한 대추[86]를 굳이 다시 안 물어도	不須更問如瓜棗
시 맛있고 도는 살져 배부르게 해주네	詩味道腴能飽人

임술년 9월

---

84 신재(愼齋) 안 공 : 안신휘(安愼徽, 1640~?)로, 본관은 순흥(順興), 자는 백륜(伯倫), 호는 신재(愼齋)이다. 1662년 역과에 합격하였다. 1682년 상통사(上通事)로 일본에 다녀왔다.

85 현진(玄眞) : 옥의 별칭으로, 이를 복용하면 사람의 몸이 가볍게 날아오를 수 있다고 한다.

86 오이만한 대추 : 한(漢) 나라 때 방사(方士) 이소군(李少君)이 일찍이 해상(海上)에서 노닐다가 선인(仙人) 안기생(安期生)을 만났는데, 안기생은 크기가 마치 오이[瓜] 만한 대추[棗]를 먹고 있었다고 한다.

和韓唱酬集 一之一

天和二年七月晦日

筆語

《謹呈》山本洞雲

"使君是行也，荷盛禮，通信節，風帆萬里，舟航無恙，珍重萬萬。"

《復》成翠虛

"委問深感。公號何也？示之。"

《言》

"不佞姓山本，名洞雲，字子文，別號梅室，和州之産也。寓居于此地。卑詩一篇，奉呈成公學士案下，請郢斤。山本洞雲拜。"

一點星槎萬里程，海門風穩渡蓬、瀛。士峯猶有千秋雪，清眺正宜洗道情。

《奉次梅室示韻》成翠虛

扶桑鷁路渺歸程，萬里風帆過大瀛。三嶋、十洲瞻望裡，與君端合討幽情。

《言》山本洞雲

"謾呈蕪辭, 忽賜尊和, 辱也雖辱, 非愚所庶幾也。木瓜之獻, 何望瓊瑤? 只冀賜慈斥。"

《復》成翠虛

"旣示清詩, 少無疵累, 過謙到此, 縞紵之際, 還切憪怍。"

《天和二年龍集壬戌秋八月一日於本願寺南堂寄朝鮮成學士儒雅》梅林老夫

邂逅相逢天一方, 白雪萬里阻粉鄕。聲名匪啻鳴支竺, 吐出詩情動搏桑。

《奉次梅林示韻》成翠虛走艸。

樓船萬里向東方, 路指三山不死鄕。邂逅天涯眞有數, 共看紅旭湧扶桑。

《再步成學士高和》梅林軒

我有頤神換骨方, 始知韓客指靈鄕。毫端寫出四時景, 不用人間海變桑。

《又次梅翁韻》海月軒走艸。

大海茫茫浸四方, 彩船飛過橘林鄕。《白雪》清篇入牙頰, 還驚漆史過庚桑。

《別賦一絕》梅林軒

中秋已近暑殘時, 本願堂中逢紫芝。爲問赤間藍嶼境, 胸襟風月幾篇詩?

《次梅翁韻》<u>翠虛</u>

蕭寺相逢此一時，香生九竅嚼靈芝。小軒清淨談空處，筆下長驅綺語詩。

《奉呈朝鮮成翠虛李盤谷兩學士洪滄浪僉正以謝面唔》<u>熊谷了庵具艸</u>。

靑簾白舫自<u>三韓</u>，俊彩遙馳行路難。殊域迎賓何陋有？幸存君子國風寬。

《次韻了庵詞案》<u>成翠虛</u>

天遙鶺路接桑韓，萬里風濤古亦難。域外相逢眞有數，消愁何待酒杯寬？

《奉謝了庵示韻》<u>李盤谷</u>

八月星槎遠自韓，一帆風浪飽艱難。禪窗白日蒲團靜，客裏愁情得暫寬。

《奉次了庵示韻》<u>洪滄浪</u>

自喜踈慵幸識<u>韓</u>，世間奇會古來難。清談不覺頻傾蓋，客裏愁懷頓爲寬。

《奉謝了庵詞宗》<u>李盤谷</u>

先公翰墨鳴桑域，愛子高名不忝先。門下登龍有舊客，小山文彩冠諸賢。

《次韻奉謝盤谷李進士示詞》<u>了庵</u>

一面同堂無異域，鴻才仰見最占先。羞今樗散對騷老，不似竹林千古賢。

《天和二戌年禾秋上浣朝鮮之來聘信使官名》
正使通政大夫吏曹參議知製教尹趾完。
副使通訓大夫弘文館典翰知製教兼經筵待講官春秋館編修官李彥綱。
從事官通訓大夫弘文館校理知製教兼經筵待講官春秋館記注官朴慶後。

上上官三員
同知朴再興、僉知卞承業、僉知洪禹載。

上判事三員
主薄安愼徽、直長鄭文秀、正劉以寬。

製述官一員
成均館進士成琬。

次之上判事二員
判官金珆、奉事朴重烈。

馬上才二員
副司果吳順伯、副司果邢時挺。
右朝鮮信使。

《謹賦小詩奉呈三官大人》野釋顯靈 和南。
太平寰宇善隣通，適接官遊向海東。意到不求煩譯舌，交情猶在默存中。

《次靈長老辱示韻仍冀斤教》正使東山居士奉稿。
萬里滄溟水道通，宜敎情意限西東。上人詩格高無敵，誰識琴聰在此中?

《席上次靈長老辱示韻》副使鷺湖散人

瀛海茫茫鷁路通, 三韓使節指江東。休煩象舌傳言語, 領取深情片牘中。

《馬島謎席次靈長老辱贈韻》從事竹庵奉稿。

使節年來縱未通, 鄰交曾不隔西東。今因修好逢靈釋, 厚意相酬句語中。

《走呈學士聊擬笑談》太虛叟

英姿聯璧照賓筵, 偶接芝眉修好緣。並駕方舟多雅興, 江山成助幾千篇。

《敬次玉韻呈靈長老案下》學士成琬

青眸邂近此華筵, 一咲相看定宿緣。安得靜中松月下, 梵餘同討碧雲篇?

天和壬戌八月念六日, 與木順菴過本誓寺旅館, 與朝鮮學士成翠虛及洪滄浪唱和。

《奉呈翠虛成公案下》

羨見鷄林文物明, 成均開館共登瀛。壯遊千里子長志, 振起辭章第一名。

“公膺文衡選, 司成均敎, 詭詭蔚蔚, 龍躍鳳翔, 泰斗之望, 萍水之遇, 曷勝欣抃? 謝以俚語, 莫以污嚴聽爲罪。壬戌之秋, 蒙窩堀正朴稿。”

《次謝蒙窩示韻》

洒落詩篇刮眼明，奕如颮馭過蓬、瀛。入懷崑玉光璀璨，彩筆江郎擅大名。

壬戌之秋翠虛。

《奉呈翠虛成公梧下》

仙槎通信武江濱，方是風雲慶會辰。一點使星文焰燦，海東今見斗南人。

“天錫奇緣，忽諧鳳覿，榮幸固多。漫作蕪詩，奉呈左右，唯恐于瀆高明。自取辜譽之深，統祈海涵。壬戌之秋，義齋 黑川玄達奉稿。”

《次謝義齋示韻》

玉季金昆遇海濱，客中光景屬良辰。清談幸接無雙士，誰識東方第一人？

壬戌仲秋，翠虛。

《奉呈滄浪洪公座前》

使節駪駪交道通，群賢薈至各豪雄。謫仙今有大鵬賦，辭氣當凌九萬風。

“古云：‘不願封侯，但願識荊州。’一仰玉堂，復接芝眉，我願已足，謝之以詩代譯云。蒙窩。”

《走次蒙窩示韻》

兩邦鄰好百年通，來逐東槎亞使雄。今日幸陪文士會，新詩迭唱筆生風。

滄浪。

《奉呈滄浪洪公梧右》義齋

心月照臨千里明，靈槎秋泛渡滄瀛。預傳藉藉雞林客，艸木亦將知盛名。

《走次義齋示韻》滄浪

閑居曾欲學淵明，偶逐仙槎渡大瀛。還喜客中知己在，君家昆季自齊名。

《奉呈順菴詞丈兼示諸賢》翠虛

聞說江都地理雄，群才大振古人風。琳琅玉樹交輝處，《白雪》高歌動碧空。

《謹和翠虛公見示諸客韻》蒙窩

見說山川氣鬱雄，蒹葭謾倚玉人風。仙禽高擧扶桑樹，千里昂昂凌霽空。

《走奉和翠虛公嚴韻》義齋

製述材官一代雄，崢嶸山斗仰高風。安隨健翮大鵬去，九萬扶桑凌碧空？

《奉呈順菴詞伯兼示席上諸名士》滄浪

山多杞梓海多珠，物理由來信不誣。滿座諸公皆俊逸，此生何幸入名都？

《走筆和滄浪公卒題見示韻》蒙窩

復知滄海有明珠，多少光輝不可誣。秋日照看喬木色，稜稜秀氣映東都。

《敬和滄浪洪公示韻》義齋

襟懷含蓄積岡珠，呼作朱、程亦豈誣？嚴壑風標誰得及，秀光萬丈照東都。

《奉呈順菴案右》翠虛

今逢德秀紫芝眉，文采風流擅一時。湛然方寸欣相照，宜唱騷壇萬首詩。

《奉和翠虛公見示順菴韻》蒙窩

翰林鍾秀馬公眉，月斧雲斤建此時。手劚廣寒宮裏玉，裁爲錦綉百篇詩。

《壬戌仲秋念六恭賦下調二章呈成進士伏乞郢正一粲》谷川榮元

錦帆風調釜山浦，清旆日磨洛水涯。奉命使臣懷大節，隣交但見在修辭。

《又》仝

山長水遠一乾坤，賢客觀光奉至尊。偶值翰林經世士，何如目擊及無言？

《次韻谷川韻》成翠虛

星槎渡海遭仙客，圓轉玉山洛水涯。域外新交傾盖地，恨酬高韻乏妍辭。

《又次》仝

金山萬丈壓黃坤，六十餘州此獨尊。虎踞龍蟠佳麗地，欲和新製愧無言。

《奉呈成進士詞案下》盒亭 橋本謙稽顙。

三韓通信使，畢禮欲還鄉。留駕宿精舍，揮毫鳴洛陽。遠來英傑士，仰見綉依郎。今日無他望，示詩洗我腸。

《奉次盒亭示韻》成翠虛

鯤岑萬里客，邂逅水雲鄉。絶闇逢蘇子，幼音對伯陽。仙風啼逸韻，玉質挹奇郎。一別天涯隔，愁懷結寸腸。

《獻李學士詞案》盒亭

靑眸相對切開思，殊域通文心自知。此會此情尤耐喜，逢遭當日盛唐時。

《用別韻謝四公》李鵬溟

當時四傑以詩鳴，爲問騷壇孰主盟。自是才華但第一，愧將蕪語續希聲。

《率爾次李公高韻》盒亭

桑、韓相會作詩鳴，驅筆縱吟共結盟。文學如君古今少，玉章擲地發金聲。

《啓》

“今日之會，邃荊識之願，又得瓊琚之報，實一生之大幸也。”

《復》李鵬溟

“橋本公，特極其敏捷，又多才華。”

○《奉呈翠虛成公》

西東百程星軺抵此，幸挹芝宇不勝欣抃，漫唱巴歌一章，以污嚴聽兼展謝悰。三宅堅恕稿。

　鷄林詞客占鼇頭，芥蒂雲夢賦遠遊。聖範猶思箕子對，奇芬可喜接名流。

　〇《走次誠齊韻》翠虛走艸。

　星槎重返海西頭，擬向鄉園說壯遊。廷秀奇才今不古，騷壇千載繼風流。

　〇《奉呈滄浪洪公》堅恕

　萬里碧流清擢纓，三韓英傑識韓荊。白雲倚劍秋將暮，匹馬難留羈客情。

　〇《走次三宅示韻》滄浪

　紐蘭爲佩茝爲纓，愛爾清才似子荊。惆悵相逢還作別，白雲紅樹不勝情。

　"天和壬戌，朝鮮三使來聘，八月初三到京師，館本國寺，後二日玄機、玄緣同往，而謁成學士及李、洪二文丈，卽席唱酬總二十六首。"

　〇《呈成李洪三公詞案》玄機【字大方】

　清時三籟歇，四海起祥雲。員國馳官使，敝邦賀大君。儀容今謁見，才德舊知聞。望外得奇遇，文談欲斂欣。

　〇《次謝大方辱示韻》成翠虛

　萬里三韓客，樓船駕海雲。箕邦承大慶，日域賀明君。洛下逢高士，寰中擅公聞。莫嘆南北異，傾蓋卽相欣。

　〇《奉謝大方詞案》鵬溟

　八月星槎路，遙連鶴背雲。風流誰作主？文彩喜逢君。人物斯爲盛，湖山昔所聞。青眸相對處, 羈抱却欣欣。

○《奉謝大方示韻》滄浪

平生夢不到, 今日幸披雲。異地忘爲客, 知音賴有君。清標眞可挹, 高論更堪聞。多謝瓊琚贈, 中心竊自欣。

○《呈成李洪三公詞案》玄緣【字別宗】

我國君新立, 異邦特賀來。千程煙水遠, 一幅錦帆開。京寺暫留駕, 驛亭幾掃埃。風雲時際會, 仰看翰林才。

○《次謝別宗詞案》翠虛

幸際敦修日, 仙査海外來。白頭鯨浪遠, 青眸鳳城開。瓊屑霏淸話, 瑤篇絶點埃。葦原多儁人, 先數二公才。

○《奉謝別宗詞案》鵬溟

兩國修隣好, 仙槎萬里來。流光嗟不住, 羈抱苦難開。滄海風生浪, 長途雨洗埃。詞壇邂逅地, 欲和愧微才。

○《奉次別宗瓊韻》滄浪

遠逐星槎使, 行穿日域來。相逢高士在, 一笑好懷開。華館風生樹, 間庭雨洗埃。當筵競揮筆, 何讓古人才?

○《奉呈大方詞案》翠虛

清高骨格列仙儒, 術藝林中意馬驅。彩筆憑陵驚客眼, 不妨談笑共團蒲。

○《和》玄機

相逢驚見翰林儒, 健筆恰如駿馬驅。野衲何開荊棘口, 居山平昔只編蒲。

○《奉呈別宗詞案》翠虛

水月精神海鶴姿，妙年文彩映天涯。邂逅誠非當時偶，青眼相看對紫眉。

○《和》玄緣

衣冠嚴爾見清姿，卓出文章甲一時。邂逅還如舊知己，十洲、三島祝麗眉。

○《奉謝僉公榻下》鵬溟

海東千載映奎文，翰墨聲名最二君。今日一床談笑地，高才讓與邟中斤。

○《和》玄機

簇錦簇花英哲文，三韓國裡一騷君。訪來謁見非他事，只是將求妙手斤。

○《仝》玄緣

聞說三韓富錦文，文筵此日喜逢君。毫端揮起如雲雨，聊賦和篇需斧斤。

○《席上走呈僉公桉下》滄浪

共是殊邦士，那期此日逢？初看眼便豁，不語意先濃。藝苑推高手，禪風帶痺容。新篇動白雪，一唱爽煩胸。

○《和》玄機

多日渴望切，今朝幸得逢。外邦雖語異，同席喜情濃。貧道暫微質，貴官仰貞容。新詩蒙寄我，一見豁襟胸。

　　○《和》玄緣

北邦英傑士，海外喜相逢。初見情還睦，新詩味最濃。文筵驚妙手，玉佩仰貴客。滄茫雲夢澤，却疑藏寸胸。

　　○《奉呈大方別宗兩詞案》翠虛

伊水龍盤金鳳山，參差宮闕五雲間。停槎此日淹留處，嘯倚高樓一解顏。

　　○《和》玄機

萬里艤舟出釜山，旌旗忽到洛京間。特來要慰訪君意，亹亹淸譚開笑顏。

　　○《和》玄緣

萬里三韓隔海山，一朝傾盖客僑間。往來酬唱幾多度，拙句何懽遊士顏？

　　○《奉謝大方仍示別宗道士》鵬溟

此身無異井中蛙，曾見河、江不見涯。今日始知東海樂，免敎貽笑大方家。

　　○《和》玄機

言謙自道井中蛙，文海波瀾無涘涯。今古如君誰等匹？想看唐、宋四名家。

　　○《仝》玄緣

堪笑堪憐水底蛙，羨看鵬鳥擊天涯。扶搖海上波瀾起，文彩縱橫作一家。

○《更賦一律奉謝僉公》玄機

忽遇騷壇主，心頭消不平。寄轄唯達語，唱和却通情。執筆心忘法，賦詩畫有聲。山川兼草木，秋日發香榮。

○《同》玄緣

來聘三官使，相隨到海東。綉帆輝夕日，畫舫駕秋風。文見宋 蘇子，詩思唐 杜公。太平尤可喜，邂逅此豪雄。

○《更呈大方詞案》翠虛

聞說英公苾蒭□，獻花當日許門徒。珠船共泛旃檀海，惠眼能通法界圖。白鷺池邊頻唄梵，青鳶刹裏幾跏趺。相逢異域前緣在，次律誰知幻一軀。

○《奉呈別宗詞案》仝

曹溪一派認南宗，早向雲師躡道蹤。脚下扶桑千里路，筇頭富士五雲峰。蓮花漏驚雙林夢，祇樹風傳七寶鐘。爲問何時來洛社？交深傾盖兩情濃。

天和二年壬戌，朝鮮國三使來朝，正使尹趾完、副使李彦綱、從事朴慶後[1]，八月三日到京師本國精舍。五日余與別宗，爲問異域風俗、佛法興廢，依賴西山 梅翁，行而謁焉。成學士翠虛【名琬，稱海月軒。】、李學士鵬溟【聃齡】、洪滄浪【世泰】，出而接矣。相揖座對，互依筆研。梅翁謂余曰："宜先寄一詩。"於是二人各賦五言一律，兼寄三學士，翠虛亦

---

1 "後"：底本에는 "俊"으로 되어 있으나，《海行摠載》에 따라 "後"로 고침.

賦二絶, 見寄焉, 二人就和焉。鵬溟賦一絶, 滄浪賦一律, 各兼寄焉,
二人隨和焉。鵬溟、翠虛又各一絶兼寄, 又隨和焉。此間三學士之和
章, 次第而成矣。余與別宗, 再賦一律, 兼寄三學士焉。翠虛亦賦七言
近體二章, 寄二人而謂云,: "此日邂逅, 殆如有前緣, 感佩何謂乎? 相
對繼晷, 豈敢爲慊乎? 然而公事迫急, 未得遲談, 遺憾甚多矣。所惠一
律, 來日裁和章以呈矣。鄙吟亦來日賜和, 則何異再面乎?" 相共揖別
矣, 故無由問國風談佛法, 唯空作騷壇之酬唱, 而類跡于好事而已。嗚
呼, 三士之富文才也! 操觚無舍, 一瞬一息而成。自上午至下午, 翠虛
得七章, 鵬溟四章, 滄浪者三章, 余與別宗者, 各得六章, 通計二十六
首, 不移時而成矣。以余苦吟, 對佗快筆, 緊急可知。因記其顚末, 因
款結案云爾。

○天和壬戌仲秋初八, 玄機書, 翌日贈詩九首。

○《和成學士惠韻》仝
雷名轟轟及蒬蕘, 喜見德行顏子徒。揮筆北邦輝翰苑, 鳴珂東域慹
浮圖。數回酬唱相通意, 終日笑譚俱結趺。永也房公非一二, 同時雙
影後前軀。

○《再用前韻謝成學士》仝
龍舟來海外, 簇簇從如雲。選數差官使, 輝文在貴君。字通心共達,
音異耳唯聞。山偶得淸和, 奈何謝此欣?

○《再用前韻謝李學士》仝
鵬鳥來南國, 翼垂萬里雲。離鄕無客思, 樂道泰天君。暫未學膚受,
對强記博聞。脩途炎熱日, 佳勝是驩欣。

○《再用前韻謝洪詞伯》全

西海千尋浪，東關萬里雲。芳隣修聘如[2]，奇產祝新君。禮則嚴宜見，樂音和可聞。有誰無景慕，晤語我唯欣。

○《次謝海月軒翠虛公惠韻》玄綠

賀循曾是世儒宗，千歲何知更比蹤？草聖欣欣蛇泛水，文光赫赫日昇峰。遠遊萬里漢陽夢，忽破一聲蘭若鐘。話盡山雲兼海月，瓊瑤報我結交濃。

○《再用前韻呈翠虛桉下》同

漢陽承命去，日域奉書來。名聞渴望切，恍然靑眼開。文瀾湧如海，詩韻淨無埃。兩國揚聲價，宜稱天下才。

○《再用前韻謝鵬溟詞伯》全

遠出朝鮮國，軺車此地來。蕪詞遇君獻，繡口爲吾開。品坐如聯玉，清談豈惹埃。台峰掛擔角，翠似待詩才。

○《用前韻謝滄浪桉下》全

語異交情厚，詩篇幾往來。鴈鳴鄉意切，琴響旅懷開。常在黃金闕，遠離紫陌埃。俊良堪佐國，明主舉名才。

○《又賦一律謝三詞伯》全

三傑名臣來我國，士夫倒屣迎雲軺。千山風景數篇句，萬里煙波一葉艘。桑域、箕邦馳美譽，繡衣玉節見高標。去看東海渺茫外，含雪士巖衝碧霄。

---

2 "如"："使カ？"

○《呈海月軒鵬溟滄浪三詞案以需和敎》竺嶺

水陸雲車信旣通，情和千里則同風。玉冠皙立瓊臺上，仰見三星遶月宮。

○《奉謝竺嶺禪榻下》鵬溟走稿。

杳杳扶桑客路通，雲帆萬里駕長風。西京素擅江山勝，暫卸征鞍就梵宮。

○《次竺嶺師示韻》滄浪艸。

茫茫滄海一槎通，破浪遙乘萬里風。兩日兩京聊信宿，白雲秋色滿蓮宮。

○《簡呈西山大師要和》海月軒走學。

喚虎召魚五蘊禪，飛空抒釣自龍泉。給園久掩摩訶室，生海時浮大願船。腹竅絮光通日月，舌根香藥貫靑蓮。試看毫相驚人處，照破東方萬八千。

○《謹呈西山詞案要和》雪月堂

瀛州千里外，何幸接高風。靑眼論襟處，交情自不窮。

○《次韻奉謝玄大師道案》竹菴道人稿。

翰墨才無敵，山林道有隣。浮雲閑月在，麋鹿日相親。

○《奉呈梅山守中僉案下》洪世泰拜稿。

靑袍白衲儼相連，賓主歡深敞勝筵。跋涉肯愁，千里遠周旋，實賴神交，俱莫逆此身，知音有異生緣。

○“天南地北, 水陸萬里, 經夏度秋, 冒暑衝瘴, 賢勞辛勤, 更僕何罄? 幸是今年, 風雨時若, 海波不揚, 舟楫之利涉, 車馬之載馳。乘危過險, 事不失素, 愷悌君子, 神之所扶, 豈只使華之榮? 實惟兩國之慶至祝。壬戌之秋八月, <u>順菴</u> <u>木貞幹</u>。”

○“卽對雅範, 知其大人君子人也。第邦音不通, 只自目擊而已。今承先訊之鄭重, 且慰不侫之跋涉, 書意縷縷, 有同十年前故舊, 感戢無已。此誠由於兩國敦修之力, 獲覵長德之陶儀, 寔可幸也。” <u>翠虛</u>

○“行到<u>西京</u>之日, 意表獲見尊公之門下士<u>震澤</u>, 公館聞尊公之學識、文詞之冠乎一世, 願欲一次望履矣。不料茲者過聞虛名, 先爲枉訪於客館, 雖是初無一日之雅, 一見已知其鉅德宏識, 遊於藝之氣像, 深幸幸, 而當俟從容, 以筆代舌, 略陳梗槩, 丕計爾。壬戌仲秋, <u>翠虛</u>。”

○“誠如所敎。在<u>西京</u>日, 見<u>柳震澤</u>, 乃文章士也。弟子若是, 其師可知, 使人起敬。” 滄浪

○“弊門人<u>柳剛</u>, 過蒙稱譽, 感佩實深。如不肯箕斗虛名, 謬汙高聽, 憨悚何言? 敬綴下里一章, 以呈<u>翠虛</u>公吟壇。”
文星快覩海雲東, 玉色溫溫君子風。毛穎千年舌猶在, 靈犀一點意先通。
壬戌仲秋下浣, <u>順菴</u> <u>木貞幹</u>稿。

○《謹次順菴辱示韻》
博學宏才冠<u>日東</u>, 靑眸開處揖高風。邦人定服賢師弟, <u>洙</u>、<u>泗</u>淵源萬古通。<u>翠虛</u>。

○《重用前韻奉呈翠虛詞宗案下》順菴

文旆悠悠道暫東，穆如大雅仰清風。鷄林璧水群英會，洙、泗今見一派通。

○《奉呈順菴案右》海月翁又稿。

今逢德秀紫芝眉，文彩風流擅一時。湛然方寸欣相照，宜唱騷壇萬首詩。

○《和答翠虛詞伯》順菴

文談筆語各揚眉，情洽高堂相對時。析木、扶桑三萬里，錦囊取拾入淸詩。

○《奉呈順菴詞丈兼示諸賢》翠虛

聞說江都地理雄，羣才大振古人風。琳琅玉樹交輝處，《白雪》高歌動碧空。

○《重次瓊韻謝翠虛詞丈》順菴艸。

浩浩詞源韓客雄，一時同見兩邦風。預期別後通音信，先指雲鴻望遠空。

○《卒賦一律奉呈翠虛成公棐下》順菴具艸。

卓犖高標擧彩霞，英才沈乂玉無瑕。登科早折三秋桂，隨使滔浮八月槎。筆下談論通地脉，胸中萍思吐天葩。相逢何恨方言異？四海斯文自一家。

○《謹步順菴示韻却寄》月軒走稿。

妙年奇志鬱靑霞，楚璧從知欠點瑕。影拂咸池千疊浪，身隨博望一靈槎。孟生已識曾吞篆，江筆皆驚更吐葩。邂逅東都天實佑，出涯方見大方家。

○《始接紫眉旣蒙靑眄欣躍之深謹呈俚詞以謝滄浪洪公詞案》順菴木貞幹稿。

殊方何意作同盟？一見渾消鄙吝情。未信至淸無友語，憑君此日濯塵纓。

壬戌秋八月。

○《敬次順菴公辱示韻》滄浪謹稿。

騷壇牛耳擅宗盟，瀟洒千秋白雪情。燦若鳳凰騫彩翮，逸如騏驥脫長纓。

○《再呈滄浪洪公吟榻》順菴稿。

新上騷壇似舊盟，李投瓊報荷深情。幸從嚴羽繼詩話，不羨浮榮誇馬纓。

○《奉贈順菴詞伯》滄浪謹稿。

搜羅百氏咀英華，雄視騷壇自一家。莫怪公詩聞已熟，曾從門下識侯芭。

○《奉和滄浪詞兄》順菴稿。

鷄林英傑擅文華，健筆可呼成作家。千載子雲公自在，吾門何耐太玄芭？

○《奉呈順菴詞伯兼示座上諸君》滄浪稿。

山多杞梓海多珠，物理由來信不誣。滿座諸公皆俊逸，此生何幸入名都?

壬戌仲秋。

○《次謝滄浪詞文》順菴艸。

毫端萬斛夜光珠，韓客宏才誰復誣。須爲五經賡鼓吹，《二京》賦了又《三都》。

○《偶爾成章鼓動滄浪詞伯豪氣》順菴稿。

磅礴乾坤俯仰中，高人壯志思無窮。河源欲問月支外，暘谷來賓日本東。自古靑丘吞楚澤，至今鮮水接華風。雲煙爲紙海爲硯，天筆高懸萬丈虹。

○《次謝順菴詞文盛眷》滄浪

一見忘形意氣中，論文促膝興無窮。乘槎遠自開雲口，拭玉今來析木東。愛客知君多厚誼，擊蒙欣我挹高風。當筵倚醉爭揮筆，白日靑天爛彩虹。

壬戌仲秋。

【開雲, 浦名, 釜山地, 開洋處也。】

○《謹呈翠虛成公滄浪洪公案下》順菴 木貞幹稿。

"嚮辱奉光範，謬蒙允容。顧夫斗筲之器，何任鼎言之重？古人一字之褒，榮踰華袞，而況承數詩之深款，而照义焰之餘光乎？感激稠疊，何日忘之？雖然聲聞過情，君子之所恥，內省忸怩。若無所容，嗣當候於文幄，以致謝悰。不意阿堵爲祟不快，把筆遷延至今。冀大人之汪度，容之勿罪。昔人有言，伯樂所顧，駑馬百倍，不肖何幸獲此奇福也？鳧藻之懷，不可不言，故呈一律於左右，以謝厚眷，得隴望蜀，敢祈斤和。"

重把青芬最快哉，風流儒雅自無埃。一鳴俱駭鷄林唱，萬目比看鰈域才。深感新知推轂我，更慙舊學倒繃孩。今年海上恬無浪，珍重行人容易回。

壬戌季秋上浣。

○《謹步順菴詞伯示韻》翠虛

"不佞自入西京，邂逅震澤公，始知尊公之博雅，欲一面剖素矣。入東京，稠人廣坐之中，益聞公之學識及遊藝不世出，國士之無雙也。頃於華館一晤，雖無竟晷之程，一見知其五總龜、六經庫之氣像也。又申之以酬唱之際，足見內蘊外發之文采，淮南所謂，當一臠而知一鼎之味，豈不信哉？近者睽離稍闊，鄙萌方寸，良不可任。茲者重枉於旅館，復示以短序若近體一首，文則狀如烟波千里，蜃樓蛟閣，出沒於空明中也。詩則又如海人綱得珊瑚，於旮窟之中，吁亦奇哉！今者西歸孔邇，慘別在卽，悵然之懷，彼此何異？仍抒其梗槩如右，且次洪韻。震澤亦袖來別語以贈，其爲師弟，向人繾綣終始，信且懇如是哉！遂賡以蕪拙焉。"

重瞻眉宇氣雄哉，更讀清篇洗點埃。大手已驚燕國語，弘文尙相鳳樓才。仰承菅相揚芳譽，俯壓晁卿等少孩。軟語未終將告別，尺書難付雁奴回。

壬戌季秋。

○《次謝順菴詞伯》滄浪走草。

人世焉知莫樂哉，玉壺相對絶纖埃。萍蓬偶合眞天幸，師弟俱賢不俗才。欲向前修退步武，定知流輩視嬰孫。客中何幸頻來訊？談笑留連且莫回。

壬戌菊秋。

○"不佞詩中, 有知、幸二字之犯, 而古人唯二字犯, 則用之者多, 故敢用之云."

《奉謝順菴案下》盤谷奉稿。
昔在西京日, 聞君翰墨名。靑眸今邂逅, 詩酒托新情。
壬秋。

○《和奉盤谷李公詞壇》順菴 木貞幹稿。
風標塵俗外, 最愜素聞名。幸得瓊瑤句, 深欣膠漆情。
"柳剛自西京來, 悉說盛德之汪洋, 登龍之願切矣。今幸得攀高範, 兼辱姸唱, 味腴掬芳, 欣抃無已."
壬戌季秋上澣。

○《謹呈鵬溟李公案下》順菴
大白仙才誰共論, 賦成鵬翼掩天門。百篇一斗豪吟客, 大雅千年今又存。
壬戌季秋。

○《和謝順菴詞案》盤谷奉。
諸子紛紛不足論, 英才多少出君門。其間震澤宜先數, 搜盡西京幾箇存。
壬戌上浣。

○"見震澤詩, 其調響之淸高, 非《巴人》《下里》可及此。見公詩之逸韻, 震澤之做門下不虛矣." 盤谷。

○"古人之詩, 可以觀, 可以羣, 是以春秋列國之交際, 必賦詩見志。

後世之詩, 與雅頌之音, 奚翅霄壤? 然其見志通好, 今之詩猶古之詩也。
不知貴意如何?" 順菴

　〇"詩無古今。" 盤谷

　〇"僕與足下, 生在異邦萬里之外, 今茲唱酬, 誠千載一時, 可以通兩
情, 而結交好, 何害詩之不及古人哉?" 滄浪

　〇"有病辭去, 何以則更得相奉耶?" 盤谷

　〇"姑期他日。" 順菴

　〇《謹呈愼齋安公吟榻》順菴 木貞幹稿。
　仙客相逢東海濱, 清標瀟洒抱玄眞。不須更問如瓜棗, 詩味道腴能
飽人。
　壬戌季秋。

【 영인 】

天和

年七月晦日

華語

謹呈ス

使君是ノ行也荷ニ盛體ヲ通シ信節ヲ風帆萬　　　山本洞雲

里舟航無シ恙珍重萬萬

復　　　　　　　　　　　成翠虛

委問深ク感ス　公ノ號ハ何ノ也示レ之ヲ

言

不佞姓ハ山本名ハ同雲字ハ子文別號ス梅

室ハ和州ノ之産也　寓居ス于此ノ地ニ

甲詩一篇奉呈レ

成公學士ノ案下ニ請フ郢斤ヲ

　　　　　　　　　　山本洞雲拜

一點ノ星槎萬里程海門風穩渡ル蓬瀛ヲ士

峯猶ホ有リ千烁ノ雪清耶正ニ宜シ洗道情ヲ

　　　　　　　　　　　成翠虛

奉次　梅室ノ示韻ヲ

扶桑鵬路渺タリ歸程萬里風帆過ル大瀛ニ三

嶋十洲瞻望裡ニ與レ君端ニ合シ討ヌ幽情ヲ

言　　　　　　　　　山本洞雲

謹呈燕齊忽賜尊和辱也雖辱非

愚所庶幾也木瓜之獻何望瓊瑤只

冀賜慈亦

復　　　　　成翠虛

既示清詩少無疵累過謙到此縞紵

之際還切惻怍

天和二年龍集壬戌秋八月一日

於本願寺南堂寄

朝鮮成學士儒雅

梅林老夫

邂逅相逢天ノ下方　白雲萬里阻粉郷ノ聲

名區ス嶽鳴足笠吐出詩情動博桑ヲ

奉次梅林ノ示韻ヲ

成翠虛走卅

樓舡萬里向東方路ハ指三山不死ノ郷避

近天涯真有數共看紅旭湧挾桑

再次

成學士ノ高和

我有顧神換骨方始知韓客ノ指靈郷毫

梅林軒

端寫出四時ノ景不用人間海變桑

又次梅翁ノ韻ヲ

海月軒之卅

大海茫々トシテ浸ス四方ヲ　彩船飛ヒ過ス橋林ノ郷　白

雪ノ清篇入ル牙頬ニ　還ツテ驚ク漆史ノ過ルヲ庚桑ニ

別ニ賦ス一絶ヲ

中秋已ニ近ク暑ノ残ル時　本願堂中逢フニ紫芝ニ爲メ　梅林軒

問赤間藍嶼ノ境　胸襟ノ風月幾篇ノ詩ソ

次ク梅翁ノ韻ニ　翠虛

蕭寺相逢フ此ノ一時　香ハ生メ九竅ニ爵ハ靈芝ニ小

軒清淨ニ談シ空キ處ニ　筆下長ク驅ル綺語ノ詩

奉リ呈ス

朝鮮ノ

成翠虛

李盤谷兩學士

洪滄浪僉正以謝面晤

熊谷了庵具州

青簾白舫自三韓　俊彩遙馳行路難殊

域迎賓何陋有幸存君子　國風寛

次韻ス

成翠虛

了庵ノ詞案ニ

天遙鸞路接桑韓　萬里風濤古亦難域

外相逢真有數　消愁何待酒杯寛

奉謝了庵示韻

了庵ノ示韻ニ奉謝ス

李盤谷

八月星槎遠自韓　一帆風浪飽艱難禪
窻白日蒲團静　容裏愁情得暫寛

了庵ノ示韻ニ奉次キ

洪滄浪

自喜踈慵識韓世間奇會古來難清
談不覺頻傾蓋　容裏愁懷頓爲寛

了庵詞宗ニ奉謝ス

李盤谷

先公ノ翰墨、鳴ル二桑域二、愛ス子、高名不レ天ヲ漏ラス光ヲ門ノ

下ノ登龍、有リ二舊客二、小山ノ文彩、冠二諸賢二

　次ノ韻ヲ奉謝ス

盤谷李進士示二詞ヲ　　丁庵

一面同堂無二異域二、鴻才、仰ギ見ル最モ白光ヲ盖ッ

今楂散、對ス騒老二、不レ似竹林二、千古ノ賢二

天和二戌ノ年禾秋上院、朝鮮之来聘

信使官名

正使通政大夫吏曹參議知製教尹趾完

副使通訓大夫弘文館典翰知製教兼

經筵侍講官春秋館編修官李彥綱

從事官通訓大夫弘文館校理知製教

兼經筵侍讀官春秋館記注官朴慶後

上六官三員

同知朴再興　僉知卞承業　僉知洪禹載

上判事三員

主簿安愼徽　直長鄭文秀　正劉以寬

製述官一員

成均館進士成琓

次之上判事二員

判官金瑄　奉事朴重烈

副司果吳順伯

右朝鮮信使　副司果邪時挺

馬上才二員

三官大人

謹賦小詩奉呈

野釋顯靈和南

太平寰宇善隣通適接官遊向海東意

到不求煩澤吾交情猶在默存中

次靈長老辱示韻仍冀斤教

正使

東山居士奉稿

萬里ノ滄溟木道通ス　沮ノ敦メ情意ヲ限ヲ西東ヲ上ノ

人ノ詩格高メ無シ敵　誰カ識ラシ琴聰　在ラヲ此ノ中ニ

席上次靈長老贈示韻

副使

鷺湖散人

瀛海茫トヽメ鷗路通ス　三韓ノ使節指ス江東ヲ休メヨ

煩ニ象舌ヲ傳フ中言語ヲ領ニ取ス深情ヲ片ノ牘ノ中

馬島ノ誕席次ク靈長老ノ厚贈韻ヲ

從事

竹庵奉稿

使節年來　縱ヒ未タ通セ鄰交曾テ不ル隔ニ西東ヲ今

因テ修好ヲ逢二靈釋厚ノ意相酬フ句語ノ中

走リ呈ス　學士ニ　聊カ擬ス笑談ニ

太虛史

英姿聯壁照ラスヘシ賓筵ニ偶々接ス芝眉修ス好縁ヲ近ヘ

駕ヲ方ラシテ舟ヲ多レ雅典ニ江山成シ助ケラ幾ク千篇

敬次テ五韻ヲ呈ス靈長老ノ案下ニ

學士　成琬

青眸避近ス此ノ華筵一咲相看ル定テ宿縁安シテ

得テ静中松月ノ下楚餘同ク討二碧雲ノ篇ヲ

天和壬戌八月念六日與二木順菴一過テ

本誓寺ノ旅館ニ與テ朝鮮ノ學士成翠虛及

洪滄浪ト唱和

奉呈

翠虛成公ニ　　案下

羡見ル鷄林文物ノ明成均開館共ニ登瀛ニ

壯遊千里子長ガ志振起ス辭章第一名

公廳文衡ノ選司ニ　成均ノ教詭々々蔚々

龍躍鳳翔泰斗之望萍水之遇昌ニ勝ニ

欣托謝以俚語ヲ莫レ以テ污嚴聽爲罪ト

壬戌ノ之秋

蒙窩堀正朴稿

蒙窩ノ次ニ謝ス　示韻ヲ

洒洒タル詩篇刮ッテ眼ヲ明セ奕如トシテ飚駆ノ過ギ蓬瀛ニ入ル

懷崑玉光ハ璀璨彩筆江郎擅ニス大名ヲ

壬戌之秋　翠虛

奉呈

翠虛成公ノ梧下

仙槎通信ヲ武江ノ濱方ニ是風雲慶會ノ辰一

點使星文焔燦海東今見斗南ノ人

天錫奇緣忽チ諧フ鳳觀ニ榮幸固ヨリ多シ漫ニ

作テ燕詩ヲ奉ル呈シ　左右唯恐ルハ干レ濱ニテ　高

明ヲ自取ヲ辛價ヲ之　深ヲ統祈ル　海涵セヨ

壬戌之秋

義齋黒川玄達奉稿

義齋ノ

次謝ス

五季金昆遇フ海濱ニ客中ノ光景屬ス良辰ニ清

談辛接ス無雙ノ士誰ヲ識ン東方第一ノ人

義齋ノ示韻ヲ

壬戌仲秋

翠虚

渚浪洪公ノ

奉呈ル

座前

使節駛々交道通ス羣賢糜至各豪雄謂

仙今有大鵬賦辭氣當凌九萬風ヲ

古云不願封侯但願識荆州一仰

玉堂復接芝眉我願已足謝之以

詩代譯云

蒙窩

走次示韻

蒙窩

兩邦好百年通来逐東槎亞使雄今

日陪文士會新詩迭唱筆生風ヲ

滄浪

奉レ呈ニ
滄浪洪公ノ梧右　　義齋

心月照レ臨千里ノ明
靈槎秋泛テ渡ル滄瀛ニ預シメ
傳レ藉レ之ヲ雞林ノ客
艸木モ亦將ニ知レ盛名ヲ

走レ次ク義齋ノ亦韻ニ　　滄浪

閑居曽テ歌レ學ニ淵明ヲ
偶逐テ仙槎ニ渡ル大瀛ヲ還テ
喜客中知レ己、在リヤ
君ガ家ノ昆季自ラ齊シ名ヲ

奉テレ呈ニ　　順菴
詞文ニ兼テ示ス諸賢　　翠虛

聞說江都地理雄　群才大振古人ノ風琳

琅玉樹交輝處　白雪高歌動碧空

謹和ス二

翠虛公見示諸容韻　蒙窩

見說山川氣縣ノ雄　蒹葭謾倚ル玉人ノ風仙

禽高舉ル扶桑ノ樹千里昂々凌霽空

翠虛公　走藝和二　嚴韻ヲ　義齊

製述材官一代ノ雄崢嶸山斗仰高風

隨健翮大鵬去九萬扶桑凌碧空

奉レ呈ニ

順菴詞伯ニ兼テ示ニ席上ノ諸名ー士ニ　　滄浪

山ニ多ク杞ー梓海ニ多ク珠　物ー理由ー来信ニ不レ誣

座ノ諸ー公皆俊ー逸此ノ生何ノ幸ニ入ニ名ー都ニ

走レ筆ヲ和ス

滄ー浪公ノ卒ニ題ノ見ハシ示サ韻ヲ　　蒙窩

復タ知ル滄ー海ニ有ヲ明ー珠多ー少ノ光ー輝不レ可レ誣ノ秋

日照ー看ル喬ー木ノ邑稜ーヒタル秀ー氣映ニ東ー都ニ

滄ー浪洪ー公ノ示ー韻ヲ　敬和ス　　義齋

襟懷含蓄積崗珠、呼テ作テ未程ト亦宣ニ詛ジャ嚴ト

翣風標誰カ湿レ及ブ秀光萬丈、照ス東都ニ

順巷ノ　奉呈ニ

　　案右

然ルニ方寸欣相照ス宜レ唱騷壇萬首ノ詩ヲ

今逢德秀紫芝眉、文来風流擅ニ一時ヲ湛

　　翠虛

奉和ニ

翠虛公ノ見示ニ順巷ニ韻ヲ　蒙窩

翰林鍾秀馬公ノ眉月斧雲斤建ツ此時ニ手ニ

劉廣寒宮裏ノ玉ヲ裁為錦繡百篇ノ詩ト

壬戌仲秋念六

恭賦シテ下調二章ヲ呈ス

成進士伏メ乞フ郢正一繋

錦帆風調フ釜山浦清旆日二磨洛水ノ涯奉メ　　谷川榮元

命ヲ使臣懷二大節ヲ隣交但夕見ル在修辭

又

全

山長ノ水遠ク一乾坤賢客觀光ヲ奉ス至尊偶

値翰林經世ノ士何ノ如ッ目撃及無言二

次韻谷川ノ韻ヲ　　成翠虚

星槎渡海遭仙客圓轉玉山洛水ノ涯域

外ノ新ノ交　傾ルル蓋ヲ地　恨ク久酬テ高ノ韻ヲ乏ニ妍ノ辭ニ

又次　　　　　　　　　　　　　　仝

踞龍蟠佳麗ノ地　欲メ和セント新ノ製ニ愧ッ無ノ言ヲ

金山萬丈歴ス黄坤ヲ六十餘ノ州此ニ獨尊レ虎ノ

奉呈

成進士　詞案下　　　　　益亭橋本謙智顥

三韓ノ通信使畢レテ禮ヲ欲ス還レ郷ニ留メテ駕ヲ宿レ精ノ舎ニ

揮テ毫ヲ鳴ル洛ノ陽ニ遠ク來ル英傑ノ士仰キ見ル繡ノ衣ノ郎

今日無ニ他ノ望ニ亦テ詩ヲ洗フ我ノ膓ヲ

奉次

益亭ノ　示韻ヲ

鯤峯萬里ノ客邂逅　水雲ノ郷　絕閣逢蘇子

幼音對ス伯陽仙風　啼逸韻　玉質把奇郎

一別天涯隔ル愁懷結フ寸膓

成翠虛

李學士ノ　詞案ニ

獻ス

青眸相對ス切ニ開ク思ヲ殊域　通シ文ヲ心自知ル此

會此ノ情尤モ耐タリ喜ニ逢遭當ノ日盛唐ノ時

用テ別韻ヲ謝ス

益亭

四公ニ

李鵬溟

當時ノ四傑以テ詩ヲ鳴ルヲ爲ニ問フ騷壇孰レカ主盟自ノ

是才華但第一愧ク將ニ燕語ヲ續クヲ希聲ヲ
　　率爾ニ次ニ

李公ノ高韻ヲ　　　　　　　　益亭

桑韓相會メ作ニ詩鳴ヲ駈筆ヲ縱吟共ニ結ヒ盟ヲ文ー

學如キハ君ヲ古今少シ五章擲ハ地ニ發ニ金聲ヲ

啟

今日ノ之會遂ニ識之願ヲ又タ得ヲ瓊琚ノ之報ニ
　　　莉

實ニ生ノ之大幸也

復

李鵬濱

橋-本 公特ニ極ム其ノ敏-捷ヲ又多ニレ才-華

翠-虚成-公

○奉レ呈ニ

西-東百-程星-軺 抵ルレ牲ニ幸ニ扼メ芝-宇ニ不レ勝ヘ

欣-抃ニ漫ニ唱テ巴-歌 一-章ヲ以テ汚シレ嚴-聽ヲ兼テ展ノ

謝-悰ヲ　　　　　三宅堅恕稿

鶏-林ノ詞-客 点ニ鼇-頭ヲ芥-蔕雲-夢賦ス遠-遊ヲ

範-猶レ思ヲ箕-子ノ對 奇-芬可レレ喜フ接ス二名-流ニ

○走-次ニ

誠齊ノ韻ヲ

星槎重テ返ル海西ノ頭　擬下向テ郷園ニ説カント壯遊ヲ上廷

秀奇才今不レ古騷壇千載　繼ク風流ヲ

翠虛走艸

○奉レ呈

滄浪洪公ニ

萬里碧流清ク濯フ纓ヲ　三韓ノ英傑識ル韓荊ヲ白

雲倚レ劍秋將ニ暮ント匹馬難レ留メ霸客ノ情

堅恕

○走次ク

三宅ノ示韻ヲ

縋テ蘭ヲ爲レ佩ト藎ヲ爲ス纓ト愛爾清才似タリ羋荊ニ帽

滄浪

悵相逢還作別　白雲紅樹不勝情

天和壬戌朝鮮ノ三使来聘八月初三

到京師ニ館ス本國寺ニ後二日　玄機　玄緣

同ク往テ而謁ル成學士及ヒ李洪玄文丈

席唱酬總テ二十六首

　○呈ス

成李洪三公ノ詞案ニ　　玄機　字大方

清時三籟歌四海　起祥雲　員國馳官使

敬邦賀　大君ノ儀容　今謁見才德旧知

閒望外ニ得奇遇ヲ　文談欲歛欣

○次ニ謝ス

大方ノ辱示ノ韻ヲ　　　　成翠虛

萬里三韓ノ容樓船海雲ニ駕ス箕邦大慶ヲ承ケ

日域明君ヲ賀ス涖下高士寰中ニ逢フ擅ニ仙

聞ッ莫シ嘆スル南北ノ異蓋ヲ傾ケ即キ相欣フ

○奉謝ニ

大方ノ詞案ニ　　　　　　鵬溟

八月星槎ノ路遥ニ鶴背ノ雲ニ連ル風流誰カ作レ主

文彩喜ヒ逢フ君人物斯爲ス盛ト湖山昔所聞ノ

青眸相對スル處驪抱却テ欣ス

○率レ謝

大方ノ示ノ韻ニ

平生夢不レ到ラ今日　幸ニ披ク雲異ノ地忘レ為レ窓ト

知音頼ニ有リ君清標　真ニ更ニ把ス高論更ニ堪レ聞ニ

多謝ス瓊琚ノ贈リモノ中心ノ窃カニ自欣フ

　　　　　　　滄浪

○呈ス

成李洪三公ノ詞案ニ

　　　　　　玄縁　宇別宗

我國君新ニ立ツ異邦特ニ賀レ來ル千程煙水遠ク

一幅錦帆開ク京寺暫ク留ム駕ヲ驛亭幾ッカ掃レ埃ヲ

風雲時際ノ會仰キ看ル翰林ノ才

○次ニ謝ス

別宗ノ詞ヲ案ニ
　　　　　　　　翠虚

幸ニ際シテ敦修ノ旦
仙査海外ヨリ來ル
白頭鯨浪遠リ
青眸鳳城瓊屑ヲ開ク
霏ニ清話ヲ瑶篇ニ
絶ッテ點ノ埃ヲ
葦原多ク篤人ニ
先ッ數フ二公ノ才

○奉リ謝ス

別宗ノ詞ヲ案ニ
　　　　　　　　鵬溟

兩國隣好ヲ修スル
仙槎萬里ヨリ來ル
流光嗟ス住マラ不レ
羈抱苦ニ開キ難ク
滄海風浪ヲ生ズ
長途雨埃ヲ洗フ
詞壇避逅ノ地
和セント欲シメ微ノ才ニ愧ツ

○奉レ次

別ノ宗ノ瓊ノ韻ヲ

遠ッ逐ッテ星ノ槎ニ使ヲ行ッテ穿ッテ日ノ域ヲ来ル相ノ逢ッ高ノ士在リ

一笑好ノ懐ヲ開ク華ノ館風生レ樹ノ間ノ庭ノ雨洗ッ塵ヲ

當テ庭ニ競ッテ揮ッ筆ヲ何ッン讓ニ古ノ人ノ才ニ

滄浪

○拳レ呈レ

大ノ方ノ詞ノ案ニ

清ノ高ノ骨ノ格列ヌ仙ノ儒ヲ術ノ藝林ノ中意ノ馬駆ス彩！

翠虛

○和

筆憑陵驚ニス客ノ眼ヲ不レ妨ッ談ノ笑共ニ画蒲ッ

玄機

相逢驚見翰林儒　健筆恰如駿馬駈野

衲何開荊棘口居山　平昔只編蒲

○奉呈

別宗詞案

水月精神海鶴姿　紗年文彩映天涯

近誠非當時偶青眼　相看對紫眉

翠虚

○和

衣冠嚴爾見清姿　卓出文章甲一時

近還如舊知己　十洲三島祝麗眉

玄緑

○奉謝

僉公ノ榻ノ下

海東千載映ス奎文ニ翰墨ノ聲名カ最モ　　鵬溟

日一宋談笑ノ地高才讓リ與ツ野中ノ斤

○和　　　　　　　　　　　　　　玄機

来詣見非ス佗事ニ只是將ニ求ム妙手ノ斤ヲ

簇錦簇花英哲ノ文三韓國ノ裡一騷君訪ヒ

○全　　　　　　　　　　　　　　玄緣

同説三韓富ニ錦文ニ文延此ノ日喜ヒ逢レ君ニ毫ノ

端揮起メレ雲雨ノ聊カ賦メ和ノ篇ニ需ヘ斧ノ斤ヲ

○席上走リ呈ス

僉公ノ桜ノ下　　　　　滄浪

共是殊邦士
那期此日逢
初看眼便豁
不語意先濃
藝苑推高手
禪風帶瘦容
新篇動白雪
一唱爽煩胸

○和　玄枕

多日渴望切
今朝幸得逢
外邦雖語異
同席喜情濃
貧道暫微賀
貴官仰頁容
新詩蒙寄我
一見豁襟胸

○和　玄緣

北邦英傑士
海外喜相逢
相逢初見情
還睦

新詩ノ味最モ濃ヤ文延ニ驚ク妙手ニ玉佩仰グ貴客ニ

渚花雲夢澤却テ疑フ藏スルカト寸胸ニ

○奉ル呈ス

大方別宗ノ両詞案ニ

伊水龍盤金鳳ノ山參差タル宮闕五雲間ニ停ム

樓ヲ此ノ日淹留ノ處嘯倚テ高樓ニ一タ解ク顏ヲ

翠虛

○和

萬里艤舟ヲ出ツ金山ヲ旌旗忽ナル到ル洛京ノ間特ニ

来テ要スト慰ニ訪セ君カ意亶ニ清譚開ツ笑顏ヲ

玄機

○和

玄緣

萬里三韓隔海山　一朝傾盖客僑間住

来酬唱幾多度拙句佇懷遊士顔

○奉謝

大方仍示別宗道士

此身無異井中蛙曽見河江不見涯今

日始知東海樂免教貽笑大方家

　　　　　　　　　　　鵬溟

○和

言謙自道井中蛙文海波瀾無浜涯今

古如君誰等匹想着唐宋四名家

　　　　　　　　　　　玄機

○全

　　　　　　　　　　　玄緣

堪笑堪憐水底蛙　羨看鵬鳥撃天涯状
揺海上波瀾起文彩縦横作一家

○更賦一律奉謝
　　金公

忽遇騒壇主　心頭流不平
寄題唯達語　唱和却通情
執筆心忘法　賦詩盡有声
山川兼草木　秋日發香栄
　　　　　玄機

○同

未聘三官使　相随到海東
繍帆輝夕日　畫舫駕秋風
文見宋蘇子　詩思唐杜公
　　　　　玄緑

太平尤モ可ニ喜フ邂逅ス此ノ豪雄

○更ニ呈ス

大方ノ詞案ニ

聞ク説ク英公　　　　　　翠虚

茲ニ剪ノ獻ヲ〆花ヲ當ニ日許リ門ノ徒ヲ珠船

共ニ泛フ葫檀ノ海惠眼能ク通ス法界ノ圖白鷺池ノ

過頻ニ唄咒青鳶刹裏幾タ跡跌相逢異域ノ

前緣在ル次律誰レカ知ル幻一軀

○奉ル呈ス　　　　　　　全

別宗ノ詞案ニ

曹溪ノ一派認ム南宗ヲ早ク向テ雲師ニ躡道蹤ヲ脚ノ

下扶桑千里ノ路節頭ノ富士五雲峰蓮花

漏驚ク雙林ノ夢祇樹ノ風傳フ七寶鐘爲ニ問フ何ノ

時カ来テ雜社ニ交リ深ク傾ケテ盖ヲ兩情濃カナリ

天和二年壬戌朝鮮國ノ三使来朝ス正

使ハ尹趾完副使ハ李彦綱從事ハ朴慶俊

八月三日刻到ル京師本國ノ精舍ニ五日余

與別宗爲ニ問問方異域ノ風俗佛法ノ興廢ヲ依ニ

賴西山梅爺翁ニ行テ而謁ス爲ニ成學士翠虛

名ハ琓称ス海月軒ト李聃齡學士鵬溟號洪世泰滄浪泰出テ

而接ス矣相讓揖テ座對互ニ依ル筆研ニ梅翁謂テ

茶ニ曰宜ク先ツ寄ス一詩ヲ於レ是ニ二人各々賦ス五ノ
言一律ヲ兼テ寄ス三ノ学士ニ翠虚モ亦タ賦ス二ノ一絶ヲ
見レ寄セ為ニ二人就テ和ス為ニ鵬濱賦ス一絶ヲ滄
浪賦ス二一律ヲ各兼子寄ス為ニ二人随テ和ス為ニ鵬
濱翠虚又タ各々一絶兼子寄ス又
間三ノ学士ノ之和章次第シ而成ル矣余興ニ
別ニ宗再ヒ賦メ一律ヲ兼テ寄ス三ノ学士ニ為ニ翠虚
亦賦メ七言近体二章ヲ寄ス二人ニ而謂テ云ク
此ノ日邂逅殆ント有リ前ノ縁感佩何ッテ謂ン乎
相ヒ対シ継クルモ甚タ豈ニ敢テ為ン懶タルト乎然レトモ而公ニ事迫ニ

急未得退談、遺憾甚多矣、所惠一律

来日裁和章、以呈矣、鄙吟亦来日賜

和、則何異再面乎、相共揮別矣、故無

再問國風、談佛法、唯空作騷壇之酬

唱、而類跡于好事而已、嗚呼三士之

冨丈才也、操觚無舍、一瞬一息而成

自上午至下午、翠虛得七章、鵬濱四

章、滄浪者三章、余與別宗者各得六

章、通計二十六、昔不移時而成矣、以

余苦吟對佗快筆緊急、可知、因記其

顚末ヲ因テ歇マ不結案ヲ云フ云ヘレカ

○天和壬戌仲秋初八　　玄機書

翌日贈ル詩九首ニ

○和ス

成學士ノ惠韻ヲ　　　　　　全

雷名轟ク及ヲ荒蕪喜ヒ見ル德行顏子ノ徒揮テ

筆ヲ北邦輝ヤシ翰死ヲ鳴シテ珂東域ニ懋浮圖數回ノ

酬唱相通シ意ヲ終ル日ス笑譚俱ニ結ヒ跌永也房ノ

公ハ非スト二同時雙影後ノ前軀

○再用テ前韻ヲ謝ス

成學士

龍舟來海外簇從如雲選數差官使
輝文在貴君字通心共達音異耳唯聞
山侶得清和奈何謝此欣

○再用前韻謝　　全

李學士

鵬鳥來南國翼垂万里雲離郷無客思
樂道恭天君暫未學膚受對強記博聞
脩途炎熱日佳勝是驢欣

○再用前韻謝　　全

洪詞伯ニ　　　　　　　　　　　　　　全

西海ニ千尋ノ浪東ニ關萬里ノ雲　芳隣修聘如シ　使カ

奇産祝ス新君ヲ禮則嚴ニ宜ク見ル樂音和メ可ク聞ク

有テ誰レ無ラ景慕暗ニ語我レ唯欣フ

○次ニ謝ス

海月軒翠虛公ノ惠韵ヲ　　　　　玄緣

賀循曾テ是世ノ儒宗千歳何シ知更ニ比シ蹤ヲ草

聖悠ヒ蛇泛ヒ水ニ文光赫ヒ日昇峰ニ遠遊

萬里漢陽ノ夢忽チ破ル一聲蘭若ノ鐘話シ尽テ山

雲兼ト海月ニ瓊瑤報テ我ニ結テ交ッ濃かし

○再用テ前ノ韻ヲ呈ス

翠虛ノ按下ニ　　　　同

漢陽承テ命ヲ去ル日ノ域　奉ケ書ヲ来ル名ノ聞テ渴ク望ヲ切ニ

恍然トシテ青眼開ク文瀾湯テ𣴴ノ海ノ詩韻淨ノ無シ埃

兩國揚ル聲價ヲ宜ク稱ニス天下ノ才

○再用テ前ノ韻ヲ謝ス

鵬溟詞伯ニ　　　　仝

遠ク出テ朝鮮國ヲ輀車此ノ地ニ来ル燕詞遇テ君ニ獻ス

繡口爲ニ吾ヲ開ク品坐如ク聯スル玉ヲ清談豈ニ惹ンヤ埃ヲ

台峰掛ル樓角翠ニハ似タリ待ニ詩才ヲ

○用前韻謝滄浪案下　　全

語異交情厚　詩篇幾往来
鴈鳴郷意切　琴響旅懷開
常在黄金闕　遠離紫陌埃
俊良堪佐国　明主挙名才

○又賦一律謝三詞伯　　全

三傑名臣来我国
士夫倒鳥迎雲軺
千山風景数篇句
万里煙波一葉舳
桑域箕邦馳美譽
繡衣玉節見高標
杰看東海渺茫外
含雪士巌衝碧霄

○呈メ

海月ノ軒鵬溟滄浪ノ詞案ニ呈メ需ニ和教ヲ

水陸雲車信既ニ通ズ情ノ和メ千里則チ同風　五ノ

冠冕立瓊臺ノ上仰キ見ル三星遠ニ射ル月宮ヲ

笠嶺

○奉レ謝レ

笠嶺ノ禪榻ノ下

杳トシテ扶桑容ニ接ス通ズ雲帆萬里駕ス長風ニ西ノ

京素擅ス江山ノ勝ヲ暫ク卸メニ征鞍ヲ就ク楚宮ニ

鵬溟走稿

○次二

竺嶺師ノ示韻ヲ　　　　　滄浪州

花ニ滄海一樓通破浪遙乘萬里風兩
日兩京聊信宿白雲秋色滿蓮宮

○簡呈メ

西山大師要和ヲ　　　　海月軒芝學

喚虎召魚五蘊禪飛空抒釣自龍泉給
園久掩摩訶室生海時浮大願船腹竅
絮光通日月舌根香藥貫青蓮試肴竜
相驚人處照破東方萬八十

○謹呈テ

西山詞案要レ和ヲ　　　　　　雪月堂

瀛州千里ノ外　何テノ幸リ接ス高風ニ青眼　論スレ襟ヲ處

交情自ラ不レ窮ラ

○次レ韻ヲ奉レ謝ニ

玄大師ノ道案ニ　　　　　　　竹菴道人稿

翰墨才無レ敵　山林道有レ隣リ　浮雲開ク月在リ

麋鹿日ニ相親ム

○奉レ呈ス

梅山守中僉案ニ下　　　　　　洪世泰拜稿

青袍白衲儼、相連ヲ賓主ノ歓　深敲勝筵跂

涉肯愁千里遠周旋實賴神交俱莫逆

岫身知音有爱生緣

○天南地北、水陸萬里、夏ヲ經、秋ヲ慶、暑ヲ冒シ

衝瘴ヲ

賢勞辛勤、更ニ僕ヲ罄ス何ゾ、幸ニ是今年風雨

時若、海波揚ラ不、舟楫ノ之利涉、車馬ノ之

載馳、危ニ乘、險ヲ過、事素ヲ失ハ不

愷悌ノ君子、神ノ之扶ヘ所、豈只ニ

使華ノ之榮、實ニ惟

兩國ノ之慶、至祝ニ

　壬戌之秋八月　　順菴木貞幹

○即對ニ

雅範ニ知ル其ノ

大人君子ノ人也　第ヤ邦音不通只自ラ目撃スルニ

而已今承ケテ

先訊ノ之鄭重ッ且慰ス不侫ヲ之跋渉ッ書意縷

縷有リ同キノ十一年前ノ故舊感戰無シ己此ニ誠

由テ於

両國敦修之力ニ獲リ観ヲ

長德之陶儀定可幸ニス也

　　　　　　　翠虛

○行テ到ル西京ニ之一日意表獲テ見ル

尊公之門下士震澤ヲ公館ニ聞ク

尊公之學識文詞之冠乎一世ニ願ハ欲ス

一次望ト

履矣不料茲ニ者過ギテ聞虚名ヲ先ッ爲ニ枉訪ヲ

於容館雖是初ヨリ無一日之雅一見已ニ

知其ノ

鉅德宏識遊ヲ於藝之氣像深幸ヒ而當ニ

後ッ從容ヲ以筆ヲ代へ舌略ニ陳梗槩ヲ盂計介

　　壬戌仲秋　　　　翠虚

○誠ニ如ク所ノ教ル

在ニ西京ニ日見ニ柳震澤ヲ乃シ文章ノ士ナリ也　第一

于シ否シ是ノ其ノ師可シ知ヲ使ニ人ヲ起シ敬ヲ　津浪

○

弊門ノ人柳剛過蒙ル　稱譽ヲ感佩實ニ深シ

如不肖カ箕斗虚名謬テ汚ス

高聽ニ慙悚何ノ言シ敬テ綴ツテ下里一章ヲ以テ呈ニ

翠虚公　吟壇ニ

文星快ク觀ル海ノ雲ノ東

五邑温ニシ

君子ノ風毛穎千年舌猶ホ在リ靈犀一點意

先ッ通ス

○

壬戌仲秋下浣

○ 謹次ニ

順菴ノ　辱ヲ宗韻

博學宏才冠日東

青眸開處揖

高風邦人定服

賢師弟洙泗淵源萬古通

○ 重用前韻奉呈

翠虛

順菴木貞幹稿

翠虛詞宗　案下　　順菴

文旆悠悠

道暫東ス穆如兒

大雅仰クニ清風ヲ

鷄林璧水　群英ノ會洙泗今見ル一派通ズ

　○奉呈

順菴ノ案右ニ

今逢德秀紫芝眉　文彩風流擅一時ニ湛ー

黙方寸欣テ相照ス　寫唱騷壇萬首ノ詩ヲ

海月翁又稿

　○和答ヲ

翠虛　詞伯二　　順菴

丈談筆語各揚眉情洽高堂相對時折

木扶桑三萬里

錦囊取拾入

○奉呈　清詩

順菴　詞丈兼示　諸賢

翠虛

聞說江都地理雄羣才大振古人風琳

琅玉樹交輝處白雪高歌動碧空

○重次

瓊韻ヲ謝ス

翠虛　詞丈　　　　　　　　　　順菴州

浩トシテ兌詞源

韓客ノ雄一時同見ニ

兩邦ノ風預メ期ス別後通音信ヲ先ツ指ス雲鴻望ム

遠空ヲ

○卒賦ノ一律ヲ挙星

翠虛成公　楽下　　　　　　　　順菴具州

卓犖兌

高標挙ク彩霞ヲ

英才況又玉無瑕

登科早折三秋桂隨

使遙浮八月槎

筆下談論通地脉

胸中萍思吐天葩相逢何恨方言異四

海斯文自一家

　　○謹歩

順卷示韻却審

妙年奇志鬱青霞

楚璧從知欠點瑕影拂咸池千疊浪身

　　月軒走稿

隨フ博望ニ一靈橇盈生已ニ識ル曾テ吞蒙ヲ江筆

皆驚更ニ吐クヲ范ヲ邂逅東都天實ニ佑ヲ出テ涯ヲ方ニ

見ル大方ノ家

○始メテ接ノ

紫眉既ニ蒙ヲ

青眸欣躍ノ之深キ謹ナテ呈ノ俚詞ヲ以テ謝ニ

滄浪洪公ノ詞案ニ　順菴木貞幹稿

殊方何ニ意ヲ作ス同盟ヲ一見渾テ消ス卸否ノ情ヲ未タ

信セ至清無キ文語憑テ

君ニ此ノ山日躍ヲ慶纓ヲ

壬戌秋八月

○敬次

順菴公

　　厚示韵ヲ　　　　　　滄浪謹稿

騒壇牛耳擅宗盟瀟洒千秋白雪情燦

若鳳凰寡彩嗣逸如駃騠脱長纓

○再呈

滄浪洪公

吟榻　　　　　　　　順菴稿

新上騒壇似舊盟李投瓊報荷深情

幸從嚴羽継詩話不羨浮榮誇馬纓

○來贈

順庵　詞伯
　　　　　　　滄浪　謹稿

搜羅百氏咀英華
雄視騷壇自一家
莫怪底公詩聞已熟
曾從門下識侯芭
　　　　　　　　順庵稿

○奉和　　　滄浪　詞兄

雞林英傑擅文華
健筆可呼成作家
千載子雲公自在
吾門何耐太玄芭
　　　　　　　　滄浪稿

○奉呈
順庵詞伯兼示座上諸君

　　　　　　　　滄浪稿

山多杞梓海多珠　物理由来信不誣満

座諸公皆俊逸　此生何幸入名都

壬戌仲秋

○次韻謝

滄浪　詞文　　　　順菴卅

毫端萬斛夜光珠

韓客宏才誰復誣　須為五経賡鼓吹

京賦了又三都

○偶爾成章鼓動

滄浪詞伯豪氣　　　順菴稿

磅礴乾坤俯仰中

高人壯志思無窮河源欲問月支外暘

谷来賓

日本自古　青丘吞楚澤至今

鮮水接華嵐雲煙為紙海為硯天筆高

懸萬丈虹

○次謝

順巷　詞文盛春　滄浪

一見忘形意氣中論文促膝興無窮乗

褪速自開雲口拭玉令來斫木東愛容

知ル君カ多ヲ厚ー誼撃テ蒙ヲ欣ー我ヲ把スヘ高ー風ニ當

蓬ニ倚リ醉ニ爭獲ヘ筆ヲ白ー日青ー天爛ニ彩ー虹ニ

壬戌仲秋　開ー雲浦ノ名釜ー山地開ク洋ヲ慶也

○謹呈ニ

翠ー虛成ー公　案ー上

滄ー浪洪ー公　順菴木貞幹稿

嚮辱ヲ奉ニ

光ー範ニ謬ッテ蒙ル

弱ー容ヲ顧夫レ斗ー筲ノ之器何ッ任ニ

叨ー言之ー重ニ古ー人一字ノ之褒榮蹄ニ華ー衮ニ

而況ヤ承ケテ數詩ノ之深款ヲ而照ラシテ

文焔之餘光乎感激稠疊何ケ日ヵ忘レ之ヲ

雖然聲聞過スル情ニ君子ノ之所恥内省テ怛

怩ス若無所キヵ容嗣テ當候ノ

文幌ヲ以テ致ス謝惊ヲ不意阿堵爲夛棠不

快把筆ヲ遷延至令兹ハ

大人之汪度容之勿罪昔人有言伯樂ヲ

所顧駑馬百倍不肖何幸獲此奇福

也兕澡之懷不可不言故呈一律ヲ作

左右以謝厚睿得隴望蜀敢祈

斤-和ヲ

重-把ノ

清-芬最モ快哉　風-流ノ儒-雅自無埃

一-鳴俱ニ駿タ

雞-林ノ唱萬-目ニ比看ル　鱗-域ノ才深ク感ス

新-知推-轂我ヲ更ニ懇ッ舊-學倒-綳スラヲ孤ニ今-年海

上-恬ニ無浪珍-重ス

行-人容-易ニ回シテヲ

壬戌季秋上院

○謹歩ス

順菴詞伯ノ　示韻ニ　　　　翠虛

尊公之博雅、欲一面割素矣、入東京稱
不使自入西京、邂逅震澤公、始知
人廣坐之中益、聞公之學識及遊藝
不世出國士之無雙也、頃芥華館一
暗雖無竟是之程、一見知其五總龜
六經庫之氣像也、又申之以酬唱之
際足見内蘊、外發之文采、淮南所謂
當一變而知、一禺之味豈不信哉近
者暎離稍潤、鄙萠方寸良不可任、茲

者重ネ杠作旅館復示以短亭名近體
一昔文則状如烟波千里蜃樓蛟閣
出没空明中也詩則又如海人網
得珊瑚于杳窟之中呼亦奇哉今者
西歸孔通摻別在即帳然之懷彼山
何異仍抒其梗槩如右且次洪韻震
澤亦袖来別語以贈其爲師弟向人
纏綣終始信且懇如是哉遂廣以蕉
拙焉

重瞻

眉宇ヲ氣雄ナルカナ更ニ讀ナ　清篇ヲ洗ヒ點埃大手

己ニ驚ク燕國ノ語弘丈尚ホ想フ鳳樓ノ才仰テ承ク菅

相ノ揚芳譽ヲ俯ノ歷兒卿等ニ少孩軟語味ニ終ク

牋告別尺書難ニ付ヒ雁奴ノ回ニ

壬戌季秋

○
○次ニ謝ス

順菴　詞伯　　　　滄浪走草

人世忝ク知ク莫樂ナ玉壺相對ノ絶ニ纖埃萍

蓬偶合テ真天幸

師弟俱ニ賢不俗ノ才歟向テ前修ニ退步武ヲ定メテ

知流輩視嬰孫容中何幸頻来訊談笑

留連且其回

壬成菊秋

○不妨詩中有知剳二字之犯而古人

唯二字犯則用之者多故敢用之云

率謝

順菴案上

昔在西京日聞

君翰墨名青眸今邂逅

詩酒托新情

盤谷奉稿

壬秋

○和ニ奉ス

盤谷李公　詞壇

順菴木貞幹稿

風標塵俗ノ外最モ愜ニ素聞ノ名ニ幸得テ

瓊瑤ノ句ヲ深ク欣フ膠漆ノ情

柳剛自リ西京來テ悉ク說ク

盛德之汪洋ヲ登

龍之願切ニ矢今幸ニ得テ攀ツテ

高範ヲ兼テ屢ス

妍唱ヲ味ヒ睫ヲ搦ス芳ヲ欣抃無ニ

已ム

壬戌季秋上澣

○　謹テ呈ス

鵬濱李公　案下ニ　　順卷

大白ヵ仙才誰トカ共ノ論セン賦成テ鵬翼掩二天門ヲ百

篇一斗

豪吟ノ容　大雅千年今又タ存ス

壬戌季秋

○　和ニ謝ス

順卷ノ　詞案ニ　　盤谷奉

諸子紛トシテ不足ラ論ズ英才多少出二君ヵ門ニ

其ノ間震澤喧ニ先ツ數ヲ捜ヲ盡ノ　西ノ京ヲ幾ト筒カ存ス

壬戌上院

○見ニ震澤ノ詩ヲ其ノ調響ノ之清高非ニ巴人下里ノ可ニ及フ此ニ見ニ

公ノ詩ノ之逸韻ヲ震澤ノ之做ニル門下ト不虚矣

盤谷

○古人ノ之詩可ク以テ観ツ更ニ以テ羣シ是ヲ以テ春秋列國ノ之交際必ス賦ノ詩ヲ見ス志ヲ後世ノ之詩ト與ト雅頌ノ之音奕シ翹霄壊黙其ノ見志ヲ通ル好ヲ今之詩ハ猶ヲ古ノ之詩ノ也不知ラ

○貴意如何　　　　　　　　順庵

○詩無古今　　　　　　　　盤谷

○僕典

足下生在異邦萬里之外今茲唱酬誠

千載一時可以通兩情而結交好何

寄詩之不及古人哉　　　　滄浪

有病辭去何以則更得　　　盤谷

○相奉耶　　　　　　　　順庵

○姑期他日

○謹呈

督齋安公ノ吟ト榻ニ　　順菴　木貞幹　稿

仙窖相逢東海濱
清標瀟洒抱玄眞
詩味道腴能飽人
不須更問如瓜棗

壬戌季秋

화한창수집 일지이

和韓唱酬集 一之二

화한창수집 일지이

○ **취허(翠虛) 성(成) 공에게 드리다[奉呈翠虛成公]** 삼택원효(三宅
元孝) 드리다

뗏목타고 온 손님은 계림의 제일 명성	槎客鷄林第一名
만 리 길 관광하며 푸른 바다 건넜네	觀光萬里泛滄瀛
사람의 마음은 동서로 못 막으니	人心不以西東隔
기이한 만남에 정을 아끼지 마오	奇遇慇懃莫惜情

○ **손우(遜宇)가 보이신 운을 따라 감사하며[奉謝遜宇示韻]** 성
취허[1]가 붓을 달려 쓰다

일본의 선경(仙境)은 예부터 듣던 명성	葦原仙境舊聞名
달의 자취 뗏목 타고 큰 바다 지났네	月一槎痕過大瀛

---

1 성 취허 : 성완(成琬, 1639~?)으로, 본관은 창녕(昌寧), 자는 백규(伯圭), 호는 취허
(翠虛)이다. 1666년 진사에 합격하였고, 관직은 찰방에 이르렀다. 1682년 제술관으로서
일본에 다녀왔다.

| 해외에서 만나는 일 인연이 있어서니 | 域外相逢其有數 |
| 절집에서 얘기하며 나그네 시름 쏟네 | 劇談蕭寺瀉羈情 |

임술년 7월

○삼가 취허 성 공에게 드리다[敬奉呈翠虛成公] 숙신(淑愼) 삼택도달(三宅道達)

계림의 사절에서 웅혼한 풍모 뵈니	雞林使節見雄風
문물과 의관이 일본 환히 밝히네	文物衣冠煥日東
피리와 북 소리 채익선을 감싸 날고	簫鼓聲回飛彩鷁
움직이는 깃발 모습 갠 무지개 끌고 오네	旌旗影動曳晴虹
기린이 들어 앉아 멀리 바다 뛰어 넘고	麒麟入坐遙超海
요뇨(騕褭)[2]는 구름 밟고 허공 높이 걸어가네	騕褭蹈雲高步空
헤어진 뒤 가을날에 다시 보기 어려우니	別後秋天難再會
머리 들어 해마다 기러기 기다리리	舉頭歲歲待來鴻

○삼가 숙신이 보인 시에 차운하다[奉次淑愼示韻] 성 학사

| 기수에서 목욕하고 무우 바람 노래하고[3] | 浴沂曾詠舞雩風 |

---

2 요뇨(騕褭) : 옛날 준마의 이름으로, 붉은 주둥이와 검은 몸을 하고 있고 하루에 5천리를 달렸다고 한다. 《昭明文選 卷15 思玄賦》

일찍이 해동에서 높은 이름 날렸네	早擅高名海以東
배움의 밭 농염한 꽃 고운 붓을 휘두르고	學圃濃葩揮綵筆
시단의 뛰어난 기 긴 무지개 토하네	騷壇逸氣吐長虹
솜씨 날랜 서기는 세상에서 드물고	翩翩書記人間少
대범한 재주는 이 땅 안에 없다네	落落奇才域內空
맑은 얘기 나눈 이 밤 이제 곧 석별이니	此夜淸談仍惜別
봄가을로 어긋나는 기러기와 제비 신세	可憐春燕隔秋鴻

○삼가 성 진사에게 드리다[謹奉呈成進士] 매은(梅隱) 천야신오랑(淺野新五郎)

빼어난 높은 재주 명성을 우러렀고	異材超逸仰榮名
준수한 모습은 밝은 가을달 옮긴 듯	魁貌能移秋月明
고운 붓은 삼협4의 물결을 돌리는 듯	綵筆廻瀾三峽水
동해에서 큰고래를 끌어올 듯하구나	猶浮東海挈長鯨

----

3 기수에서 … 노래하고 : 공자의 제자 증점(曾點)이 "늦은 봄에 봄옷이 만들어지면 관을 쓴 벗 대여섯 명과 아이들 예닐곱 명을 데리고 기수에 가서 목욕을 하고 기우제 드리는 곳에서 바람을 쏘인 뒤에 노래하며 돌아오겠다.[暮春者, 春服旣成, 冠者五六人, 童子六七人, 浴乎近, 風乎舞雩, 詠而歸。]"라고 자신의 뜻을 밝히자, 공자가 감탄하며 허여하였다. 《論語 先進》

4 삼협 : 중국 장강(長江) 상류에 있는 구당협(瞿塘峽), 무협(巫峽), 서릉협(西陵峽)을 가리킨다.

○차운하여 매은(梅隱)에게 감사하다[次謝梅隱示韻] 성 학사

예로부터 사제 모두 높은 명성 퍼졌고	從來師弟播高名
성현의 책으로 마음을 밝혔네	聖賢黃卷寸心明
문장은 작은 기예 남는 시간 하는 일	文章小技其餘事
도(道)의 바다 큰 고래를 낚는 모습 보리라	道海須看釣巨鯨

○삼가 성 학사에게 드리다[謹奉呈成學士] 근신(近信) 15세. 주목 입산(舟木立散)

북두의 빛 만 길 뻗어 가을 하늘 꿰뚫어	斗光萬丈徹秋空
쑥대 문의 오척 동자 우러러 바라보네	仰見蓬門五尺童
도(道) 앞에서 문자음[5]에 벌써부터 취했으니	旣醉道前文字飮
모임에서 몽매함을 끝없이 깨우치네	無涯盛會發頑蒙

○차운하여 근신(近信)에게 감사하다[次謝近信示韻] 성 학사

사신 뱃길 만 리에 푸른 하늘 지나서	星査萬里過蒼空
학을 탄 백옥 같은 동자를 만났네	鶴背相逢白玉童

---

5 문자음(文字飮) : 술을 마시면서 시(詩)를 읊고 문(文)을 논하는 것을 가리킨다. 당(唐)의 한유(韓愈)가 장안의 부호집 자식들을 조롱하면서, "문자음은 할 줄 모르면서 연분홍 치마폭에서 취하는 게 고작이지.[不解文字飮, 惟能醉紅裙。]"라고 노래하였다.

| 손을 잡고 삼신산에 약을 캐자 약속하고 | 携手三山期採藥 |
| 긴 피리 한 소리에 세속의 때 씻어내네 | 一聲長簬洗塵蒙 |

○삼가 붕명(鵬溟) 이 공께 드리다[敬奉呈鵬溟李公] 숙신(淑愼)

비단 닻줄 먼 한국에서 오기를 재촉하여	錦纜遙從韓國催
하늘 바람 동쪽 향해 바다 문을 열었어라	天風東指海門開
자라 머리[6] 파도 불어 삼신산이 진동하니	鼇頭吹浪三山動
양후[7]가 손 맞으러 온 것을 알겠구나	知是陽侯迎客來

○숙신(淑愼) 공에게 감사하다[奉謝淑愼公] 이 진사

천 리 먼 고향 산에 돌아갈 맘 조급하니	千里鄕山歸意催
나그네 길 어디에서 회포를 풀리오?	客中何處好懷開
창가에 해 비치는 부들자리 고요한데	經窓白日蒲團靜
때때로 귀한 분이 시를 달라 오시네	時有高人乞句來

---

6 자라 머리 : 신선이 사는 다섯 개의 산을 여섯 마리의 거대한 자라가 번갈아 머리에 받치고 있다고 한다.《列子 湯問》

7 양후(陽侯) : 옛날 능양국(凌陽國)의 제후가 죄를 짓고 강에 투신한 후 파도의 신이 되었다고 한다.《淮南子 卷6 覽冥訓 高誘注》

○창랑(滄浪) 공에게 드리다[寄呈滄浪公] 매은(梅隱)

멀리서 유성이 바다 끝에 날아와서	飛星遙動海隅來
갈대 기슭 배를 대니 낭화강 한쪽이네	蘆岸停槎波速隈
몇 번인가 집을 향해 머리 돌린 곳이런가	幾度家山回首處
절집 바로 고향을 바라보던 누대일세	寺樓卽是望鄉臺

○서둘러 매은(梅隱)의 주옥같은 시에 차운하다[走次梅隱惠示瓊韻] 창랑자(滄浪子)[8]

바다 서쪽 천 리 길을 배 한 척 타고 와서	一槎千里海西來
대판성 귀퉁이에 며칠을 머물렀네	數日淹留大坂隈
이곳은 번화한 천하의 명승지라	此地繁華天下勝
단청과 비단 휘장 누대를 둘러쌌네	丹青錦繡擁樓臺

○창랑자에게 드리다[寄呈滄浪子] 근신(近信)

의표는 고고하여 빙옥(氷玉)같이 맑으니	儀表孤看氷玉清
재주 있다 일찍부터 이름 난 것 가상하네	嘉君早得鳳毛名

---

8 창랑자 : 홍세태(洪世泰, 1653~1725)로, 본관은 남양(南陽), 자는 도장(道長), 호는 창랑(滄浪)·유하(柳下)이다. 1675년 역과에 응시, 한학관에 뽑혀 이문학관에 제수되었다. 1682년 부사의 자제군관으로서 일본에 다녀왔다.

등불 앞엔 시와 술, 처마에는 내린 꽃 비 燈前詩酒簷花雨

두 나라 사람 마음 도란도란 다 말하네 說盡團圞兩地情

○차운하여 주립 소자에게 주다[次贈舟立小子] 창랑자

네 고운 의표와 맑은 모습 아끼노니 愛爾丰標眉宇淸

어린 나이 벌써부터 노성하다 이름 났네 童年已有老成名

만나서도 다른 언어 안타깝지 않으니 相逢不恨殊言語

절구 한 수 새로이 두 사람 정 그려내네 一絶新能寫兩情

○창랑 홍 공에게 부치다[寄呈滄浪洪公] 숙신(淑愼)

채익선이 아득한 멀리서 떠왔으니 文鷁長浮縹渺間

몇 번이나 산과 물을 지나쳐 왔던가 幾回送水復迎山

붕새가 하룻밤에 하늘 밖을 지나가서 鵬禽一夜度天外

부상에 날아드니 그 누가 잡아타랴 飛入扶桑誰得攀

○즉석에서 붓을 달려 숙신공의 시에 차운하다[席上走次淑愼公惠韻] 창랑

남아의 의기가 한 마디에 담겼고 男兒意氣片言間

깨끗한 모습은 옥으로 된 산 보는 듯 　　洒落清標見玉山
더욱이 새로운 시 나를 흥기시키니 　　況有新詩能起我
시단을 이로부터 뒤쫓을 만 하겠구려 　　騷壇從此可追攀

○다시 앞의 운을 써서 창랑자에게 드리다[再用前韻呈滄浪子] 淑愼

하늘 가의 객이 되어 인간세상 떨어지니 　　天涯作客落人間
만 리 길 고향 생각 온 산 가득 가을이네 　　萬里歸心秋滿山
영조[9]는 높디높아 숭산의 기세이니 　　郢調嶄然嵩嶽勢
고고하게 스스로 달 가운데 올라가네 　　高高自若月中攀

○붓을 달려 숙신의 시에 차운하다[走次淑愼示韻] 창랑

고아한 풍모는 세속을 벗어나니 　　落落高標出世間
옥처럼 해맑고 산처럼 우뚝하네 　　清如片玉屹如山
내일이면 돛을 올려 떠날 일이 걱정이니 　　郤愁明日揚帆去
헤어지면 만날 일이 막연하기 때문이네 　　別後音容杳莫攀

---

9 영조(郢調) : 고상한 곡조를 가리킨다. 초(楚) 나라 영(郢) 땅의 양춘곡(陽春曲)이나 백설곡(白雪曲)이 고상해서 화답할 수 있는 자가 거의 없었다고 한 데서 유래한다. 《昭明文選 卷45 戰國策 宋玉 對楚王問》

○배에서 짓다[舟中作] 창랑

드넓은 바다에 달 떠오르고	月出滄溟濶
높은 하늘 별들이 드물어지네	天高星斗稀
외로운 배 바다 멀리 띄워 가는데	孤舟長泛海
이 밤에는 정말로 고향 생각 뿐	此夜正思歸
물 밑으로 일렁이는 맑은 은하수	水底明河動
안개 속에 희미한 머나먼 불빛	煙中遠火微
고향에서 오는 편지 끊겨버려서	故園書信斷
남쪽에 올 기러기 고대한다네	直待雁南飛

○배에서 지은 시에 갑작스레 차운하다[卒次舟中瓊調] 숙신 (淑愼)

추풍에 저 멀리 바라다보니	秋風窮遠目
만 리 길에 옛 친구 희미해지네	萬里故人稀
피리소리 한줄기 물결에 지고	孤笛潮聲落
꿈속 혼은 하늘 가로 돌아가누나	夢魂天際歸
삼신신은 밤을 따라 가까워지고	三山追夜近
물에 막힌 고향은 희미하구나	一水隔鄕微
호쾌하고 시원한 남아의 의기	慷慨男兒志
구름 뚫고 날아오를 기세로구나	凌雲勢欲飛

○오언율시 《가을이 오다》 한 편을 지어 창랑 공께 드리며 가르침을 바라다[賦秋來短律一篇以呈滄浪公兼需斤敎] 같음

고요하고 서늘한 청량한 밤에	淸夜肅森森
하늘은 내 옷깃에 바람을 부네	天風吹我襟
가을빛은 나무 끝에 떠올라 있고	秋輝浮木末
별빛은 성 그늘에 흘러내리네	星彩落城陰
다행히 주나라 때 번성함 만나	幸遇周時盛
임금 향한 마음을 어찌 그치랴	何休魏闕心
세 자짜리 검을 한 번 휘두르면서	一揮三尺劍
구름숲에 숨는 일 하지 않으리	不事隱雲林

○삼가 숙신 공이 보여준 시에 차운하다[謹次淑愼公示韻] 창랑

엄숙하고 고요한 널따란 집에	廣宇肅沈森
얼굴 보며 평소 마음 털어놓았네	留顔披素襟
대숲에는 바람 일어 소리 보내고	竹風時送籟
담장에는 해가 점점 그늘 만드네	墻日漸移陰
손님과 주인이 나눈 석 잔 술	賓主三盃酒
사나이 간직한 한 조각 마음	男兒一寸心
주신 시는 상자 깊이 간직하노니	贈詩藏在篋
높은 값에 계림을 진동시키리	高價動雞林

○정(鄭) 공 대의[10]에게 부치다[寄呈鄭公大醫] 숙신(淑愼)

국수께서 원래부터 조선에서 빼어나니	國手由來秀漢東
영통한 의술을 몇 번이나 보였던가?	丹房幾回見靈通
일심으로 묘한 비결 완치하는 의술에	一心妙訣十全術
공력은 음양의 조화로 들어가네	功入陰陽造化中

○삼가 숙신(淑愼) 사백이 보여주신 시에 차운하다[敬次淑愼詞伯辱示韻] 동리산인(東里散人)

해동에서 최고인 그대 재주 아끼노니	愛子奇才擅海東
구류(九流)[11]와 삼교(三教)[12]에 두루 널리 통했네	九流三教且旁通
주옥같은 시 움직여 읊는 입가 맑게 하여	佳篇動玉淸牙頰
양춘곡 답하려도 영 땅에 부끄럽네	欲報陽春媿郢中

---

10 정(鄭) 공 대의(大醫) : 정두준(鄭斗俊, 1639~?)으로, 자는 자앙(子昻), 본관은 하동(河東)이다. 1660년 의과에 장원으로 급제하였다. 1682년 양의(良醫)로서 통신사 사행에 참여했다.

11 구류(九流) : 한나라 이후의 아홉 개 학파, 곧 유가·도가·음양가·법가·명가·묵가·종횡가·잡가·농가를 가리킨다.

12 삼교(三教) : 유교·불교·도교를 가리킨다.

○삼가 조선으로 돌아가는 취허 공을 전송하다[謹奉送翠虛公回東華] 손우(遜宇) 드림

사신의 배 가을 끝에 동방을 출발하니	仙槎秋盡出東方
양관(陽關)[13]에서 이별의 한 견디지 못하겠네	不耐陽關別恨長
문성(文星)이 바다 날아 떠나간다 하여도	縱使文星飛海去
밝은 빛은 길이 남아 부상을 비추리라	永留光焰照扶桑

임술년 맹동[10월]

○붓을 달려 손우(遜宇)의 아름다운 시에 차운하다[走奉次遜宇瓊韻] 취허(翠虛) 드림

사신 배는 귀로 올라 서쪽으로 향하니	星槎歸路指西方
드넓은 파도는 만 리 멀리 뻗어있네	浩渺滄波萬里長
양 쪽에서 그리워 고개 돌려 보는 곳에	兩地相思回首處
둥그런 밝은 달이 부상(扶桑)에서 솟구치리	一輪明月湧扶桑

임술년 10월 3일

---

13 양관(陽關) : 중국에 있는 관문의 이름이다. 이곳에서의 이별을 노래한 《위성곡(渭城曲)》이 유명하다.

○다시 취허 공의 아름다운 시에 화답하다[再奉和翠虛公瓊韻] 손우 드림

명성을 독차지 해 여러 지방 떨쳤고	英名擅美振多方
기개는 허공 천길 가로질러 뻗었구나	秀氣橫空千尺長
양춘곡 한 곡조가 금석 소리 울리니	一曲陽春金石響
하늘 가득 백설가가 일본 땅을 흔드네	滿空白雪動扶桑

○한강으로 돌아가는 취허 공을 전송하다[奉送翠虛公歸漢江] 숙신 드림

만 리 길 먼 여정에 떠날 채비 서두는데	萬里鵬程催偵裝
하늘 높이 세운 깃발 절로 양양하구나	倚天旌節自揚揚
은 안장엔 드높은 푸른 구름 어리고	銀鞍高映靑雲色
비단 의관 저 멀리 밝은 햇빛 머금었네	衣錦遙含白日光
통신사 보낸 나라 전례를 기준 삼고	通信邦家宗典禮
향기 퍼져 온 나라가 문장을 우러르네	流芳海內仰文章
이별 다리 사신 모습 자주 안타까웠으니	河橋頻惜使星影
날아드는 풍상(風霜) 속에 고향으로 향하니	飛入風霜向故鄕

○삼가 숙신 공의 시에 이별을 아쉬워하는 여전한 마음을 펴다[謹步淑愼公高韻兼抒惜別依然之懷] 취허 드림

남월 격문 돌아오자 육가(陸賈)가 길 떠나서[14]	越檄初廻陸賈裝
가을 맞아 돌아가는 마음 정말 양양하네	乘秋歸意正揚揚
노란 밀감 푸른 귤은 금빛 열매 드리우고	黃柑綠橘垂金顆
붉은 나무 푸른 산은 햇빛 받아 현란하네	紅樹靑山炫日光
멀리에서 온 나그네 대판성 끝 머물면서	大坂城頭留遠客
낭화진 부둣가에 새로운 시 읊는다네	浪花津上詠新章
그대 만나 이별의 한 미처 다 말 못하고	逢君未話相離恨
슬프게도 내일 아침 양쪽으로 갈리겠지	悵望明朝隔兩鄉

임술년 10월 상순

조선의 제술관 취허산인(翠虛散人) 백규(伯圭) 성완(成琬)

동쪽에서 서쪽으로 돌아가는데 헛된 금법에 얽매어 말을 나누지 못하고 길이 이별하게 되었으니, 이 안타까움은 죽기 전의 남은 한이 될 것입니다. 종이를 대하니 처연합니다. 뜻밖의 선물에 깊이 감사합니다. 구름에 닿을 듯한 높은 의리에 슬픔을 이기지 못하겠습니다. 헌호 (軒號)의 새 이름을 써서 드리나, 그대께서 없애버리실지 그냥 쓰실지

---

14 남월 … 떠나니 : 한고조가 천하를 평정하고 황제의 지위에 올랐는데, 남월의 위타(尉 他)가 스스로 왕을 칭하며 복종하지 않았으나 병력이 피폐하여 정벌할 수 없었다. 이때 말재주가 뛰어난 육가(陸賈)를 남월에 사신으로 파견하여 무사히 위타(尉佗)를 설득해 신하로 복종시키고 돌아왔다.《史記 卷97 酈生陸賈列傳》

모르겠습니다. 의재(義齋).

○동화(東華 : 조선)로 돌아가는 창랑자(滄浪子)를 전송하다[送滄浪子歸東華] 손우(遜宇)

강가에서 간곡하게 돌아가는 손 보내고	河畔殷勤送客歸
양관곡을 부르려니 그리움은 여전하네	陽關欲唱思依依
하늘 기댄 긴 칼은 서리처럼 차갑고	倚天長劍秋霜冷
바다에 뜬 돛배에 파도는 잔잔하네	泛海片帆波浪微
통신사 큰 공에 이름 더욱 드러나니	通信勳功名益顯
뛰어난 글재주는 세상에서 드물리라	邁文才調世應稀
청운이 영주 땅에 한바탕 일어나니	靑雲一擧瀛州路
눈으로 천 리 나는 대붕을 전송하네	目送大鵬千里飛

○손우(遜宇)의 이별시에 차운하다[奉次遜宇贈別韻] 창랑

멀리 온 손 옥절(玉節) 따라 돌아가려 하는데	遠客將隨玉節歸
하늘 끝에 이제 가면 누굴 의지해야 하나?	天涯此去欲誰依
큰 파도가 땅을 차고 은빛 포말 일으키고	鯨濤蹴地吹銀沫
자라 굴은 허공에 떠 푸름 속에 솟아있네	鰲岫浮空聳翠微
벌레 새길 내 재주는 말하기에 부족하고	顧我雕蟲無足道
그대의 위의 보니 앞으로도 드물겠네	看君高義向來稀

훗날 서로 안부를 물어야 할 것이니	音塵他日須相問
봄엔 남쪽 기러기가 북쪽으로 날아가리	南雁乘春更北飛

임술년 초동[10월]

○한강으로 돌아가는 창랑 공을 전송하다[奉送滄浪公歸漢江] 숙신 드림

사명 받아 동쪽 관문 먼 여행길 다하여	奉使東關窮遠遊
갖옷 입고 곳곳마다 재주를 펼쳤네	輕裘所到擅材優
시주머니 시 삼천 수 새로이 가득 찼고	錦囊新滿三千首
육십 주 고을에서 채색 붓을 휘둘렀네	彩筆高揮六十州
머나먼 물과 산에 철 기러기 맞이하고	遐水遙山迎旅雁
외딴 구름 한 조각 달 가는 배를 배웅했네	孤雲片月送行舟
금란(金蘭)의 꿈 깨고 나면 뉘와 함께 노래할까?	金蘭夢覺誰同調
옥 나무 같은 모습 그대가 제일일세	玉樹清標君出儔
등불 아래 권하는 잔 이별의 한 품고 있고	燈下勸杯含別恨
술잔 앞에 쓰는 글씨 이별 시름 쏟아내네	樽前書字寫離愁
못 견디리, 다리 위에 손님이 돌아간 후	不堪橋上客還後
푸른 강 만 길 흐름 부질없이 바라보리	空見滄江萬丈流

○숙신의 증별시에 차운하다[次淑愼贈別韻] 창랑

일본 명사 명승지에 노니는 데 익숙한데	日東名士慣追遊
육기 형제[15] 재주 가장 뛰어나게 보이네	二陸才華見最優
여관에 등불 밝혀 한바탕 활짝 웃고	賓館點燈開一笑
바닷가 사신 깃발 큰 고을에 멈추었네	海天征旆駐雄州
만나는 자리마다 석 잔 술에 풍월 읊어	逢場風月三杯酒
안개 낀 파도 만 리 고향 갈 배 생각하네	歸思烟波萬里舟
가락이 같으니 의기 같음 알겠고	同調始知孚意氣
이국에서 동지 얻어 오히려 기쁘네	異邦還喜得朋儔
옥검(玉劍)을 써보려니 여전히 웅장하고	試看玉劍猶能壯
여가(驪歌)[16]를 부르니 미리부터 슬퍼지네	欲唱驪歌預自愁
헤어진 후 쌍어(雙魚)[17]에 소식을 전하리니	別後雙魚堪寄信
부상 땅 물가는 한강 물과 닿는다오	濱水接漢江流

임술년 10월

---

15 육기 형제 : 진(晉) 나라 때 육기(陸機)와 육운(陸雲) 형제를 가리킨다. 육운이 육기에게는 문장이 미치지 못했으나 지론은 더 뛰어나 세상에서 "이륙(二陸)"이라 불렀다고 한다. 《晉書 卷54 陸雲傳》

16 여가(驪歌) : 이별의 노래를 말한다. 일시(逸詩)인 《여구가(驪駒歌)》가 이별을 읊었던 데서 유래하였다.

17 쌍어(雙魚) : 물고기 모양의 목판으로 덮개와 받침 한 쌍으로 되어 있는데, 고대에 여기에 편지를 끼워서 보냈으므로, 서신을 비유하는 말로 쓰인다. 《昭明文選 卷27 詩戌 樂府上 古樂府三首 飮馬長城窟行》

○창랑 공에게 드리다[寄呈滄浪公] 숙신이 재빨리 써서 드림

으뜸 재주 저멀리 무강(武江)에서 돌아오니	才冠遠自武江歸
안장말은 늠름하게 하늘 밖을 나는구나	鞍馬駸駸天外飛
지나는 길 강산에는 멋진 경치 많았으니	歷路江山多景趣
주옥같은 시구를 몇 번이나 꿰었을까?	名文幾度綴珠璣

○붓을 달려 숙신의 시에 차운하다[走次淑愼韻] 창랑

부상 만 리 먼 길 온 손 돌아가려 하려는데	扶桑萬里客將歸
이슬지는 강 하늘에 기러기 나는 때네	霜落江天雁正飛
이곳에서 그대 만나 한바탕 웃었고	此地逢君開一笑
붓끝의 멋진 시구 옥구슬과 맞먹네	筆端佳句敵琳璣

○삼가 조선으로 돌아가는 창랑 공을 전송하다[謹奉送滄浪公還朝鮮] 매은(梅隱) 드림

흘러가는 세월 속에 돌아가는 흥 짙은데	荏苒年光歸興濃
가을 반디 다 떠나고 귀뚜라미 울음소리	秋螢飛盡聽寒蛩
작은 등잔 어둡고 비단창에 비 내릴 제	短檠影暗紗窓雨
외로운 꿈 깬 자리엔 쓸쓸한 절 종소리	孤枕夢殘蕭寺鐘
먼 길 손님 근심 중에 귀밑머리 쉽게 세고	遠客愁中促斑鬢

옛친구는 하늘 밖에 소식이 끊겼어라   故人天外絶音容
배 떠나면 바다 물결 드넓게 펼쳐치고   征帆去後滄波濶
만 리의 관산은 만 겹이나 막히리라   萬里關山隔萬重

○매은이 준 시에 차운하다[次梅隱寄贈韻] 창랑

가을 지나 고향 생각 더욱더 심해지니   經秋歸思不禁濃
서풍에 가을벌레 우는 소리 다 들었네   聽盡西風唧唧蛩
쓸쓸한 절 위로 뜬 달 근심 속에 또 보니   愁裡又看蕭寺月
꿈속에는 어디선가 고향 동산 종소리   夢中何處故山鐘
기쁘게도 멋진 재주 많다고 들었으니   欣聞才子多佳氣
새로운 시에 기대 얼굴 펴야 하겠구나   賴有新篇當好容
내일이면 외로운 배 넓은 바다 띄우리니   明日孤舟滄海濶
운수(雲樹)[18]가 천 겹으로 막힌 것을 감당하랴?   可堪雲樹隔千重
임술년 10월

---

18 운수(雲樹) : 벗을 그리워하는 마음을 뜻하는 말로, 두보(杜甫)의 〈춘일억이백(春日憶
李白)〉의 "위수 북쪽 봄날의 나무 한 그루, 장강 동쪽 해질녘 구름이로다.[渭北春天樹,
江東日暮雲。]"에서 유래하였다.

○창랑 공께 드리다[奉呈滄浪公] 양박(養朴)[19] 드림

푸른 구름 속의 해가 옥기린[20]을 비추니	靑雲日照玉麒麟
남자의 평생에 의기가 새롭구나	男子平生意氣新
만나는 모임에는 통역 도움 필요 없고	逢會不求鞮譯助
마음으로 사귀는 데 필담 종이 새롭구나	心交幸有筆牋新

○양진(養眞)이 준 시를 차운하다[次養眞寄贈韻] 창랑

서릉(徐陵)처럼 풍모는 돌기린과 같은데[21]	徐陵風骨石麒麟
묘한 구절 새로 전해 흥 새롭게 일으키네	玅句新傳發興新
사적으로 만나는 일 금지되어 탄식하니	私覿可歎拘國禁
멀리에서 의기나마 마음껏 친하리라	遙將意氣漫相親

임술년 10월

19　양박(養朴) : 수야상신[狩野常信, 가노 쓰네노부, 1636~1713]으로 , 에도 시대 화가이다. 호는 양박(養朴)이다. 에도 성안의 장벽화(障壁畵) 제작에 참여하였고, 막부에서 조선 국왕과 유구 국왕에게 선물하는 그림을 그렸다.

20　옥기린(玉麒麟) : 옥에 기린을 새긴 인끈 장식으로, 인신하여 부절을 가리킨다.

21　서릉(徐陵)처럼 … 같은데 : 남조(南朝) 시대 진(陳) 나라 사람으로 일찍이 기실참군(記室參軍)을 지냈던 서릉(徐陵)이 어렸을 때 보지상인(寶誌上人)이 그의 머리를 쓰다듬으며 천상의 돌기린이라고 칭찬하였다. 서릉은 특히 시문(詩文)에 뛰어나서 당시 유신(庾信)과 병칭되었다. 《陳書 卷26 徐陵傳》

○삼가 계림으로 돌아가는 창랑 공을 전송하다[敬奉送滄浪公歸雞林] 근신 드림

손님 떠난 하늘 끝에 물은 절로 흐르고	客散天涯水自流
파교(灞橋)[22]의 짧은 버들 돌아가는 배 보내네	灞橋柳短送歸舟
이별 노래 한 곡조에 천 줄기 눈물 나고	離歌一曲千行淚
장강(長江)에 다 흘린 눈물 만 리의 근심이네	滴盡長江萬里愁

○근신(近信)이 보내온 시에 차운하다[次近信寄示韻] 창랑

대판성 아래로 큰 강이 흘러서	大坂城下大河流
대판성 곁에다 나그네 배를 댔네	大坂城邊艤客舟
여구가[23] 삼첩 곡조 부르다 끊겼으니	唱斷驪歌三疊曲
안개 속에 해 지고 못 견딜 시름 때문	烟波落日不勝愁

임술년 10월

---

22 파교(灞橋) : 장안(長安)의 동쪽에 있는 다리 이름으로, 한나라 때 사람들이 이 다리에서 손님을 보내면서 버들을 꺾어 주었다고 한다. 《三輔皇圖 卷6 橋》

23 여구가 : 이별의 노래를 말한다. 일시(逸詩)인 《여구가(驪駒歌)》가 이별을 읊었던 데서 유래하였다.

○취허 공에게 드리다[奉呈翠虛公案下] 원전순선(原田順宣) 드림

사신 수레 멀리에서 낙양성에 도착하여	使軺遠到洛陽城
오늘 서로 만나니 마음 더욱 위로 되네	今日相逢更慰情
계림의 이름난 진사를 한 번 만나	一見雞林名進士
생각을 시로 뵈니 내 마음이 평안하네	賦詩述思我心平

순선(順宣)의 아름다운 시를 차운하다[次順宣文瓊韻] 취허

명성은 열다섯 개 성보다 비싸니	聲價能過十五城
고운 시구 예물 삼아 나그네 정 쏟아내네	綺言先贄寫羈情
하늘 끝의 만남은 우연이 아니건만	天涯邂逅誠非偶
내일이면 헤어지니 한스러워 편치 않네	分袂明朝恨不平

급히 다시 화운시를 바치다[卒獻再和] 순선(順宣) 씀

성현은 엄정하게 꽃 핀 낙양 돌아와	聖賢肅肅戾花洛
성대한 노래 읊어 정말로 놀랐다네	盛藻唫成正駭情
쟁반에 옥구슬이 구르는 것만 같아	恰轉合如走盤玉
한유와 유종원이 살아왔나 의심했네	却疑韓柳再來平
임술년 가을 9월	

○삼가 아룀[謹稟] 국담(菊潭) 목인량(木寅亮)[24]

큰 바다로 멀리 막혀있으나 사신의 배가 건넜고 왕래하고 주선하는 동안 계절은 여름옷과 겨울옷을 바꿔 입게 바뀌었습니다. 여정이 평안하고 화목하였으니 진실로 두 나라의 경사입니다. 처음 의표를 뵙고 돌아보아 주셨을 때 저도 모르게 마음이 풍요로워지고 정신이 취하였으니, 어찌 감사와 송구스러움을 이기겠습니까? 제 비루함을 헤아리지 않고 삼가 짧은 시를 써서 용문에 오른 기쁨을 기록하였습니다. 엎드려 바라건대 크신 자비를 베풀어 다행히 고쳐주셔 졸작을 간직해 주신다면 제후의 곤룡포를 입는 것보다 더욱 영광스러울 것입니다.

취허 성 공게 드리다[奉呈翠虛成公吟榻]

사신 수레 오고 가는 길은 수천 수백 리	星軺來往百千程
길거리의 아녀자도 이름을 알았다네	兒女路傍知姓名
오늘에야 시단에서 비로소 서로 만나	此日騷壇始相看
우이 잡고 주관하는 그대를 보았다네	看君牛耳主宗盟

임술년 9월 하순

---

24 목인량(木寅亮) : 목하국담[木下菊潭, 기노시타 기쿠탄, 1667~1743]으로, 이름은 여필(汝弼), 자는 인량(寅亮), 통칭은 평삼랑(平三郞), 별호는 죽헌(竹軒)이다. 목하순암의 차남이다. 금택번(金澤藩)의 번유(藩儒)로 있었고, 막부 장군 덕천강길(德川綱吉)에게 고용되었으며 창평횡(昌平黌)의 강사에 종사하였다. 편저로 『골동록(骨董錄)』, 『정당여록(莛撞餘錄)』 등이 있다.

○국담(菊潭)이 보이신 시를 차운하여 드리다[奉次菊潭示韻]

학사 성 취허

　제가 동도(東都 : 에도)에 들어오던 날에 다행히 여러 선비와 더불어 글을 쓰는 자리에서 시를 주고받은 일이 많지 않은 것은 아니었습니다. 사람들이 빽빽하게 넓게 앉아 있는 가운데 가장 경탄한 것은 오직 순암(順菴) 공 한 사람이 있을 뿐이었습니다. 서쪽으로 돌아갈 날이 닥쳐와, 순암 공과 평소 쌓아둔 것을 다 토로하지 못하고, 도리어 풍모를 바라보고 생각을 품고 있었으니 안타까워하지 않을 수 있겠습니까? 뜻밖에 이번 순암 공의 자제인 국담(菊潭) 공이 몸소 서경(西京 : 교토)의 여관으로 찾아주셨습니다. 의표를 한 번 보고 자질이 확고하고 뜻이 원대하며 옥을 품은 산이 빛나는 듯한 기상을 말하지 않아도 상상할 수 있었습니다. 이제 들으니, 삽계(雪溪 : 유천진택(柳川震澤))의 강장[25]에서 섭재(攝齋)[26]한 지 몇 년 되었다고 들었습니다. 나이 겨우 열일곱 살인데 기량이 장대하고 비범하니, 장차 큰 기러기가 하늘에 날아오르듯 벼슬길에서 점차 승진하는 모습을 보게 될 것입니다. 그 아버지에 그 아들이라 할 만하며, 또한 제대로 된 스승을 얻을 만하다 하겠습니다. 스승 또한 노사(老師)의 얼굴에 누를 끼치지 않아 선생의 도를 가지고 국담 공에게 되갚은 것입니다. 아! 기특한 일입니다. 드

---

25 붉은 장막 : 옛날 후한(後漢)의 대유(大儒) 마융(馬融)이 고당(高堂)에 앉아 붉은 장막을 드리우고 생도를 가르쳤다는 데서 학당을 비유하는 말로 쓰인다. 《後漢書 卷60上 馬融傳》

26 섭재(攝齋) : 공경스럽게 예를 표하기 위하여 당에 오를 적에 옷자락을 가지런히 잡아 살짝 들어 올리는 것을 가리킨다. 《論語 鄕黨》

디어 아름다운 시를 이어서 제 마음을 나타내고자 합니다.

붕새가 바람 타고 구만 리를 날아가니	鵬翼搏風九萬程
먹물 바다 붓을 적셔 큰 이름을 떨치네	濡毫墨海振雄名
봉황 굴의 새끼 모두 훌륭한 걸 알았으니	從知鳳穴雛皆好
마땅히 선생 이어 시맹을 주관하리	宜繼先生執主盟

임술년 9월

○또 아룀[又稟] 국담 목인량

덕음(德音)이 빽빽하게 쌓이고 후의가 두터우시며 특히 아름다운 화답시를 주시니, 마음에 깊이 새기게 되었습니다. 체재(體裁)가 높고 성조(聲調)가 높아 낭랑히 울리니, 청묘(淸廟)에 올라 아송(雅頌)의 성대한 악장을 연주하는 듯합니다. 삼가 시를 건사해서 길이 집안의 보배로 삼아야 할 것입니다. 다만 지나친 칭찬이 실정을 지나쳐 피할 길이 없는 것이 걱정스러우니, 성대한 가르침을 헛되이 받아서는 안 될 것입니다. 앞의 운을 이어 감사의 뜻을 펴야 하나, 자리의 손님들이 소란스러우니 나만 뒷날을 기약할 따름입니다.

○ 취허

　제가 이미 선생의 높은 안목에 앎을 입어, 매양 부끄러운 마음 매우 심했습니다. 이제 그 아드님을 만나게 되어 기쁨과 놀라움을 이기지 못하겠습니다. 졸렬히 몇 마디 지어 만분의 일을 나타냈습니다. 도리어 지나친 사례와 지극한 칭찬을 받게 되니, 등에 땀이 날 정도의 정성을 스스로 감당하지 못해 사양하고 자처하지 않을 생각에 이르렀습니다. 옛사람이 인(仁)을 행하는 일에는 사양하지 않는다 했는데, 공은 어찌 피하십니까. 사신들과 상의할 일이 있어서 종일 이야기 나눌 시간을 얻지 못하니, 다음 날 다시 만날 수 있으면 특별히 경의를 표하고자 합니다.

　이와 같이 국담 공에게 드리며, 겸하여 삽계(霅溪) 공에게 제 뜻을 알립니다. 삽계는 유천진택(柳川震澤)의 별칭이다.

○창랑 홍 공에게 드리다[奉呈滄浪洪公詞壇] 국담 목인량

예장(豫章)의 시인은 예장[27]의 재목이니	豫章詞客豫章材
무성한 계림에서 홀로 으뜸 차지했네	騰茂雞林獨占魁
못난 나무 우연히 맑은 그늘 아래 들어	樸樕偶依淸蔭下
몽매함 깨닫고 북돋움을 받았네	怲懞偏覺荷栽培.

홍(洪) 씨는 선성(宣城) 출신이므로 기구(起句)에서 빌려 썼다.

---

27 예장(豫章) : 침목(枕木)과 장목(樟木)의 병칭으로, 훌륭한 재목을 가리킨다.

임술년 9월

○붓을 달려 국담의 아름다운 시에 차운하다[走次菊潭瓊韻]

홍창랑

나이는 어려도 큰 재주를 품었으니	年少猶能抱大材
훗날에 사림의 으뜸 될 것 알겠구나	定知他日士林魁
그대 집안 부자가 난초처럼 빼어나니	君家父子是蘭秀
조물주가 원래부터 특출나게 키웠구려	造化由來別樣培

순암(順菴)에게 이런 아들이 있으니 귀하게 여길만합니다. 뒷날 반드시 가업을 이어 일동을 울릴 것입니다.

임술년 9월

○붕명(鵬溟) 이 공에게 드리다[奉呈鵬溟李公詞案] 국담 목인량

자태와 재주는 평소 듣던 대로이고	風姿才藻素曾聞
북두처럼 높이 걸린 문장을 우러르네	欽仰長懸北斗文
이 공께서 일부러 만나준 데 감사하니	多謝李公姑假色
용문의 하루에 남은 향기 받든다오	龍門一日挹餘芬

○국담의 시에 차운하다[次呈菊潭詞案] 이붕명

문장의 명성은 옛날 실컷 들었으니	翰墨聲華昔飽聞
한 상에서 문장 얘기 얼마나 다행인가?	一床何幸此論文
나는 그대 아버지와 교제가 두터운데	吾與若翁交誼厚
그대 대해 맑은 향기 가득 안은 것만 같네	對君渾似挹淸芬

맑은 시어와 옥 같은 시운은 절로 연원이 있다 할 만합니다.
9월 하순

○헤어질 때 붓을 달려 국담 공에게 드리다[臨岐走贈菊潭公]
반곡도인[28]

못에 핀 국화를 사랑하노니	愛爾潭還菊
겨울 꽃이 가지에 가득하구나	寒花開滿枝
맑은 향기 어떻게 꺾어낸다면	淸香如可折
천 리 길 그리움을 부치고 싶네	千里寄相思

---

28 반곡도인 : 이담령(李聃齡, 1652~?)으로, 본관은 경주(慶州), 자는 백로(百老), 호는 반곡(盤谷), 붕명(鵬溟) 등이다. 1679년 진사에 합격하였다. 1682년 종사관 서기로 일본에 다녀왔다.

○반곡 이 공의 꽃다운 시에 차운하다[次盤谷李公芳韻] 국담

목인량

부상과 기자 나라 삼천 리 먼 데	桑箕三千里
어떻게 가지 하나 알릴 수 있나	依何報一枝
봄바람에 기러기가 북으로 가면	春風鴻北去
내가 소식 부친 거라 알아봐 주오	知我寄聲思

○국담 공께 드리다[奉呈菊潭公案右] 취허

서경에서 만난 것이 한번 꾼 꿈같은데	邂逅西京一夢如
모과 던져 다행히 옥 같은 시 얻었네	投瓜幸得報瓊琚
집안 대업 잇는 것은 공에게는 여사라	承家大業公餘事
큰 고기 낚으러 큰 바다로 향했다네	早向滄溟掣巨魚

제가 춘부장에게 이미 앎을 입었는데, 또 공을 낙중(洛中)에서 만나 하루의 아름다운 모임을 갖게 되니 더 큰 행운이 없습니다. 마음을 열고 미처 다 얘기를 나누기도 전에 홀연히 멀리 헤어지게 되니 슬픔을 이기지 못하겠습니다. 마음에 품은 생각을 써서 드리며 겸하여 감사의 뜻을 갖추니, 춘부장께 전해 주십시오. 적간관(赤間關)이나 대마도(對馬島)에 머물 때 편지 한 통을 받을 수 있겠습니까? 지금은 절로 낙담할 따름입니다.

임술년

○취허 성 공께 답장을 드리다[奉復翠虛成公吟壇] 국담 목인량

서경에 머무실 때에 빽빽이 모인 사람으로 어수선해 조용히 만나 성의를 다하지 못하였습니다. 이별은 천추의 한이 되고 하루가 삼년 같으니, 한갓 꿈속에서나 넘나들 따름이었습니다. 홀연히 옥 같은 시를 받아들고, 폈다가 덮고 덮었다가 다시 펴니, 아름다운 모습을 직접 뵌 듯하였습니다. 거듭 말씀을 받드니 날마다 우러러 그리워하던 생각에 매우 위로가 됩니다. 울창한 의표를 어느 날인들 잊겠습니까? 아, 하늘 끝 만 리에 다시 만날 기약이 없습니다. 엎드려 생각건대, 사신의 배는 이미 대마도에 이르렀을 테지만 며칠이나 머무실지 모르겠습니다. 삼가 보여주신 운을 이어 감사한 마음을 폅니다. 글을 쓰려하니 울적하여 무엇을 써야할지 모르겠습니다. 오직 행차하여 가시는 길마다 때맞추어 몸을 곱절로 잘 신경 쓰시기를 바랍니다. 부디 제 마음을 밝게 헤아려주시기를 기원합니다. 이만 줄입니다. 임술년.

○취허 공이 보여주신 시에 감사하다[奉謝翠虛公辱示韻] 국담 목인량

사신 배 만 리 길에 근래는 어떠한가?	仙帆萬里近何如
홀연 새 시 받으니 보배 구슬 같구나	忽獲新詩似寶琚
하늘에 뜬 동해의 달 울적하게 바라보며	悵望一天東海月
물결 따라 쌍어(雙魚)를 다시 보내 본다네	復因潮信寄雙魚

재주와 정화가 비단보다 고운데	才藻菁華錦不如
함부로 연석(燕石) 받아 옥구슬에 섞었네	漫容燕石混琪琚
헤어지면 문장을 맡길 이가 없건만	文章一別無司命
누굴 기대 노어(魯魚)[29]를 판별할지 모르네	未識憑誰辨魯魚

임술년 9월 29일에 조선국 학사 성 취허 공과 본국정사에서 만나 갑자기 못난 시를 지어 드리고 화답을 구하다[壬戌九月二十九日與朝鮮國學士成翠虛公邂逅于本國精舍卒賦卑言呈以要和] 청목동암(靑木東庵)[30]

삼한의 학사와 좋은 만남 기쁘니	三韓學士喜良遭
재덕도 그대의 품계처럼 높구나	才德如君品第高
동쪽 나라 구슬 만 곡 이제야 보리니	今見東瀛珠萬斛
웅장한 붓 하나를 찬연히 휘두르네	璨然揮出一雄毫

29　노어(魚魯) : 노어시해(魯魚亥豕)의 준말인데, 문자(文字)를 잘 못 판독하는 것을 가리킨다. 《呂氏春秋 卷22 察傳》

30　청목동암(靑木東庵) : 아오키 도안. 1650~1700. 본래 성은 여(餘), 이름은 징(澄), 자는 원징(元澄), 별호는 송악(松岳)·죽우재(竹雨齋)이다. 목하순암(木下順庵)에게 배웠고, 승려 원정(元政)에게 수업하였다. 의업에 종사하면서 불경·한학에서 정통하였고 한시·와카에도 능했다.

○동암이 보여준 시에 차운하다[奉次東庵示韻] 학사 취허

높은 분과 광객이 다행히 서로 만나	高人狂客幸相遭
서경에서 번갈아 노래하는 의기 높네	迭唱西京意氣高
옛 절의 맑은 가을 절묘한 구 읊으며	古寺淸秋吟玅句
화려한 대청에서 마음껏 붓 휘두르네	華軒席上任揮毫

○다시 절구 한 수를 지어 성 취허에게 드리다[更賦一絕呈成翠虛詞桉] 여동암(餘東庵)[31]

당초에 우리 조상 마한의 후손인데	當初吾祖馬韓孫
후손이 갈리어 위원[일본]으로 들어왔네	譜脈分流入葦原
옥당의 성 진사에게 여쭈어 보겠으니	借問玉堂成進士
북쪽 나라 여(餘)씨도 지금까지 있는지요?	北邦餘氏到今存

저의 성이 여씨입니다. 계보가 마한 왕 여장(餘璋)[32]에서 나왔기에, 시 안에서 그리 말하였습니다.

---

31 여동암(餘東庵) : 청목동암(靑木東庵)으로, 본성이 여(餘)라 여동암이라 한 것이다.

32 여장(餘璋) : 백제의 30대 왕인 무왕(武王, ?~641))을 가리킨다. 부여장(夫餘璋)이라고도 한다. 신라와 자주 충돌했고, 고구려 남진을 견제했다. 수나라에 조공을 바치고, 친당책을 썼다. 일본에 서적, 불교를 전달했다.

○동암이 보여준 시에 차운하다[奉次東庵示韻] 성 학사 취허

　제가 《동사(東史)》를 읽은 적이 있었는데, 마한국(馬韓國)은 우리나라의 금마군(金馬郡)에 도읍하였고, 여장왕(餘璋王)은 13년간 재위하다 죽었고, 자손은 나라가 황폐해진 후 동서로 달아나 숨어 정착한 곳을 알지 못합니다. 아! 여장(餘璋)은 곧 마한의 조상 기준(箕準)의 15세손입니다. 준(準)은 기자(箕子)의 후손인데, 기자는 은왕(殷王) 성탕(成湯)의 먼 자손이므로 여장 또한 탕(湯)의 먼 후손입니다. 기자가 주(周)나라를 피해 온 이래 우리나라의 평양성에서 왕위에 올랐습니다. 그 후 준에 이르러 마침내 연나라 사람 위만(衛滿)에게 쫓겨나, 평양 서경을 버리고 바다에 떠가서 남쪽으로 옮겨, 우리나라 금마군에 도읍하였으니, 지금의 충청도 익산군 땅입니다. 후손이 면면히 이어져 여장왕에게 이르렀는데, 흥망에 운수가 있음은 일일이 들 필요가 없겠습니다. 아, 마한이 망한 지 몇 천 년이 지났습니다. 또 우리나라에 있는 자손들은 기(箕) 성을 쓰기도 하고 한(韓) 성을 쓰기도 하고 선우(鮮于) 성을 쓰기도 하여 세상에 크게 행하여 매우 크게 드러났습니다. 그러나 여씨가 해외로 표류하여 있는 줄은 알지 못했습니다. 뜻밖에 오늘 동암 공을 일본의 서경성에서 만났는데 스스로 마한왕 여장의 후예라 하니, 침으로 기이힙니다. 제가 일찍이 옛 책을 보니, 춘추(春秋) 때 조상의 이름이 식읍에 미쳐서 자손이 바꾸어 성씨로 삼은 것이 비일비재하니, 《성원(姓苑)》[33]이라는 책 한 부에 자세히 실었습니다. 이제 동

---

33 《성원(姓苑)》: 중국 남북조 시대의 학자 하승천(何承天, 370~447)이 지은 책으로, 10책으로 구성되어 있다. 각 성에 대한 유래가 실려 있다.

암 공 또한 불행히 나라 잃은 유약한 자손이 되어 해외의 뚝 떨어진 나라로 옮겨왔는데, 조상의 성으로 바꾼 것이 《성원》에 실린 바와 같습니다. 아아! 기이하군요. 이번에 제가 동도(東都)에서 서경(西京)에 이르니, 동암(東庵)이 시를 예물로 하여 면담을 요청하니, 이에 아름다운 시를 차운하고 또 제 마음을 아래와 같이 적어서, 박아(博雅)하신 군자의 질정을 바랍니다.

들건대 공 집안은 천을(天乙)[34]의 후손이니	聞說公家天乙孫
흥망과 화복 끝내 누가 만든 것이던가?	興亡禍福竟誰原
이역 땅의 만남은 진실로 기이한 일	萍逢異域眞奇事
먼 후손은 천년 세월 그대 홀로 남았구려	玄緖千秋子獨存

○홍 창랑과 이 반곡 두 분께 드리다[呈洪滄浪李盤谷斂案下]

여동암

풍모 한 번 뵙고 보니 평소 듣던 소문대로	一接風儀愜素聞
두 분의 생각 기개 무리에서 으뜸이네	二公襟韻冠同羣
시 명성은 창랑 물결 끓어서 넘치고	詩名騰溢滄浪水
필세는 반곡 구름 뚫고서 솟구치네	筆勢冲凌盤谷雲
사신께서 왕명 받고 오신 것이 아니라면	不是星臣御使命

---

34 천을(天乙) : 은왕(殷王) 성탕(成湯)의 이름이다.

어찌 우리 정성을 전할 수 있었으랴	那能吾輩致殷勤
시 짓는 자리에서 다른 언어 상관없고	吟筵遮莫方言異
마음의 정 읊어 내 못난 글을 드리네	聊寫情懷呈鄙文

홍 창랑

노야께서 부르셔서 부득이하게 들어가야겠습니다. 보여주신 시는 마땅히 화답을 하여 보내드리겠습니다.

○따로 운(韻)을 써서 네 분이 쓴 모든 시에 감사하고 화답을 바라다[用別韻謝四公總詩仍要和] 이 붕명

지금 계신 네 인걸이 시로써 울리시니	當今四傑以詩鳴
묻노니 시단에서 맹주는 뉘신가?	爲問騷壇孰主盟
빛나는 재주가 다함께 제일이니	自是才華俱第一
거친 말로 희귀한 시 화답하기 부끄럽네	愧將蕪語續希聲

자리에 시객이 네 사람이 있어서 시편에서 언급하였다.

○이 반곡 사안이 주신 시에 화답하여 드림[奉和李盤谷詞案贈韻] 여동암

기자 나라 영걸이 부상에 와 울리니	箕邦英傑入桑鳴
시단에서 만나서 함께 맹약 맺었네	邂逅騷壇共結盟

| 붓을 든 적선(謫仙)이 어찌 원고 기다릴까? | 揮筆謫仙何待稿 |
| 앉은 자리 순식간에 마음 소리 쏟아내네 | 座間瞬息寫心聲 |

○조선으로 돌아가는 성 학사를 전송하며 대판 나루에 달려가 절구 한 편으로 전별하다[送成學士歸朝鮮而趣大坂津仍贐以一絕] 여동암

낭화강 사원에서 사신 깃발 세웠더니	浪華梵舍駐旌旗
채익선이 내일 아침 닻줄을 풀려하네	綵鷁明朝欲解維
이별하며 천만 리 길 그대를 축수하니	臨別祝君千萬里
그대 탄 배 탈 없이 하늘 끝에 안착하길	征帆無恙到天涯

○삼가 동암의 아름다운 시에 차운하다[謹步東庵瓊韻]

동암 공은 현명하고 독실한 사람이니, 한번 서경의 객관에서 나를 만났을 때 모습을 뵈옵고 곧 덕이 높은 군자임을 알았다. 사람됨은 말을 단정히 하고 또 시를 잘 짓는다. 서로 창화할 때 그가 재주가 많음을 더욱 알게 되었다. 이별할 시간을 맞아 『곡강집(曲江集)』[35] 한 부를 주므로 무척이나 감명을 받았다. 공은 현명하고 성실한 사람이다. 다

---

35 『곡강집(曲江集)』: 당나라 중기의 시인인 장구령(張九齡, 678~740) 의 문집으로, 20권으로 되어 있고 총 193제 222수의 시와 248편의 문이 실려 있다.

하지 못한 마음 때문에 대판 객관에 찾아왔고 또 맑은 시를 주었다. 이별의 말이 간절할 뿐 아니라 음운이 쟁쟁하게 울려 당나라 시인의 기풍을 띠고 있었다. 기쁜 마음을 이기지 못하고 다행히 마침내 차운하여 감사드린다.

백전(白戰)[36]의 시단에서 붉은 깃발 세우니	白戰騷壇樹赤旗
조경(晁卿)[37]의 시격이 왕유를 마주하네	晁卿詩格對王維
이별 후에 그리워하는 곳을 알려하면	欲知別後相思處
바다의 달 달빛은 한강수 가 비추리	海月光兮漢水涯

한강수는 곧 우리나라 수도의 성 남쪽에 있는 큰 강이기 때문에 이렇게 말한 것입니다.

---

36 백전(白戰) : 금체시(禁體詩), 즉 금지하는 일정한 규칙을 지켜 짓는 시를 지어 시재를 겨루는 일을 가리킨다. 송나라 때 구양수(歐陽脩)가 영주(潁州) 태수로 있을 때 손님들과 술을 마시며 눈에 관한 시를 지었는데, 옥(玉), 월(月), 리(梨), 매(梅), 서(絮), 학(鶴), 아(鵝), 은(銀), 무(舞), 백(白) 등 눈과 연관 있는 글자를 쓰지 않도록 금지하였다고 한다.

37 조경(晁卿) : 아배중마려[아베노나카마로, 阿倍仲麻呂, 698~770]로, 일본 나라시대의 견당유학생이다. 당나라에서 과거에 급제해 관직에 올랐으며 50년 동안 당에 머물렀으나, 끝내 귀국하지는 못했다. 그의 죽음을 애도한 이백(李白)의 시 《곡조경형(哭晁卿衡)》이 전한다. 《李太白詩集 卷24》

○본국으로 돌아가는 홍 창랑을 전송하다[送洪滄浪詞案歸本國] 여동암

만 리의 구름 파도 가는 길은 아득한데	萬里雲濤路渺茫
비단 돛 높이 걸고 돌아갈 배 노를 젓네	錦帆高掛棹歸艎
조심하여 잘 가시라, 계림의 손님이여!	殷勤好去雞林客
천 리 사귐 맺은 마음 하늘 한쪽 끝에 있소	千里神交天一方

○붓을 달려 동암이 보여준 시에 차운하다[走次東庵示韻] 홍창랑

푸른 바다 하늘 안개 한데 엉겨 있는데	滄海空烟接混茫
삼한의 사신 손님 뱃길을 재촉하네	三韓使客促征艎
갈림길에 닥쳐서 이별 슬퍼 마시게	臨岐不用傷離別
남아 평생 사방으로 나갈 뜻을 품는다오	男子平生志四方

천화(天和) 2년 임술년 7월 21일 밤 우창(牛窓)의 여관에서 필담을 나눔.

"지난번에 통역을 통해 마음을 나타내고 만나는 것을 허락받으니 다행이고 다행이었습니다. 처음에 학사가 왔다는 말만 들었을 뿐 성명은 미처 알지 못하니, 써서 보여주시기 바랍니다. 저[38]는 무사의 반

---

38 저 : 소원대장헌[小原大丈軒, 오하라 다이죠켄, 1637~1712]으로, 이름은 정의(正義), 자는 백실(伯實), 통칭은 선조(善助), 호는 대장헌(大丈軒)이다. 1673년부터 비전주(備前州) 강산번(岡山藩)에서 시강으로 벼슬하였다. 이후 에서 서민 자제의 교육을 위해

열에 있으나, 시강(侍講)으로서 국학직강(國學直講)을 겸하고 있습니다. 소원(小原)은 씨(氏)이고, 이름은 정의(正義), 자는 백실(伯實)이고 선조(善助)라 칭합니다. 호는 대장헌(大丈軒)입니다."

○"귀국에 들어와 직강(直講)의 고명을 듣고, 한번 대면하여 나그네 길의 회포를 풀자는 마음 간절하였습니다. 뜻밖에 이제 밤을 무릅쓰고 방문하여 먼저 몇 줄을 글을 보이시고 성명과 별호를 말씀해 주셨습니다. 마치 10년 동안 깊이 사귄 듯 정성스럽고 간절하니 실로 잠깐 만나도 오랜 친구와 같다는 것입니다. ■■하신 공에 깊이 감사합니다. 저는 조선국의 대학사라는 헛된 이름을 입어 이번에 외람되이 제술관의 임무를 맡아 사신을 모시고 귀국에 왔습니다. 저의 성은 성(成), 이름은 완(琬), 자는 백규(伯圭), 호는 취허거사(翠虛居士) 또는 해월헌주인(海月軒主人)이라고도 합니다. 대략 경개(梗槩)를 말씀드리니, 잠시 자세히 살펴주시면 다행이겠습니다."

○"알려주신 말씀에 상세히 알겠으니 마음도 서로 통합니다. 나아가 세 분 사신의 관위(官位)와 성명을 묻자오니, 써서 보여주시면 또한 다행이겠습니다. 또 묻자오니, 귀국의 퇴계(退溪) 선생은 지금 자손이 있습니까? 역시 학문을 좋아합니까? 또한 학문을 전수받은 사람이 있습니까? 저는 『자성록(自省錄)』[39]을 본 적이 있어, 바른 학문과 높은 덕

세운 한곡학교(閑谷學校)에서 교수·학감으로 일했다.
39 『자성록(自省錄)』: 이황(李滉, 1501~1570)이 58세 때, 그동안 제자들에게 학문에 대

을 대략 알기에 지금 이에 언급합니다."

○"쓰신 글을 대하여 두 번 세 번 자세히 읽었습니다. 세 사신의 관위와 성명은 이미 세 어른께서 수창하는 시편에 보였으니 다시 번거롭게 할 필요는 없겠습니다. 그리고 퇴계의 자손은 여전히 극성하고, 도(道)를 전하는 사람이 면면히 앞을 이어가고 있으니 『자성록』에 부끄럽지 않은 점이 매우 많습니다."

○"퇴계의 자손이 극성하고 선대에 뒤떨어지지 않는다고 들으니, 진실로 이는 선대의 남긴 은택이며, 이치가 또한 이 같지 않겠습니까? 덕업(德業)이 높고도 넓은 사람의 명호(名號) 또한 듣고 싶습니다. 써서 보여주신 세 분의 창수한 시편은 어떤 것입니까?"

○붓을 달려 대장헌에게 드리다[走筆奉呈大丈軒詞案] 창랑자(滄浪子) 드림

눈빛이 마주쳐도 마음 맺으니	目擊心能契
속되지 않은 그대 자태 알겠네	知君不俗姿
정성 담긴 한 구절 남기는 것은	慇懃留一句
다른 날 그리울 때 위해서라네	異日倘相思

해 대답한 22편의 편지를 묶어 만든 책이다.

"이제 귀국에 들어와서 고명한 선비를 만나 모습과 얼굴을 보니 세속의 때 묻은 사람이 아닌 줄을 알겠습니다. 이에 졸렬한 시구로 감히 제 마음을 나타내니, 정정해주시고 또 화답해 주시면 매우 다행이겠습니다. 임술년 7월."

○"말씀을 보니 매우 다행입니다. 또 네다섯 옥 같은 시구를 보여주시니, 소매에 담아가서 보배로 삼겠습니다. 다만 재주가 없고 시가 졸렬하여 바로 화답을 할 수 없습니다. 옥을 내려 주셨는데 기왓장으로 보답한 것과 마찬가지겠지만 창수에는 화답이 있어야 하니, 외람되이 화운시로 더럽히겠습니다."

대장헌(大丈軒) 소원정의(小原正義)

새매가 구름 너머 솟아오르니	鷹揚雲外至
고아한 자태 보고 스스로 기뻐	自喜接高姿
마주해도 언어가 안 통하지만	相對不能語
붓 휘둘러 생각은 서로 통하네	揮毫通所思

임술년 7월 21일. 홍 비장(洪裨將) 휘하(麾下)에

"북쪽 사람이 중화의 하늘을 다스린다고 들은 적이 있습니다. 최근 또한 남방에서 병사가 일어나 옛 문물을 거의 회복하려 한다고 전해 들었습니다. 그러나 자세한 것은 모르겠습니다. 귀국에서 혹시 자세한 것을 들은 것이 있습니까? 바라건대, 들은 바를 써서 보여주십시오."

○"우리나라는 북경과 통할 뿐, 남경과는 거리가 현격하게 떨어져 있어 소식을 알지 못합니다. 귀국은 장기(長崎) 섬에 왕래하는 중국인이 없는 날이 없다 하니, 분명히 자세히 알 수 있을 것입니다. 들은 것이 과연 어떤 일입니까? 자세한 것을 듣고 싶습니다."

○붓을 달려 대장헌의 시에 차운하다[走次大丈軒示韻] 취허(翠虛) 드림

우창에서 맞은 밤 달이 훤한데	月白牛窓夜
바다의 학 같은 자태 만났네	相逢海鶴姿
날 밝은 내일 아침 헤어진 후에	明朝分袂後
두 곳에서 그리움 못 견디겠지	叵耐兩鄕思

임술년 하순

○취허 선생이 보여준 시에 화운하여 드리다[奉和翠虛先生示韻] 대장헌 소헌정의

창가에서 정 도탑게 마주한 눈빛	情睦窗前眼
고결한 마음과 세속 밖 자태	心高塵外姿
한마디를 나누어도 사귐 깊으니	一言交不淺
천 리 밖의 서로를 그리워하리	千里幸相思

임술년 7월 하순

대덕사(大德寺) 각인(覺印)

○ 9월 28일, 방 장주(芳藏主)와 함께 본국사(本國寺)로 조선의 통신사를 방문했다. 관헌이 세 사신 만나는 것을 불허하였다. 대마 도주의 가신인 소산조삼(小山朝三)이 학사의 관소로 이끌어 들어갔다. 이윽고 학사 성완(成琬)을 만나 읍을 하고 앉았다. 내가 글로 써서 말했다.

"산림의 승려가 처음으로 군자국의 인물을 뵈오니 생애의 큰 행운입니다."

성완이 썼다.

"물상 밖의 두 고승께서 여관에 왕림하시니 도가 있음을 목격하였습니다."

내게 세 사신에게 드리고 싶은 율시 두 편이 있어서 성완에게 내어 주었다.

첫째[其一]

관복은 당 본받고 문무는 정예이니	冠服效唐文武英
받은 왕명 감당할 이 큰 바다를 건넜네	職克銜命越滄瀛
매화 질 때 처음으로 단군 나라 떠났는데	梅零始別檀君國
연꽃이 활짝 필 때 부상 나라 성 올랐네	蓮放時登桑主城
입국하면 천년 왕의 보좌가 될 것이고	入作千秋王者輔
출국하면 만 리 길에 사신 임무 잘 해내네	出留萬里使乎名
이제부터 서쪽 바다 파도가 고요하여	從斯西海波滋靜
두 나라 백성들이 태평세월 누리리	二域元元樂太平

둘째[其二]

하늘이 우리나라 좋은 이웃 내려주서	天賜吾邦以善隣
군자국 사람을 여러 차례 보는구나	屢看君子國中人
성심을 다 하니 사해(四海) 모두 형제요	盡誠四海皆兄弟
예의를 베푸니 손님 주인 분명하네	設禮一堂分主賓
말 통하지 않아도 문자가 통하고	言語不通文字有
불교 유교 달라도 성정은 똑같다네	釋儒雖異性情均
오늘 아침 만나서 내일 아침 헤어져도	今朝相遇明朝別
삼생(三生)의 좋은 인연 영원히 기억하리	永記三生舊勝因

성완이 읽고 나서 썼다.

"맑은 시가 눈 안에 들어오니 먼지 낀 마음을 씻어내기에 충분합니다. 기뻐서 주옥같은 시에 즉시 화답하겠으나 수고로움을 꺼리신다면 그만두겠습니다."

내가 썼다.

"본국이 근세에 시 짓기를 중요하게 여기지 않는데, 더욱이 산에 사는 어리석은 중이 어찌 이를 예비할 수 있겠습니까? 이제 두 편은 그저 못나게 흉내 낸 것뿐입니다. 만약 화답시를 내려주시면 이보다 큰 다행이 없겠습니다."

성완이 붓을 적셔 쓸 때, 비장 홍세태라는 이가 왔는데 자가 래숙(來叔)이고 호가 창랑(滄浪)이었다. 내가 절 구 한 편을 주었다.

삼한 땅 귀한 관리 사명을 받들고 와	韓土貴官奉使來

파도 거센 만 리를 사양하지 않았네	不辭萬里浪崔嵬
두 군주의 친목이 형제와 같으니	二君親睦如兄弟
동방의 야마대(野馬臺)[40]가 어찌하여 멀겠는가	何遠東方野馬臺

홍세태가 썼다.

"지금은 노야께서 보자고 부르시니, 이 시를 가지고 갔다가 화답하여 보내겠습니다."

곧 가슴에 넣고 집의 안쪽으로 들어갔다. 성완이 썼다.

"스님의 휘와 자를 감히 묻습니다."

내가 썼다.

"제 휘는 의제(義諦), 자는 성복(聖僕), 호는 각인(覺印)입니다."

잠시 있다가 성완의 화답시가 이루어졌는데 한 글자도 고치지 않았다.

첫째[其一]

진실로 법호처럼 가장 큰 스님이니	眞如法號儘緇英
진주 배를 타고서 큰 바다를 건넜네	曾泛珠船過大瀛
쌍수(雙樹)[41]의 그늘에서 부처 세계 노닐었고	雙樹陰中遊佛界
칠다(七多)[42]의 모래 위에 불국토 의지했네	七多沙上倚香城

---

40 야마대(野馬臺) : 일본을 가리킨다. 양(梁)의 보지화상(寶志和尙)이 지었다고 전해지는 〈야마대시(野馬臺詩)〉에서 연유한 명칭으로, 대화[大和, 야마토]의 음역으로 보인다.

41 쌍수(雙樹) : 사라쌍수(沙羅雙樹)의 준말로, 석가가 입적한 곳을 가리킨다. 사라수(沙羅樹) 두 그루가 있었기 때문에 생긴 명칭이다. 보통 사원을 가리키는 말로 사용된다.

42 칠다(七多) : 칠다라수(七多羅樹)로, 높고 큰 다라수(多羅樹)를 가리킨다. 다라수 잎

사원에 홀로 앉아 선가 이치를 찾으니	孤蹲梵宇探禪理
몇 해 동안 도관에서 명성을 떨쳤던가?	幾載琳宮振盛名
하늘가에 마주쳐 인연인 걸 알았으니	邂逅天涯知有數
운로(雲老)가 방평43을 대한 것과 꼭 같구나	正同雲老對方平

둘째[其二]

현묘한 덕 예전부터 이웃이 있는 듯44	玅德從來如有鄰
반가운 눈빛으로 이방 사람을 대하네	青眸奄對異邦人
원심(猿心)45은 본디 절로 가섭에게 의지하고	猿心本自依迦葉
부처를 본받은들 겁빈46에게 양보하랴?	象佛誰能籍劫賓
동서로 땅이 막혀 언어 비록 달라도	地隔東西音雖別
유교 불교 도가 통해 뜻은 외려 똑같구나	道通儒佛意猶均
내일이면 흩어져 안타깝기만한데	星離明日偏多恨

은 불경을 베껴쓰는 데 사용되었다.

43 방평 : 왕원(王遠)의 자이다. 왕원은 한나라 때 신선이 된 인물로, 마고(麻姑)와 상전벽
해(桑田碧海)의 고사가 유명하다.

44 이웃이 있는 듯 :《논어》〈이인(里仁)〉에 "덕이 있는 사람은 외롭지 않고 반드시 이웃이
있다.[德不孤, 必有隣。]"라고 하였다.

45 원심(猿心) : 불교 용어로, 조급하게 움직여 산란한 마음을 가리킨다. 《대일경(大日
經)》에 "육십 가지의 심상에 원후심이 그중 하나다.[六十種心相, 猿猴心爲其中之一。]"
하였다.

46 겁빈(劫賓) : 겁빈나(劫賓那)를 가리킨다. 겁빈나가 처음 출가했을 때 부처의 이름을
듣고 만나고 싶어 했다. 길을 떠나 큰 비가 내리던 밤에 도가(陶家)에 기숙하게 되었다.
이때 늙은 비구승이 와서 풀을 깐 자기 자리를 양보하자, 그 늙은 비구승이 설법을 하여
겁빈나가 득도하게 되었다. 늙은 비구승이 겁빈나가 만나려고 했던 부처였다고 한다.

다음 생에 못다한 인연 다시 맺으리　　　　　更結來生未了因

성완이 또 방 장주를 위해 양화원(養華院)의 액자(額字)를 썼다. 내가 썼다.

"고심하고 큰 글씨를 쓰시느라 매우 수고하셨습니다."

성완이 썼다.

"붓 한 번에 시 백 수라도 쓰는데 무슨 수고가 있겠습니까?"

"이런 은의(恩義)를 입었으니 어떻게 보답해야할 지 모르겠습니다. 불교에서 비구에게 재가인에게는 절을 하지 않도록 경계하는 것이지, 감히 함부로 구는 것은 아닙니다."

"제가 15세 이후로는 유학 서적을 다 읽었고, 18세 이후로 곁으로 대장경과 명승전을 읽었으니, 어찌 보이신 뜻을 모르겠습니까? 당나라의 이백과 두보, 송나라의 황산곡(黃山谷 : 황정견)과 소동파(蘇東坡 : 소식), 명나라의 왕엄주(王弇州 : 왕세정)와 당형천(唐荊川 : 당순지)이 모두 유학이면서 곁으로 불교와 통하였습니다. 더욱이 육조(六朝) 때의 사영운(謝靈運)은 불교서적을 매우 좋아하여 오를 재가두타(在家頭陀)라고 한 데이겠습니까? 저 또한 옛사람들을 참고하여 불교의 서적을 익혔습니다."

"저 같이 속된 사내를 일러 본디 관을 쓴 장로[대관장로(載冠長老)]라 합니다."

성완이 크게 웃었다. 헤어지게 되자 내가 썼다.

"조선과 일본이 한때 기이하게 만난 것이라, 차마 헤어지기가 어렵습니다."

성완이 썼다.

"다시 내생에서 못다 한 인연을 맺읍시다."

드디어 헤어져 문을 나서려 하는데, 경윤(京尹) 도엽(稻葉) 단후수(丹後守)[47]이 와서 세 사신에게 문안하였다. 내가 옆에 서서 그 예식을 엿보니 매우 엄중하였다. 하관(下官) 30여 인이 깃발과 창칼을 갖고 뜰에 좌우로 줄지어 서고, 악관 10여 인은 앞으로 나가 경윤이 오는 것을 맞았다. 경윤이 관복을 갖추고 이미 중문에 들어서자 일제히 음악을 연주하였는데, 음조가 화창(和暢)하였고, 경윤이 당에 오른 후 그쳤다. 세 사신이 당에 나와 서로 마주하고 번갈아 재배하였다. 당에 들어가 또 재배하고 앉았다. 모두 붉은 모전(毛氈)을 자리로 삼아서, 왼쪽으로 첫 자리에 경윤, 다음이 관반(館伴) 본전(本田) 은기수(隱岐守)[48], 오른쪽으로 첫 자리에 상사(上使), 다음이 부사와 종사관이었다. 대마도주는 오모(烏帽)와 직의(直衣)를 착용하고 왼쪽 자리에 북쪽을 향해 앉았고 통사관(通事官)은 오른쪽 자리에 북쪽을 향해 대마도주와 나란히 앉았으나, 둘다 모전 깔개를 쓰지 않았다. 여러 명의 젊은 의관이 찻잔을 받들고 왔다. 다례(茶禮)가 끝나자 대마도주가 앉은 자리에서 일어나 경윤의 앞으로 나아가 양손을 땅에 짚고 경윤의 말을 듣고, 제자리로 돌아와 앉아 통사에게 전하였다. 통사는 곧 일어나 세 사신의 앞에서 머리

---

47 도엽(稻葉) 단후수(丹後守) : 도엽정왕[稻葉正往, 이나바 마사미치, 1640~1716)]를 가리킨다. 소전원 번(小田原藩) 3대 번주, 고전 번(高田藩) 번주, 좌창번(佐倉藩) 초대 번주이다.

48 본전(本田) 은기수(隱岐守) : 본다강경[本多康慶, 혼다 야스요시, 1647~1718)를 가리킨다. 근강(近江) 선소번(膳所藩)의 제4대 번주이다.

를 조아리고 전하였다. 그리고 세 사신의 감사하는 말을 듣고 대마도주의 앞에 돌아와 엎드려 전하였다. 대마도주는 또 일어나 경윤에게 전하고 제자리로 돌아왔다. 이와 같이 하는 것을 한 차례 도 한 후 세 사신과 경윤 그리고 관반은 모두 일어나 재배하였다. 경윤이 당을 나서려하자 사신이 배웅하였다. 문에 이르러 각각 길게 읍을 하고 헤어졌다. 경윤이 뜰에 내려가니 음악이 앞서와 같이 연주되었고, 중문을 나서자 그쳤다. 내가 손님을 맞이하는 세 사신을 보니 예절이 처음부터 끝까지 질서정연하였다. 느낀 바가 있어 절구 한 수를 읊고 돌아왔다.

삼사가 빈관에서 손님을 맞이하니	三使邀賓旅館墀
예절 갖춘 모습이 한당 위의 본받았네	禮容彈效漢唐儀
가련하게 중국 의관 오랑캐로 변했으나	可憐中國變胡服
그나마 조선에 문물이 남았구나	最爾朝鮮文物遺

○창랑 홍 공 음탑(吟榻)께 드림[奉呈滄浪洪公吟榻] 창주향정(滄洲向井)[49] 삼가 씀.

높은 명성 드높게 일찍부터 우리나라를 진동하여, 훌륭한 모습을

---

49 창주향정(滄洲向井) : 유천창주[柳川滄洲, 야나가와 소슈, 1666~1731]로, 이름은 삼성(三省), 자는 자로(子魯), 통칭은 소삼차(小三次)이다. 목하순암(木下順庵)의 제자이다. 유천진택(柳川震澤)을 사사하고, 유천(柳川)이라는 성을 쓰다가 나중에 본래 성인 향정(向井)으로 돌아왔다.

한번 뵙고 평소 마음속에 쌓은 것을 펼쳐보고 싶다고 생각했었으나 지역이 동서로 막혀있었습니다. 사신의 깃발이 여기에 이르자 하루가 한 해 같았는데, 이제 모습을 뵙게 되고 갑자기 오래된 뜻을 위로받으니 지극한 기쁨과 송구스러움을 이길 수 없습니다. 이에 거친 말을 엮어 여러분에게 보이니 고쳐주시기 바랍니다.

신선 배는 아득히 큰 바다를 건넜으니	僊槎杳杳涉滄瀛
일시에 두터운 정 통하리라 여겼으랴?	豈憶一時通厚情
하늘 끝엔 맘 통할 이 적다고 하지 마오	莫謂天涯同調少
이역 땅 초목조차 이름 일찍 알았다오	殊方艸木早知名

임술년 8월 상순

○붓을 달려 창주의 아름다운 시에 차운하다[走次滄洲瑤韻]

창랑 씀

조각배 천리 길 동쪽 바다 지나와	片帆千里過東瀛
오늘 아침 만나서 나그네 정 위로 받네	邂逅今朝慰客情
붓 대자 새로운 시 더욱더 기이하니	落筆新詩更奇絶
재자의 명성이 헛되지 않았구려	始知才子不虛名

임술년 가을

○창랑 홍 공께 감사드리다[奉謝滄浪洪公案右] 창주향정이 붓을 달려 씀

외람되게 못난 재주를 잊고 경솔하게 맑은 눈을 더럽혔으니, 어찌 모과를 드리고 옥을 받으리라 생각했겠습니까? 여러 번 장쾌하게 읊으니 상쾌한 기운이 입안에 넘치니, 뜨거운 것을 잡았던 사람이 맑은 바람에 씻는 것 같을 뿐만이 아닙니다. 이에 원운을 거듭 써서 감사하는 마음을 적습니다.

재주는 탁월하여 벌써 영주 올랐고[50]	才華卓犖已登瀛
가슴 속엔 고금의 마음 깊이 적셨네	胸底深涵今古情
어찌하면 내달리는 준마에 붙어서	惡得飛騰附騏驥
시단에서 만 리에 명성을 내달릴까?	詞場萬里騁榮名

임술년 가을 8월

삼가 취허 성 공에게 드리다[謹奉呈翠虛成公榻下] 滄洲向三이 절하며 씀

강산은 구름에 막힌 채 길은 만 겹	雲隔江山路萬重
사신 탄 배 은하수 따라 멀리 건너왔네	星槎浮漢遠相從

---

50 영주 올랐고 : 등영주(登瀛州)의 준말로, 선비가 영광스러운 자리에 오른 것을 신선 세계인 영주에 오른 것에 비유하여 일컫는 말이다.

| 그대 보니 신선 골격 가진 게 분명하여 | 看君應有神仙骨 |
| 자라 머리[51] 제일봉에 다 오르게 되리라 | 登盡鰲頭第一峯 |

임술년 늦가을 하순

붓을 달려 창주(滄洲)의 시에 차운하다[走次滄洲韻] 취허 씀

봉래섬 상서로운 안개 다만 몇 겹인지	蓬島祥烟第幾重
신선이 노는 곳을 옷 떨치고 따르네	羽人遊處拂衣從
공과 함께 갈 수만 있다면	與公倘得■■[52]去
소리치며 금강산 만장봉을 향하리	喚向金山萬丈峯

금강산이 귀국의 동해에 있기 때문에 한 말입니다.

○임술년 9월

○삼가 반곡 이 공께 드리다[欽奉呈盤谷李公詞案] 창주향정 드림

중하(中夏)에 이미 채익선이 바람을 탔고 사신 수레가 구름에 멍에를 멨다는 말을 듣고, 목을 빼고 기다렸습니다. 다행히 이제 빛나는 모습을 뵙게 되니, 크게 갈망하며 사모하던 마음을 크게 위로받았습

---

51 자라 머리 : 제일 앞자리를 차지하는 것을 가리킨다. 당송 때 한림학사, 승지 등이 황제를 알현할 때 커다란 자라를 새긴 어전의 계단 중앙에 섰던 데에서 연유한 말이다.
52 원문에 두 글자의 자리가 비어 있다.

니다. 기뻐한 나머지 촌스러운 시 한 편을 엮어 읊는 단상에 바치니
고쳐주시고 화답시를 내려주셨으면 합니다.

푸른 바다 물길 통해 조각배를 띄워서	水通碧海片帆開
만 이랑 파도에 하늘 밖을 돌았네	萬頃波濤天外廻
지나는 길 산천에 좋은 경치 많았으니	歷路山川多勝事
풍광은 곧바로 시주머니 들었겠지	風光定入錦囊來

임술년 10월 상순

○창주의 시를 차운하여 드리다[奉次滄洲惠韻] 반곡

울타리 아래에 흐드러진 가을 꽃에	籬下秋花爛熳開
고향 동산 세 갈래 길 꿈 속에서 돌아갔네	故園三徑夢中廻
적막한 빈 여관에 반가운 눈 없다가	寂寥虛館無靑眼
때때로 시인이 시 얻으러 오는구려	時有騷人乞句來

○붕명 이 공께 감사하다[奉謝鵬溟李公吟壇] 청주향정 심가 씀

재주 없는 저를 잘못 알고 반갑게 여겨주시고 홀연 훌륭한 화답시
를 주시니, 크신 은혜가 진실로 깊습니다. 다만 뵌 지 얼마 안 되어
돌아갈 날이 내일로 다가온 것이 한스럽습니다. 다시 만나기는 정말
어렵고 헤어진 다음 볼 수 있는 얼굴은 오직 같은 하늘에 있는 밝은

달뿐입니다. 이에 다른 운을 써서 성대한 가르침에 감사하려하나, 무턱대고 흉내 냈다는 꾸짖음과 어진 이를 친압했다는 죄는 끝내 면할 수 없겠습니다.

호기가 원래부터 호연지기 압도하니	豪氣由來壓浩然
가슴 속에 산천은 몇 개나 다 삼켰나?	胸中呑盡幾山川
홀연히 만 리 길 긴 바람을 타고 오셔	忽乘萬里長風至
구름과 안개 떨쳐내고 푸른 하늘 대했네	拂去雲烟對碧天

또 갑자기 율시 한 수를 쓰고 이별의 마음을 펴다[又率賦一律以敍面別]

해구에 가을 다해 삭풍이 차가우니	海門秋盡朔風寒
내일의 귀로는 멀리 삼한 향한다네	明日歸程遠指韓
잠시 만나 정 나누고 영원히 이별하니	纏結交情永相別
재회 약속 하려해도 부질없이 어렵구나	欲期再會亦空難
길은 물 위 흰 구름 너머로 돌아가고	路廻水上白雲外
애끓는 다리목에 지는 달이 남았구나	腸斷梁頭落月殘
하늘끝 가다가 철 기러기 만나거든	行到天涯逢塞鴈
소식을 전하여 평안하다 알려주오	爲傳音信報平安

임술년 10월

○이별을 말을 드리지 못했는데 바쁘다 보니 다하지를 못했습니다. 다만 몸 보중 잘 하시만을 바랍니다. 반곡(盤谷).

○진택(震澤)·국담(菊潭)과 서경(西京)에서 다시 만나자고 함께 말했습니다만 총총히 이별하니 그리운 마음에 어찌 울적함을 이기겠습니까? 제가 만일 공을 뵙는다면 반드시 이 말씀을 드리겠습니다. 공께서 다른 때 취허(翠虛) 공과 랑(滄浪) 공을 만나거든, 저를 위해 전해주시기 바랍니다. 저도 전하고자 하나 바쁜 와중이라 만날 길이 없습니다. 창주(滄洲).

○진택, 국담과 헤어지니 지극한 슬픔을 감당하지 못하겠습니다. 지금 어떻게 지내십니까? 반곡.

○별 탈 없습니다. 창주.

○삼가 창랑 홍 공께 드리다[謹呈翠虛成公吟壇] 부춘(富春)

성응규(星應奎) 드림

헌걸찬 풍모와 뛰어난 명성을 일찍이 동방에서 듣고, 태두(泰斗)를 앙모하는 마음을 하루라도 기울이지 않은 날이 없었습니다. 문득 곁에서 뵈올 기회를 얻으니, 목소리를 듣게 되니 오래도록 맺힌 마음이 얼음 녹듯 사라집니다. 삼가 거친 시 한 편을 지어 제 마음을 풀어놓으니, 한번 웃으시고 바로잡아 주시기 바랍니다.

가을에 해동 향해 비단 돛을 걸었으니　　　　錦帆秋掛海東天
시단의 첫째가는 신선이 오셨구려　　　　　　知是詞林第一僊
서로 만나 말 나누니 모두가 옥구슬　　　　　相遇立談皆白璧
어찌하면 비결을 나에게 전하려오　　　　　　安將眞訣爲吾傳
임술년 8월

○급히 부춘(富春)의 시에 차운하다[走次富春韻] 창랑 씀

다행히 구름 헤쳐 맑은 하늘 뵙고서　　　　　幸披雲霧覩靑天
아름다운 시 읊으니 글자마다 신선이네　　　　佳句吟來字字僊
뒷날엔 계림의 종이값 오르리니　　　　　　　他日鷄林長紙價
천년 세월 이름이 반드시 전해지리　　　　　　姓名千載定流傳
임술년 8월

○다시 앞의 운을 써서 창랑 홍 공에게 감사하다[再用前韻奉謝滄浪洪公吟案] 응규 씀

　우연히 자갈 같은 시를 드렸는데 잘못하여 주옥같은 시를 내려주셨습니다. 기쁘게 받아 감상하니, 붓끝에서 아름다움이 피어올라 청평검(靑萍劍)[53]이 하늘을 받친 듯하고, 시어가 맑고 화사하여, 붉은 연꽃이

---

53 청평검(靑萍劍) : 월나라 구천(句踐)의 명검(名劍) 가운데 하나이다.

물 위로 솟아난 듯합니다만 좁은 식견으로 어찌 다 찬양할 수 있겠습니까? 제 작품에 이르면 비록 칭찬을 입었으나, 스스로 생각하기에 감히 분수에 맞지 않아, 감사와 부끄러움이 교차하여 쌓입니다. 앞에 주신 운을 우러러 써서 가르침에 감사드립니다.

고아한 읊음은 균천(鈞天)[54]을 연주한 듯	高吟髣髴奏鈞天
오늘날에 이적선(李謫仙)을 만난 것 같구나	今日還看李謫仙
이로부터 강산은 기상을 펼쳐서	自是江山開氣象
이름을 하룻밤에 만천하에 전하리라	芳名一夜萬方傳

임술년 8월

○삼가 취허 성 공에게 드리다[謹呈翠虛成公吟壇] 성응규 드림

문채는 나부껴 바닷가를 비추고	文彩揚揚照海洲
웅혼한 붓 휘두른 곳 옥 무지개 흐르네	雄毫揮處玉虹流
하늘 솟는 기상과 무거운 명성이	凌霄氣象聲華重
이역 땅에 천만 년 길이길이 전하리라	異域長傳千萬秋

---

54 균천(鈞天) : 균천광악(鈞天廣樂)의 준말로, 천상의 음악을 가리킨다.

○차운하여 부춘의 시에 감사하다[次謝富春示韻] 취허

채익선이 표연히 신선 고장 이르러	彩鷁飄然到十洲
하구에 노 멈추고 거센 물결 거슬렀네	停橈河口泝狂流
반가운 눈 뜬 곳마다 정이 먼저 이르니	靑眸開處情先至
푸른 바다 가을 날 수염 잡고 웃었다네	一笑掀髯碧海秋

임술년 8월

○삼가 붕명 이 공께 드리다[謹呈鵬溟李公榻下] 성응규

이름 일찍 들었으나 마음 아직 못 전했다	早聽高名情未通
다행히 이제 만나 맑은 풍모 대했네	方今幸得挹淸風
시의 샘물 흘러넘쳐 삼협을 기울이니	詞源袞袞傾三峽
이역에서 천년 동안 두보 공을 우러르리	異境千年仰杜公

○차운하여 부춘 거사에게 드리다[次呈富春居士案右] 붕명 씀

언어가 달라도 필담이 통하고	言語聊將筆舌通
고상한 풍모 넘는 그대 품격 아끼네	愛君標格凜高風
부춘은 산 아래에 산다고 들었으니	聞說富春山下住
깨끗한 마음은 엄공(嚴公)을 사모하리[55]	素心知有慕嚴公

임술년 하순

○이 학사에게 드리다[奉呈李學士座下] 전촌삼서(田村三恕)

큰 바다 만 리 길 좋은 바람 길게 불어	滄溟萬里好風長
뱃노래 부르며 사신 배 멀리 왔네	款乃遙馳星使航
동해의 산천은 장관이 충분하니	東海山川壯觀足
추흥은 시 주머니 얼마나 들어갔나?	幾何秋興入詩襄

○붓을 달려 전촌 공이 주신 운에 차운하다[走次田村公惠韻]
붕명 씀

귀로를 재촉하니 역은 곱절 늘어난 듯	催歸倍覺驛程長
큰 바다 만 리 길 비로소 돌아가네	始返滄溟萬里航
나그네 행장은 담백한 물과 같아	客子行裝如淡水
시주머니 가득하게 풍월만을 담았다네	只將風月富奚襄

나이는 아직 약관이나 시를 지으면 주옥이 되니, 그대의 재주는 겨룰 만한 이가 없다 하겠습니다. 각기 거친 글을 가지고 용렬하게 주옥 같은 시에 보답하니, 헤어진 다음 얼굴 대신으로나 보십시오. 그대는 부지런히 독서하여 앞으로 큰 선비가 되어야 할 것이니, 가상하고 가상합니다.

---

55 엄공(嚴公)을 사모하리 : 두보(杜甫)가 엄무(嚴武)를 위해 지은 시에 "공이 오자 설산이 무거워졌고, 공이 가자 설산이 가벼워졌네.[公來雪山重, 公去雪山輕。]"라고 하였다. 《杜少陵詩集 卷16 贈左僕射鄭國公嚴公武》

和韓唱酬集 一之二

○《奉呈翠虛成公》<u>三宅元孝</u>拜。

槎客<u>鷄林</u>第一名，觀光萬里泛滄瀛。人心不以西東隔，奇遇慇懃莫惜情。

○《奉謝遜宇示韻》<u>成翠虛</u>走草。

<u>葦原</u>仙境舊聞名，月一槎痕過大瀛。域外相逢其有數，劇談蕭寺瀉覊情。

壬戌孟秋。

○《敬奉呈翠虛成公》<u>淑愼</u>【三宅道達】

<u>鷄林</u>使節見雄風，文物衣冠煥日東。簫鼓聲回飛彩鷁，旌旗影動曳晴虹。麒麟入坐遙超海，騕褭蹈雲高步空。別後秋天難再會，舉頭歲歲待來鴻。

○《奉次淑愼示韻》<u>成學士</u>

浴沂曾詠舞雩風，早擅高名海以東。學圃濃葩揮綵筆，騷壇逸氣吐長虹。翩翩書記人間少，落落奇才域內空。此夜清談仍惜別，可憐春燕隔秋鴻。

○《謹奉呈成進士》<u>梅隱</u>【<u>淺野新五郎</u>】

異材超逸仰榮名, 魁貌能移秋月明。綵筆廻瀾三峽水　猶浮東海掣長鯨。

○《次謝梅隱示韻》<u>成學士</u>

從來師弟播高名, 聖賢黃卷寸心明。文章小技其餘事, 道海須看釣巨鯨。

○《謹奉呈成學士》<u>近信</u>【十五歲。<u>舟木立散</u>。】

斗光萬丈徹秋空, 仰見蓬門五尺童。旣醉道前文字飮, 無涯盛會發頑蒙。

○《次謝近信示韻》<u>成學士</u>

星查萬里過蒼空, 鶴背相逢白玉童。携手三山期採藥, 一聲長篴洗塵蒙。

○《敬奉呈鵬溟李公》<u>淑愼</u>

錦纜遙從韓國催, 天風東指海門開。鼇頭吹浪三山動, 知是陽侯[1]迎客來。

○《奉謝淑愼公》<u>李進士</u>

千里鄕山歸意催, 客中何處好懷開? 經窓白日蒲團靜, 時有高人乞句來。

---

1 "侯": 底本에는 "候"로 되어 있으나 용례에 맞게 "侯"로 고침.

○《寄呈滄浪公》 <u>梅隱</u>

飛星遙動海隅來，蘆岸停槎波速隈。幾度家山回首處？寺樓卽是望鄉臺。

○《走次梅隱惠示瓊韻》 <u>滄浪子</u>

一槎千里海西來，數日淹留<u>大坂</u>隈。此地繁華天下勝，丹青錦繡擁樓臺。

○《寄呈滄浪子》 <u>近信</u>

儀表孤看氷玉清，嘉君早得鳳毛名。燈前詩酒簷花雨，說盡團圞兩地情。

○《次贈舟立小子》 <u>滄浪子</u>

愛爾丰標眉宇清，童年已有老成名。相逢不恨殊言語，一絶新能寫兩情。

○《寄呈滄浪洪公》 <u>淑愼</u>

文鷁長浮縹渺間，幾回送水復迎山？鵬禽一夜度天外，飛入<u>扶桑</u>誰得攀？

○《席上走次淑愼公惠韻》 <u>滄浪</u>

男兒意氣片言間，洒落清標見玉山。況有新詩能起我，騷壇從此可追攀。

○《再用前韻呈滄浪子》 <u>淑愼</u>

天涯作客落人間，萬里歸心秋滿山。<u>郢</u>調嶄然嵩嶽勢，高高自若月中攀。

○《走次淑愼示韻》<u>滄浪</u>

落落高標出世間，淸如片玉屹如山。邰愁明日揚帆去，別後音容杳莫攀。

○《舟中作》<u>滄浪</u>

月出滄溟闊，天高星斗稀。孤舟長泛海，此夜正思歸。水底明河動，煙中遠火微。故園書信斷，直待雁南飛。

○《卒次舟中瓊調》<u>淑愼</u>

秋風窮遠目，萬里故人稀。孤笛潮聲落，夢魂天際歸。三山追夜近，一水隔鄕微。慷慨男兒志，凌雲勢欲飛。

○《賦秋來短律一篇以呈滄浪公兼需斤敎》<u>仝</u>

淸夜肅森森，天風吹我襟。秋輝浮木末，星彩落城陰。幸遇周時盛，何休魏闕心？一揮三尺劍，不事隱雲林。

○《謹次淑愼公示韻》<u>滄浪</u>

廣宇肅沈森，留顏披素襟。竹風時送籟，墻日漸移陰。賓主三盃酒，男兒一寸心。贈詩藏在篋，高價動<u>雞林</u>。

○《寄呈鄭公大醫》<u>淑愼</u>

國手由來秀漢東，丹房幾回見靈通？一心妙訣十全術，功入陰陽造化中。

○《敬次淑愼詞伯辱示韻》 <u>東里散人</u>

愛子奇才擅海東，九流三教且旁通。佳篇動玉淸牙頰，欲報陽春媿郢中。

○《謹奉送翠虛公回東華》 <u>遜宇</u>拜。

仙槎秋盡出東方，不耐陽關別恨長。縱使文星飛海去，永留光焰照扶桑。

壬戌孟冬。

○《走奉次遜宇瓊韻》 <u>翠虛</u>拜。

星槎歸路指西方，浩渺滄波萬里長。兩地相思回首處，一輪明月湧扶桑。

壬戌孟冬初三。

○《再奉和翠虛公瓊韻》 <u>遜宇</u>拜。

英名擅美振多方，秀氣橫空千尺長。一曲陽春金石響，滿空白雪動扶桑。

○《奉送翠虛公歸漢江》 <u>淑愼</u>拜。

萬里鵬程催俶裝，倚天旌節自揚揚。銀鞍高映靑雲色，衣錦遙含白日光。通信邦家宗典禮，流芳海內仰文章。河橋頻惜使星影，飛入風霜向故鄕。

○《謹步淑愼公高韻兼抒惜別依然之懷》 <u>翠虛</u>拜。

<u>越橄</u>初廻<u>陸賈</u>裝，乘秋歸意正揚揚。黃柑綠橘垂金顆，紅樹靑山炫

日光。大坂城頭留遠客，浪花津上詠新章。逢君未話相離恨，悵望明朝隔兩鄉。

壬戌孟冬上澣。

朝鮮國製述官翠虛散人 成琬 伯圭。

"自東歸西，拘於虛禁，未能敍話而永別，此恨可作大瞑前遺恨，臨紙悽然。意表贐物深感，雲高義，不勝悵缺，寫軒號之新名仰，未知高明句郤仍用否?" 義齋。

○《送滄浪子歸東華》遜宇

河畔殷勤送客歸，《陽關》欲唱思依依。倚天長劍秋霜冷，泛海片帆波浪微。通信勳功名益顯，遒文才調世應稀。青雲一舉瀛州路，目送大鵬千里飛。

○《奉次遜宇贈別韻》滄浪

遠客將隨玉節歸，天涯此去欲誰依? 鯨濤蹴地吹銀沫，鰲岫浮空聳翠微。顧我雕蟲無足道，看君高義向來稀。音塵他日須相問，南雁乘春更北飛。

壬戌初冬。

○《奉送滄浪公歸漢江》淑愼拜。

奉使東關窮遠遊，輕裘所到擅材優。錦囊新滿三千首，彩筆高揮六十州。遐水遙山迎旅雁，孤雲片月送行舟。金蘭夢覺誰同調，玉樹清標君出儔。燈下勸杯含別恨，樽前書字寫離愁。不堪橋上客還後，空見滄江萬丈流。

○《次淑愼贈別韻》滄浪

日東名士慣追遊，二陸才華見最優。賓館點燈開一笑，海天征旆駐雄州。逢場風月三杯酒，歸思烟波萬里舟。同調始知孚意氣，異邦還喜得朋儔。試看玉劍猶能壯，欲唱驪歌預自愁。別後雙魚堪寄信，桑濱水接漢江流。

壬戌初冬。

○《寄呈滄浪公》淑愼走稿。

才冠遠自武江歸，鞍馬駸駸天外飛。歷路江山多景趣，名文幾度綴珠璣？

○《走次淑愼韻》滄浪

扶桑萬里客將歸，霜落江天雁正飛。此地逢君開一笑，筆端佳句敵琳璣。

○《謹奉送滄浪公還朝鮮》梅隱拜。

荏苒年光歸興濃，秋螢飛盡聽寒蛩。短檠影暗紗窗雨，孤枕夢殘蕭寺鐘。遠客愁中促斑鬢，故人天外絕音容。征帆去後滄波濶，萬里關山隔萬重。

○《次梅隱寄贈韻》滄浪

經秋歸思不禁濃，聽盡西風唧唧蛩。愁裡又看蕭寺月，夢中何處故山鐘？欣聞才子多佳氣，賴有新篇當好容。明日孤舟滄海濶，可堪雲樹隔千重。

壬戌初冬。

○《奉呈滄浪公》 養朴[2]拜。

靑雲日照玉麒麟，男子平生意氣新。逢會不求鞮譯助，心交幸有筆
牋新。

○《次養眞寄贈韻》 <u>滄浪</u>

徐陵風骨石麒麟，玅句新傳發興新。私覿可歎拘國禁，遙將意氣漫
相親。

壬戌初冬。

○《敬奉送滄浪公歸雞林》 <u>近信</u>奉稿。

客散天涯水自流，灞橋柳短送歸舟。離歌一曲千行淚，滴盡長江萬
里愁。

○《次近信寄示韻》 <u>滄浪</u>

大坂城下大河流，<u>大坂</u>城邊艤客舟。唱斷驪歌三疊曲，烟波落日不
勝愁。

壬戌初冬。

○《奉呈翠虛公案下》 <u>原田順宣</u>拜呈。

使輶遠到<u>洛陽</u>城，今日相逢更慰情。一見<u>雞林</u>名進士，賦詩述思我
心平。

《次順宣文瓊韻》 <u>翠虛</u>。

聲價能過十五城，綺言先贄寫羈情。天涯邂逅誠非偶，分袂明朝恨

---

2 "朴"：底本에는 "專"로 되어 있으나, 인명에 따라 "朴"으로 고침.

不平。

《卒獻再和》順宣稿。

聖賢肅肅戾花洛，盛藻唫成正駭情。恰轉合如走盤玉，却疑韓柳再來平。

壬戌秋九月。

○《謹稟》菊潭 木寅亮

"鯨海遙隔，仙槎長涉，往來周旋，時易裘葛，道候清穆，誠彼此之慶也。始接高儀，渥蒙顧盼，不覺心飫而神醉，曷勝感悚？不量蕪陋，謹敘短章，以記登龍之喜。伏冀鴻慈，幸爲刪抹藏拙，榮踰華袞。"

《奉呈翠虛成公吟榻》

星軺來往百千程，兒女路傍知姓名。此日騷壇始相看，看君牛耳主宗盟。

壬戌季秋下浣。

○《奉次菊潭示韻》學士成翠虛

"不佞入東都之日，幸與多士，塡篦於翰墨場中，不爲不多矣。於其稠人廣座之中，最所敬歎，獨有順菴公一人而已。西歸一迫，不得與順菴公，吐盡平生底蘊，而還望風懷想，能不依依？不意茲者。順菴公之少胤菊潭公，奄賜辱訪，於西京之旅館，一望其儀表，其質確其志遠，玉蘊山輝之氣像，不言可想矣。今聞攝齋於雪溪之絳帳，有年年才十七，器度魁壘磊砢，將看鴻漸于天衢，可謂有是父有是子，亦可謂能得師。師又不忝其老師之面命，以夫子之道，反報於菊潭公。吁，亦奇哉! 遂賡其瓊韻，抒其鄙懷焉。"

鵬翼搏風九萬程，濡毫墨海振雄名。從知鳳穴雛皆好，宜繼先生執主盟。

壬戌季秋。

○《又稟》菊潭 木寅亮

"德音稠疊，厚誼藹如，殊賜芳和，有深銘于心矣。體裁之高，聲調之高，琅琅鏘鏘，若升于淸廟，奏雅頌之盛章，謹當什襲巾笥，永爲鎭家之珍也。但恐揄揚過情，無所自避，盛敎不可虛辱，賡前韻，以伸謝意，坐客繽粉，姑期後日耳。"

○ 翠虛

"不佞旣已受知於先生之覷眼，每切愧赧之志，今又邂逅其少郞君，不勝驚喜。搆拙數語，抒其萬一矣。反蒙謝意之過，當獎詡之崇極，自不堪沾背之懃，至於辭讓不居底意思，古人曾謂當仁不讓，公何避焉。且中使相有相議事，未得竟日之打話，後日更會似可，殊敬稟焉。"

右呈菊潭公，兼告末意於雪溪公。【雪溪者，柳震澤別稱。】

○《奉呈滄浪洪公詞壇》菊潭 木寅亮

豫章詞客豫章材，騰茂雞林獨占魁。樸樕偶依淸蔭下，怦懍偏覺荷裁培。

【洪姓望出宣城，故起句假用。】

壬戌季秋下浣。

○《走次菊潭瓊韻》洪滄浪

年少猶能抱大材，定知他日士林魁。君家父子是蘭秀，造化由來別樣培。

"順菴乃有此子，可貴佗日，必能繼家聲，而鳴日東矣。"
壬戌季秋。

○《奉呈鵬溟李公詞案》菊潭 木寅亮
風姿才藻素曾聞，欽仰長懸北斗文。多詞李公姑假色，龍門一日挹餘芬。

○《次呈菊潭詞案》李鵬溟
翰墨聲華昔飽聞，一床何幸此論文。吾與若翁交誼厚，對君渾似挹清芬。
"清詞玉韻，可謂有自來矣。"
季秋下浣。

○《臨岐走贈菊潭公》盤谷道人
愛爾潭還菊，寒花開滿枝。清香如可折，千里寄相思。

○《次盤谷李公芳韻》菊潭 木寅亮
桑、箕三千里，依何報一枝？春風鴻北去，知我寄聲思。

○《奉呈菊潭公案右》翠虛
邂逅西京一夢如，投瓜幸得報瓊琚。承家大業公餘事，早向滄溟掣巨魚。
"僕與椿府，既云辱知，而又得見公於洛中，稍有一日之雅，幸莫大焉。開心未程，忽又遠別，不勝悵望。抒懷以呈，兼備謝意，傳達椿府。將淹赤間、馬島，或可得風便一書否？卽自消魂而已。"
壬戌。

○《奉復翠虛成公吟壇》 菊潭 木寅亮

"西京駐節之際, 稠人雜沓, 不獲從容竭款曲, 河梁千秋之恨, 一日三秋, 徒有夢魂飛越耳。忽捧瓊篇, 舒又卷卷又舒, 如親接紫眉, 累承謦欬, 頗慰比日瞻慕之思, 藹藹高義, 何日忘之? 嗚呼! 天涯萬里, 再會無期, 伏想征帆, 已抵馬島, 未知淹留幾日, 謹嗣辱韻, 聊布謝悰, 臨書悵然, 不知所裁。惟希行李, 爲道爲時, 倍加保練, 千萬鄙衷, 統祈原亮。不宣。"

壬戌。

○《奉謝翠虛公辱示韻》 菊潭 木寅亮

仙帆萬里近何如? 忽獲新詩似寶琚。悵望一天東海月, 復因潮信寄雙魚。

才藻菁華錦不如, 漫容燕石混琪琚。文章一別無司命, 未識憑誰辨魯魚?

《壬戌九月二十九日與朝鮮國學士成翠虛公薛苫于本國精舍卒賦卑言呈以要和》 青木東庵

三韓學士喜良遭, 才德如君品第高。今見東瀛珠萬斛, 璨然揮出一雄毫。

○《奉次東庵示韻》 學士翠虛

高人狂客幸相遭, 迭唱西京意氣高。古寺清秋吟紗句, 華軒席上任揮毫。

○《更賦一絶呈成翠虛詞桉》 餘東庵

當初吾祖馬韓孫, 譜脈分流入葦原。借問玉堂成進士, 北邦餘氏到今存？

"不佞姓餘氏也。系出自馬韓王餘璋，故篇內云。"

○《奉次東庵示韻》成學士翠虛

"不佞嘗讀《東史》，馬韓國都於弊邦金馬郡，餘璋王在位十三年而薨，其子孫國荒後，奔竄東西，不知定居云。噫！餘璋乃馬韓祖，箕準之十五世孫也。準乃箕子之後裔，而箕子乃殷王成湯之雲仍，則餘璋亦湯之遠裔。自箕子避周來，王於弊邦之平壤城，厥後及於準，卒爲燕人衛滿所逐，棄平壤之西京，浮海而南，遷都於弊邦金馬郡，今之忠淸道 益山郡地也。後孫綿延，泊乎餘璋王，興亡有數，不必枚擧。噫！馬韓之亡，幾千有餘歲，又其子孫在弊邦者，或以箕，或以韓，或以鮮于，三姓行于世，大彰明較著，而不知有餘氏之漂在海外矣。不意今者，東菴公邂逅於日東 西京城中，自謂馬韓王餘璋之後裔云。吁，亦奇哉！不佞嘗眈古書，春秋時以其祖名及食邑，子孫變以爲姓氏者，非一非再，詳載於《姓苑》一部。今也東庵公，是亦不幸爲亡國之弱子屛孫，漂轉於海外絶域，變其祖姓，得如《姓苑》之所載乎！噫噫，異矣哉！茲者不佞，唯是東都，至於西京，東庵贅詩求面，仍步瓊韻，又抒鄙懷如左，待其博雅君子斤正焉。"

聞說公家天乙孫，興亡禍福竟誰原？萍逢異域眞奇事，玄緒千秋子獨存。

○《呈洪滄浪李盤谷僉案下》餘東庵

一接風儀愜素聞，二公襟韻冠同羣。詩名騰溢滄浪水，筆勢沖凌盤谷雲。不是星臣御使命，那能吾輩致殷勤。吟筵遮莫方言異，聊寫情懷呈鄙文。

<u>洪滄浪</u>
“老爺見召, 不得已入去示韻, 當追和以送矣。”

○《用別韻謝四公總詩仍要和》<u>李鵬溟</u>
當今四傑以詩鳴, 爲問騷壇孰主盟? 自是才華俱第一, 愧將蕪語續希聲。
【席上有詩客四人, 故篇內云。】

○《奉和李盤谷詞案[3]贈韻》<u>餘東庵</u>
<u>箕邦</u>英傑入<u>桑</u>鳴, 邂逅騷壇共結盟。揮筆謫仙何待稿? 座間瞬息寫心聲。

○《送成學士歸朝鮮而趣大坂津仍贐以一絶》<u>餘東庵</u>
<u>浪華</u>梵舍駐旌旗, 綵鷁明朝欲解維。臨別祝君千萬里, 征帆無恙到天涯。

○《謹步東庵瓊韻》
“<u>東庵</u>公明信人也。一見不佞於<u>西京</u>客館, 眉宇之間, 卽知其長德君子人也。爲人端言, 而又能詩, 塡篋之際, 益知其人之多才。臨別之時, 贐以《曲江集》一部, 銘感方深矣。公明信人也。以未盡之憶, 跡之於<u>大坂</u>客所, 又呈淸詞, 不特別語之丁寧, 音韻鏗鏘, 帶得<u>唐</u>人氣習, 不勝喜喜, 幸遂次其韻, 報謝焉。”
白戰騷壇樹赤旗, <u>晁卿</u>詩格對<u>王維</u>。欲知別後相思處, 海月光兮<u>漢水</u>涯。

---

3 “案” : 底本에는 “按”으로 되어있으나 용례에 따라 “案”으로 고침.

"漢江水, 卽弊邦王都城南之大江, 故云云。"

○《送洪滄浪詞案[4]歸本國》 餘東庵
萬里雲濤路渺茫, 錦帆高掛棹歸艎。殷勤好去雞林客, 千里神交天一方。

○《走次東庵示韻》 洪滄浪
滄海空烟接混茫, 三韓使客促征艎。臨岐不用傷離別, 男子平生志四方。

天和二壬戌七月二十一日夜, 筆談於牛窓之館。
"向依通詞氏布情, 所許相見, 幸幸。初只聞學士來, 未詳其姓名, 願書以示之。不肖在武士之列, 然以侍講兼國學直講, 小原氏, 名正義, 字伯實, 稱善助, 號大丈軒。"

○"自入貴國, 仍聞直講之高名, 切一對以抒客中之懷矣。不意今者, 冒夜辱訪, 先示以數行之墨, 兼陳以姓名別號, 有如十年深交, 勤勤懇懇, 實是傾盖如故也。■■功深感。不佞以朝鮮國大學士, 虛名所及, 猥此製述官之任, 今陪使來入貴國矣。不佞姓成、名琬、字伯圭, 號翠虛居士, 亦號海月軒主人。略陳梗槩, 幸頃詳悉爲妙。"

○"示喻詳悉, 情亦相通。就問三使之官位姓名, 亦幸書示之。又問貴邦退溪先生, 今有子孫乎? 亦能好學乎? 亦有傳其學者乎? 不肖嘗見《自省錄》, 畧知其學之正其德之高, 今及于茲。"

---

4 "案": 底本에는 "按"으로 되어있으나 용례에 따라 "案"으로 고침.

○"對示意圭復再三, 而至於三大使之官位姓名, 已示於三丈老詩篇唱酬中, 不必更煩矣。且其退溪子孫, 尙爾極盛, 傳道之人, 綿連後先, 無愧於《自省錄》甚多矣。"

○"聞退溪之子孫, 極盛而不劣其先, 固是其先之餘澤, 理亦不如此? 其德業高且廣者, 其名號亦欲聞之。所示喩之三丈老詩篇唱酬者, 何哉?"

○《走筆奉呈大丈軒詞案》滄浪子奉稿。
目擊心能契, 知君不俗姿。慇懃留一句, 異日倘相思。
"今入貴國, 攫逢高士, 望其儀容, 知其非塵埃人也。玆將拙句, 敢陳鄙懷, 斤散且和, 幸甚。壬戌秋孟。"

○"示喩幸甚。且見示四五之聯玉, 袖之以爲寶。只才短詩拙, 而不能速和。雖似賜玉, 而報之以瓦。然有唱必有和, 猥塵韻尾。大丈軒小原正義。"
鷹揚雲外至, 自喜接高姿。相對不能語, 揮毫通所思。
壬戌七月廿一日, 洪裨將麾下。
"嘗聞北人御中華之天, 近亦傳, 南方兵起, 殆將復舊物, 然未知其詳。貴國或有聞其詳, 願書所其聞以示之。"

○"我邦只通北京, 與南京相去隔絶, 不相聞知。貴邦則長崎島, 中原人往來者, 無日無之, 必得詳知, 所聞者, 果何事耶? 願聞其詳。"

○《走次大丈軒示韻》翠虛奉稿。
月白牛窓夜, 相逢海鶴姿。明朝分袂後, 叵耐兩鄕思。
壬戌下澣。

○《奉和翠虛先生示韻》大丈軒 小原正義

情睦窗前眼，心高塵外姿。一言交不淺，千里幸相思。

壬戌七月下旬。

大德寺 覺印。

○九月二十八日，同芳藏主，訪朝鮮信使於本國寺。官憲不許遇三使，對馬嶋主家令小山朝三，相引入學士館。既而想見學士成琬，揖讓而坐。余書曰："山林釋子，初視君子國之人物，是生之大幸。" 琬書曰："象外二高，枉訪旅館，目擊道存。" 余有欲贈三使之律詩二章，出似于琬。

《其一》

冠服效唐文武英，職克銜命越滄瀛。梅零始別檀君國，蓮放時登桑主城。入作千秋王者輔，出留萬里使乎名。從斯西海波滋靜，二域元元樂太平。"

《其二》

天賜吾邦以善隣，屢看君子國中人。盡誠四海皆兄弟，設禮一堂分主賓。言語不通文字有，釋儒雖異性情均。今朝相遇明朝別，永記三生舊勝因。

琬讀了書曰："清製入眼，足洗塵襟，欣卽和瓊韻，忌勞則好。" 余書曰："本邦近世，不重做詩，況林下愚僧，烏克預于斯乎？今之二章，聊效顰耳。若賜和則，幸莫於大焉。" 琬拈筆下工際，有神將洪世泰，字來叔，號滄浪者至。余贈絶句一章曰：

韓土貴官奉使來，不辭萬里浪崔嵬。二君親睦如兄弟，何遠東方野馬臺？

世泰書曰: “只今老爺見召, 携此韻去, 和以送之.” 便自取懷, 入堂奧也。琬書曰: “敢問法諱法字.” 余書曰: “鄙諱曰義諦, 字曰聖僕, 號曰覺印。” 少焉琬和章成, 不改一字。

《其一》

眞如法號儘緇英, 曾泛珠船過大瀛。雙樹陰中遊佛界, 七多沙上倚香城。孤蹲梵宇探禪理, 幾載琳宮[5]振盛名? 邂逅天涯知有數, 正同雲老對方平。

《其二》

紗德從來如有鄰, 青眸奄對異邦人。猿心本自依迦葉, 象佛誰能籍劫賓? 地隔東西音雖別, 道通儒佛意猶均。星離明日偏多恨, 更結來生未了因。

琬又爲芳摸養華院額字。余書曰: “甚勞高慮及椽筆.” 琬書曰: “能作百首, 何勞之有?” 余書曰: “荷此恩義, 不知所以報之, 佛勅比丘, 不拜在家之人, 非敢慢也.” 琬書曰: “僕十五載以後, 盡讀儒書, 十八載以後, 傍看《大藏經》及《名僧傳》, 豈不知示意哉? 唐 李白·杜甫、宋 黃山谷·蘇東坡、明 王弇州·唐荊川, 皆以儒家, 傍通佛家, 況且六朝時謝靈運酷好佛書, 故號在家頭陀? 亦參諸古人, 而習佛氏書也.” 余書曰: “將謂此個俗漢, 元來載冠長老.” 琬大笑。臨其別去, 余書曰: “朝鮮、日本一時奇遇, 難忍分袖.” 琬書曰: “更結來生未了因.” 竟別將出門, 京尹【稻葉 丹後】來問三使。余在側, 窺其禮式, 甚嚴重。下官三十餘人, 持旌旗戈矛, 立列堂庭左右, 樂官十餘人, 進前以待尹至。尹整冠服, 旣入中門, 諸樂擧作, 其調和暢, 及尹入堂, 而後遏矣。三使出堂,

---

5 “宮”: 底本에는 “官”으로 되어있으나 용례에 따라 “宮”으로 고침.

相接迭再拜，入堂又再拜而坐，並以紅毛氈爲座，左首是尹，次是館伴
【本田 隱岐】，右首上使，次是副使及從事也。對馬嶋主烏帽直衣，左座北
面而坐，通事官右座北面，與嶋主相並而坐，共不用座氈。數輩少冠，
擎茶盞而至。茶禮畢，島主坐起，進至尹前，兩手下地，聽尹言，還坐
本座，傳之通事，卽起稽首三使前傳之。且聽三使謝言，還至嶋主前，
匍匐傳之。嶋主又起，傳之於尹，歸本座。如斯者，又一匝後，三使及
尹館伴，皆起再拜。尹將出堂，三使送之，至戶各長揖而別。尹下堂
庭，樂作如前，及出中門，則遏矣。余視三使迎客，禮節始未秩秩，有
感賦一絶而歸。

三使邀賓旅館墀，禮容彈效漢、唐儀。可憐中國變胡服，蕞爾朝鮮
文物遺。

○《奉呈滄浪洪公吟榻》滄洲 向井[6]謹稿。

"高名揚揚，早振弊境，嘗念一接紫看，以披心中平生之芋塞矣，而
地域限西東，文旆之至於斯，見日如歲，方今拜下塵，頓慰宿志，不勝
欣悚之至。茲裁芻語，以呈左右，伏希郢政。"

偃槎杳杳涉滄瀛，豈憶一時通厚情？莫謂天涯同調少，殊方艸木早
知名。

壬戌仲秋上澣。

○《走次滄洲瑤韻》滄浪稿。

片帆千里過東瀛，邂逅今朝慰客情。落筆新詩更奇絶，始知才子不
虛名。

壬秋。

---

6 "井"：底本에는 "三"으로 되어있으나 인명에 따라 "井"으로 고침.

○《奉謝滄浪洪公案右》<u>滄洲向井</u>[7]走稿。

"叨忘樸樕, 率爾瀆淸覽, 豈料木投而瓊報也。莊誦數四, 爽氣溢于牙頰, 不啻如執熱者之濯淸風也。玆疊原韻, 以述謝悰。"

才華卓犖已登<u>瀛</u>, 胸底深涵今古情。惡得飛騰附騏驥, 詞場萬里騁榮名?

壬戌之秋八月。

《謹奉呈翠虛成公榻下》<u>滄洲向井</u>[8]拜稿。

雲隔江山路萬重, 星槎浮漢遠相從。看君應有神仙骨, 登盡鰲頭第一峯。

壬戌暮秋下浣。

《走次滄洲韻》<u>翠虛</u>稿。

蓬島祥烟第幾重, 羽人遊處拂衣從。與公倘得■■去, 喚向<u>金山</u>萬丈峯。

【<u>金山</u>在貴國東海中故云云。】

○壬戌季秋。

○《欽奉呈盤谷李公詞案》<u>滄洲向井</u>[9]奉稿。

"仲夏旣聞, 彩鷁乘風, 星軺駕雲, 翹首望之, 幸今得挹光範, 大慰渴慕, 欣抃之餘, 綴俚詞一章, 以呈于吟壇, 更冀賜斤和。"

水通碧海片帆開, 萬頃波濤天外廻。歷路山川多勝事, 風光定入錦

---

7 "井": 底本에는 "三"으로 되어있으나 인명에 따라 "井"으로 고침.
8 "井": 底本에는 "三"으로 되어있으나 인명에 따라 "井"으로 고침.
9 "井": 底本에는 "三"으로 되어있으나 인명에 따라 "井"으로 고침.

囊來。

　壬戌孟冬上浣。

　○《奉次滄洲惠韻》盤谷

　籬下秋花爛熳開，故園三徑夢中廻。寂寥虛館無青眼，時有騷人乞句來。

　壬戌陽月上浣。

　○《奉謝鵬溟李公吟壇》滄洲向井[10]謹稿。

　"不才謬蒙青眼，忽辱高和，盛眷誠深，但恨執謁，未幾歸期在明日，再遇寔難，別後之顏面，惟有一天之明月耳。乃用別韻，以謝盛敎，效顰之誚，狎賢之罪，終不能免焉。"

　豪氣由來壓浩然，胸中吞盡幾山川。忽乘萬里長風至，拂去雲烟對碧天。

　《又率賦一律以敍面別》

　海門秋盡朔風寒，明日歸程遠指韓。纏結交情永相別，欲期再會亦空難。路廻水上白雲外，腸斷梁頭落月殘。行到天涯逢塞鴈，爲傳音信報平安。

　壬戌初冬。

　○"未呈別語，而忙擾未果，只望珍重珍重。"盤谷。

　○"震澤、菊潭共言，西京再晤，匆匆成別，瞻戀之思，曷勝悵缺？僕倘謁尊公，必以致此言。公他時，面晤虛公、滄浪公，願爲僕傳之。僕

---

10 "井"：底本에는 "三"으로 되어있으나 인명에 따라 "井"으로 고침.

將欲傳之, 而忽擾之中, 無由展謁。" <u>滄洲</u>

○"<u>震澤</u>、<u>菊潭</u>別, 不堪悵然之至, 今如何?" <u>盤谷</u>

○"無恙。" <u>滄洲</u>

○《謹呈滄浪洪公吟榻》<u>富春星 應奎</u>拜。
"英風偉譽, 早聞于東方, 泰斗之仰, 無日不傾注焉。忽獲晋謁于左右, 渥假聲色, 夙昔菀結, 渙然氷釋。謹製俚詞一章, 以紓下懷, 伏祈一粲, 庸賜斤正。"
錦帆秋掛海東天, 知是詞林第一仙。相遇立談皆白璧, 安將眞訣爲吾傳?
壬戌仲秋。

○《走次富春韻》<u>滄浪</u>稿。
幸披雲霧覩靑天, 佳句吟來字字仙。他日鷄林長紙價, 姓名千載定流傳。
壬戌仲秋。

○《再用前韻奉謝滄浪洪公吟案》<u>應奎</u>稿。
"偶獻磏砆, 謬賜琬琰, 欣戴玩賞, 詞鋒艷發, 如靑萍之倚天, 韻語淸華, 若紅葉之秀水。管窺惡得能罄揄揚哉。至于鄙作, 雖蒙褒借, 自念敢非其分, 感愧交集, 欽用前韻, 以謝高敎。"
高吟髣髴奏鈞天, 今日還看李謫仙。自是江山開氣象, 芳名一夜萬方傳。
壬戌仲秋。

○《謹呈翠虛成公吟壇》星應奎拜。

文彩揚揚照海洲，雄毫揮處玉虹流。凌霄氣象聲華重，異域長傳千萬秋。

○《次謝富春示韻》翠虛

彩鷁飄然到十洲，停橈河口泝狂流。青眸開處情先至，一笑掀髯碧海秋。

壬戌仲秋。

○《謹呈鵬溟李公榻下》星應奎

早聽高名情未通，方今幸得挹清風。詞源袞袞傾三峽，異境千年仰杜公。

○《次呈富春居士案右》鵬溟稿。

言語聊將筆舌通，愛君標格凜高風。聞說富春山下住，素心知有慕嚴公。

壬戌下浣。

○《奉呈李學士座下》田村三恕

滄溟萬里好風長，款乃遙馳星使航。東海山川壯觀足，幾何秋興入詩囊？

○《走次田村公惠韻》鵬溟稿。

催歸倍覺驛程長，始返滄溟方里航。客子行裝如淡水，只將風月富奚囊。

“年未弱冠，唾成珠玉，君才可謂無雙士也。各將蕪詞，庸報瓊琚，須作別後之容顏，君須勤讀，將作大儒，可嘉可嘉。”

【영인】

【영인】

三宅元孝拜

○奉レ呈
　韓客鶏林第一名
　翠虚成公
觀レ光ヲ萬里泛渚瀛ニ
心不レ以テ西東ヲ隔上奇遇
慇懃莫レ惜情ヲ

○奉レ謝　示レ韻
　成翠虚走草
邂逅
葦原ノ仙境舊ト聞ク名ヲ月
一橸痕過ク大瀛ノ域ニ
外相逢其有レ數
劇談蕭寺瀉鸞情ニ
　壬戌孟秋

○敬奉レ呈

翠虚　成公

淑慎　三宅道達

雞林ノ使節見ニ雄風ヲ　文物衣冠燦トシテ日ニ東ニ簫
鼓聲向ヒテ飛ニ彩鷁ヲ　旌旗影動キテ曳ク晴虹ヲ麒麟
入レ坐遙ニ超ニ海ヲ　驂裏踏ミテ雲ヲ高ク歩ミ空ニ別後秋
天難ニ再會舉ケテ頭ヲ歳七待ツ来鴻ヲ

○奉次

淑慎　示韻ヲ

成學士

浴ギ沂ニ曾テ詠ジ舞雩ノ風早ク擅ニ高名ヲ海ノ以東學
圃濃範揮ニ緑筆ヲ騒壇逸氣吐ク長虹ヲ翻
書記人間少ニ落ルル奇才域内空シク此夜清

談仍惜別、可憐春燕隔秋鴻

○謹奉呈

成進士

　　　　梅隱　淺野新五郎

異材超逸仰榮名、魁貌能移秋月明綠

筆廻瀾三峽之水、猶浮東海掣長鯨

○次謝

梅隱示韻

　　　　成學士

從來師弟橋高名聖賢、黃卷寸心明

章小技其餘事、道海須看釣巨鯨

○謹奉呈

成延士ニ

斗光萬丈徹ス秋空ニ仰見蓬門五尺ノ童既ニ

醉道前文字ノ飲無レ涯リ盛會ニ發ス頑蒙ヲ

近信　十五歳　舟木立敬

○次ニ謝ス

近信ノ示韻ヲ　　成學士

星查萬里過ル蒼空ニ鶴背相逢フ白玉ノ童携テレ

手ヲ三山期ス挨レ藥ヲ一聲ノ長遂洗フ塵蒙ヲ

○敬奉レ呈　　淑慎

鵬溟李公ニ

錦纜遙ニ從リ韓國ニ催ス天風東ニ指シ海門開ク鼇ー

頭吹レ浪ヲ三山 動ク知ラヌ是レ陽候 迎ヘ客ヲ来ル

○奉レ謝

淑愼公ニ

總白一日蒲團靜ニ時ニ有二リ高人ノ乞レ句ヲ来ル

千里ノ郷山歸意催ス 客中何ノ處ニカ好懷開ク経

李進士

○寄呈

滄浪公ニ

飛星遙動ニ海隅ヲ來ル 蘆岸停橈 波速隈幾

梅隱 十六

○走テ吹

度ガ家山回ス首ヲ處 寺樓即チ是レ望郷臺

梅隱　惠示ノ瓊韵ノ　　滄浪子

一樓千里海ノ西ヨリ來ル數日淹ノ留メ大坂ノ隈サ

地繁華天ノ下ノ勝丹青錦ノ繡擁スル樓臺ヲ

○寄ニ呈

滄浪子ニ

儀表孤リ看ル氷ノ五ノ清嘉君早ク得ニ鳳ノ毛ノ名ヲ燈　近信

前ノ詩酒簾花ノ雨說ク盡ス團圞兩ノ地ノ情

○次ニ贈

舟立小子ニ　　滄浪子

愛スル爾カ標眉宇清ク童年己ニ有ニ老成ノ名相

逢テ不レ恨殊言語 一絶 新タニ能ク寫スニ兩情ヲ

○寄リ呈

滄浪洪公ニ

文鷁長ク浮フ　　　　　淑慎

繚渺ノ間 幾回ヵ送リ迎フ水ヲ

會一夜度ルニ天外ニ飛テ入ニ扶桑ニ誰ヵ得ンレ攀ヲ　鵬ノ

○席上走テ次スニ

淑慎公 惠韻ヲ

男兒意氣片言ノ間 洒落清標見ルニ玉山ヲ況ヤ　　滄浪

有新詩能ク起ス我騒壇從リ此 可レ追攀スニ

○再ヒ用テ前韵ヲ主スニ

滄浪子ニ

天涯作リ客ト落ッテ人間ニ萬里ノ歸心秋滿ツ山、即

調斬然トシテ嵩嶽ノ勢高クヤ即若三月中ニ攀カ

淑慎

○走ラバ次ニ

淑慎　示韵ヲ

落々タル高標出ツ世間ニ清ぬ片玉ノ屹如シ山ノ卻ヲ

滄浪

愁明ノ日揚ケ帆ヲ去ル別ノ後音容杳トシテ莫レ攀ノ

○舟中ノ作

滄浪

月出ツ滄溟濶ク天高ク星斗稀ニ孤舟長ク泛ス海ニ

此ノ夜正ニ思フ歸ヲ水底明ノ河動キ煙中遠ク火微ニ

故園書信斷、直ニ待ツ雁ノ南飛スルヲ

○卒ニ次ス舟中ノ瓊調ヲ　　淑慎

秋風窮遠目ヲ、萬里故人稀ナリ、孤笛潮聲ニ落

夢魂天際ニ歸ル、三山夜ヲ追テ近シ、一水郷ヲ隔テ微ナリ

慷慨ス男兒ノ志、凌雲ヲ勢欲シテ飛ント

○賦ス秋來短律一篇ヲ以テ呈ス

滄浪公兼テ需ム 斤教ヲ

清夜肅ヤカニ森々タリ天風我カ襟ヲ吹ク、秋輝浮ヒ木末ニ　全

星多ク落ツ城陰ニ、幸ニ遇テ同時ノ盛ニ、何ノ休ソ魏闕ノ心ヲ

一擢三尺ノ劒不事隠二雲林二

○謹テ次ス

淑慎公　示韻ヲ　　　　滄浪

廣宇肅沈森　留テ顔披ク素襟ヲ　竹風時送ル籍ヲ

墻日漸ク移ス陰ニ賓主三盃ノ酒男児一寸ノ心

贈詩藏テ在リ篋高價動シ難シ林ヲ

○寄ス呈

鄭公大醫ニ　　　　　淑慎

國手由來秀ツ漢東丹房幾問カ見ル靈通ヲ

心妙訣十全ノ術功入ニ陰陽造化ノ中ニ一

○敬テ次ヨ

淑慎
詞伯ノ辱示韵ヲ　　東里散人

愛子奇才擅海東
九流三教且旁通佳
篇動玉清牙頗欲報陽春媿郢中

○謹奉送ルリ

翠虚公同ヨ　　東華
仙槎秋盡出東方不耐陽關別恨長
使文星飛海去永留光焰照扶桑

壬戌孟冬
遯宇拜

○走奉次

遜宇ノ　瓊韻ヲ　　翠虛拜

星槎歸レ路指二西方一浩渺ノ滄波萬里長レ兩

地相思回レ首慶一輪ノ明月湧二扶桑一

壬戌孟冬初三

○再奉和二

翠虛公ノ　瓊韻ノ　遜宇拜

英名擅二美ヲ振二多方一秀ノ氣橫レテ空二千尺長二

曲ノ陽春金石ノ響滿二空一白雪動二扶桑一

○奉送

翠虛公ノ歸リ二漢江一　　淑愼拜

萬里ノ鵬程催ス倣ヲ装倚ル天ニ　旌節自揚ケ

銀鞍高ク映ス青雲ノ邑衣錦遙ニ舍ム白日ノ光通ス

信ヲ邦家ニ宗典禮ヲ流メテ芳ヲ海内ニ仰ク文章ヲ河橋ニ

頻惜ム　使星影飛ンテ入ル風霜ニ向フ故郷ニ

○謹テ歩ノ

淑慎公ノ高韻ニ兼テ拂ク惜別ヲ依然ノ之懷ヲ　翠虚拜

越檄初テ廻ル陸賈ヵ装乘ス秋ニ歸意正ニ揚ル　黄

柑緑橘垂ル金顆紅樹青山炫ヤク日光ニ大坂

城頭留メ遠ク客ヲ浪花岸上詠ス新章ヲ逢テ君ニ未タ

話ヲ相離ルヽ恨ミ悵望明朝隔ツ両郷ヲ

壬戌孟冬上澣

朝鮮國ノ製述官翠虚散人成琬伯圭

自リ東歸ル西ニ拘ハリテ於虚禁ニ未タ能ク叙話ヲ而永ク

別ルヽ此ノ恨可作大睡前ノ遺恨ト臨テ紙ニ悽然タリ

意表ノ

贐物深ク感

軒彌之新名ヲ仰　雲高義不勝悵缺　寫

仍用否　未知高明　句部

義齋

○送

滄浪子ノ歸ヲ　東華　遜宇

河畔殷勤送客歸陽關欲唱思依依
倚長劍秋霜冷泛海片帆波浪微通信
勳功名益顯道丈才調世應稀青雲
舉瀛州姑目送大鵬千里飛

○奉次　遜宇

遜宇贈別ノ韻ヲ　滄浪

遠客將隨玉節歸天涯此去欲誰依
鯨濤就地吹銀沫嶺岫浮空聳翠微顧我

雕蟲無足道著

他日須相問南雁乘春更北飛

右高義向來稀音塵

壬戌初冬

○奉送

滄浪公歸漢江　　淑慎拜

奉使東闌窮遠遊輕裘所到擅材優錦
囊新滿三千首彩筆高揮六十州遐水
遙山迎旅雁孤雲片月送行舟金蘭夢
覺誰同調玉樹清標君出儔燈下勸
杯盒別恨樽前書字寫離愁不堤橋上

客還テ後空ク見滄江万丈ノ流

○次

淑愼　贈別ノ韻ニ

　　　　　　　　滄浪

日東ノ名士愼ニ追遊ニ二陸ノ才華見ル最優ヲ賓ニ
館ニ點燈ヲ開キ一笑ニ海天ノ征師駐ニ雄州ニ逢場ノ
風月三杯ノ酒歸思炯破萬里ノ舟同調始メ
知ル孚意氣異邦還テ喜得明傳ノ試着テ玉釵ヲ
猶能壯欲唱驪歌預メ自ラ愁別後雙魚堪
寄信桑濱ノ水接ス漢江ノ流

○壬戌初冬

○寄セ呈ス

滄浪公ニ

才冠遠ク自リ武江ニ歸ル鞍馬驟ヶ天外ニ飛ノ歷

路ノ江山多ニ景趣ニ名文幾ク度ヵ綴ル二珠璣ヲ

淑慎走稿

○走テ次ス

淑慎ノ韻ヲ

扶桑萬里容將歸ト霜渚テ江天雁正ニ飛ヶ此ノ

滄浪

地逢テ君ニ開ク一咲ヲ筆端ノ佳句敵ス二琳璣ニ

○謹ンテ奉ル送ニ

滄浪公ノ還ルニ二朝鮮ニ

梅隱拜

荏ー苒ル年ノ光歸ノ興濃や　秋ノ螢飛ビ盡テ聽ク寒ノ蛩ニ短ノ

蘂ー影暗ニ紗ー窗ノ雨　孤ー枕夢ー殘ル蕭ー寺ノ鐘遠ー宿

愁ー中促ニ斑ー髮ヲ故ー人天ー外絶ツ音ー容ヲ征ー帆去テ

後滄ー波瀾レ萬ー里ノ關ー山隔ツ萬ー重ヲ

○次二

梅ー隱　　寄ー贈ノ韻ヲ　　滄浪

經テ秋ヲ歸ー思不レ禁ヘ濃き　聽ー盡ス西ー風嘟ーヘン蛩ー愁ー

裡又ー肴ル蕭ー寺ノ月夢ー中何レ處ツ故ー山ノ鐘欣ー聞ヒ

才ー子多キニ佳ー氣ニ賴ツ有ー新ー篇ノ當ル好ー容ニ明ー日孤ー

舟ー潙ー海瀾レ可ニや堪ノ雲ー樹隔ニ千ー重ヲ

壬戌初冬

○奉┐呈

滄浪公

○次二

會不┐求┘鞮┐譯ノ助ケ心┐交章二有二リ筆┐硯ノ新二

青┐雲日┐照ス玉┐麒┐麟　男┐子　平┐生意┐氣　新二逢┐

養┐真寄┐贈ノ韻ヲ二

徐┐陵ガ風┐骨　石┐麒┐麟　紗┐句　新二傳テ發┐興ヲ新シ私┐

觀可┐歎ス掬スルニ國┐禁　遙二將意┐氣ヲ漫二相┐觀ムニ

養專拜

滄浪

壬戌初冬

○敬シテ翠ヲ送ル

滄浪　公ノ歸ルヲ　雞林ニ　　　近信奉稿

客散メ天涯ニ水自ラ流ル瀟橋柳短メ送ニ歸舟ヲ離ノ

歌一曲千行ノ涙滴テ盡ス長江萬里ノ愁

○次ノ

近信ノ寄シ示ス韻ヲ

大坂城下大河流ル大坂城邊艣ヒ容舟ヲ唱ヘ　　滄浪

斷驪歌三疊ノ曲烟波落日不ス勝ニ愁

壬戌初冬

○奉呈ニ

謾虛公案下　　　　　原田順宣拜呈

使輊遠到洛陽城　今日相逢更慰情
難見林名進士賦詩述思我心平

次順宣丈瓊韵　　翠虛

聲價能過十五城　綺言先贄爲羈情
天涯邂逅誠非偶分欲明朝恨不平

卒獻再和　順宣稿

聖賢肅六戻花洛盛藻唫成正駭情
轉合如走盤玉却疑韓柳再来平

壬戌秋九月

○謹稟ス

鯨海遙隔タリ

仙槎長ク渉ル　往来周旋時易フ
裘葛ニ

道候清穆誠ニ

彼此ノ之慶也　始テ接ニ

高儀渥蒙ル

顧盼不覺心飫テ而神酔ハ昜ク勝ニ感懐一不

眞蕪陋ヲ謹テ叙ニ短章ヲ以テ記ニ登

菊潭木寅亮

龍之喜伏冀

鴻慈幸為

刪抹藏拙榮踰華裒

奉呈

翠虛成公　吟槭

星軺來往百千程兒女路傍知

姓名山日

驂壇始相看看

君牛耳主宗盟

壬戌季秋下澣

○奉次示韻　　　　　　　　學士成翠虛

菊潭示韻

不佞入東都之日幸與多士頃筐

於翰墨場中不爲不多矣於其稠人

廣坐之中最所敬歡獨有順菴公

一人而已西歸日迫不得與順菴

公吐盡平生底蘊而遠望風懷想能

不依於不意兹者順菴公之少亂

菊潭公奄賜辱訪於　西京之旅
館一望其
儀表其質確其志遠玉蘊山輝之氣像
丕言可想矣今聞攜齋於
絳帳有年年才十七器度魁壘磊砢
將看鴻漸于天衢可謂有是父有是
子亦可謂能得師師又不忝其老師
之面命以夫子之道反報於菊潭公
吁亦奇哉遂虜其瓊韻捋其鄙懷為
鵬翼搏風九萬程濡毫墨海振雄名從

知鳳穴雛皆好宜繼

先生執中主盟

壬戌季秋

○又禀ス

厚誼謁如殊

德音稠疊

賜

芳和有深銘于心矣體裁之高聲調之

高琅鏘君升于清廟奏雅頌之

盜章謹當什襲甲箇永為鎮家之玩

菊潭木寅亮

盛教不可虛辱欲屛前韻以伸謝意坐

客繽紛姑期後日耳

○不侫既已受知於　　　　　　　翠虛

先生之寵眼每切愧報之志令又邂逅

其少卽君不勝驚喜搆拙數語於其

萬一矣反蒙

謝意之過當奬謝之崇極自不堪沾背

之懇至於辭讓不居底意思古人曾

謂當仁不讓

也但恐揄揚過情無所自避

公何ノ避ケン焉且ツ中ニテ　使相有ル相ヒ議事ト未タ得

竟日ノ之打話ヲ後一日　更ニ會フニ似ハ可シ殊ニ敢テ凜ス烏ニ

右呈ス　菊潭公兼テ告ク来意ヲ於雲溪ノ

公雲溪ノ者柳震澤ノ別ノ耦

○奉呈ル

滄浪洪公　詞壇　　菊潭朮寅亮

豫章ノ

詞客豫章ノ材騰ケ茂雞林ニ獨占ム魁ヲ樸橄偶

依ル清蘢ノ下忰懐偏ニ覚ユ荷裁培ヲ

姓ハ望ニ出ツ宣城ニ　起句假ノ用ヰ

壬戌ノ李秋、下浣

　　　　　　　　洪滄浪

○走次二

菊潭ノ瓊韻ヲ

年少猶能ク抱ニ大材ヲ定テ知ル

君ガ家ノ

父子是レ蘭秀造化、由来別横培ノ

順巷乃チ有リ此ノ子可シ貴フ佗日必ス能ク繼テ家聲ヲ

而鳴ニ

日東ニ矣

壬戌季秋

○奉呈

鵬溟李公ノ　詞案ニ　　菊潭木寅亮

風姿才藻素曾聞　欽仰長懸北斗文

謝

李公姑假色

龍門一日把

餘芬

○次呈

菊潭ノ　詞案ニ　　李鵬溟

墨聲輦音飽聞一床何幸此論文

若ノ翁ト交ー誼厚ク對シテ　君ニ渾テ似タリ揖シテ清ー芬ヲ

清ー詞王ー韻可ν謂ツ　有ルト自ラ來ルヿ矣

季ー秋ノ下ー浣

○臨ンテ岐ニ走リ贈ル

菊ー潭公ニ

愛ン爾レ潭チ還テ菊ー寒ー花開テ滿ツ枝ニ清ー香如ν可ν折ル

千ー里寄ニ相ー思ヲ

盤ー谷道ー人

○次キニ

盤ー谷李ー公ノ芳ー韻ニ

菊ー潭木寅亮

桑箕三千里依レ何報セ一枝ヲ春ノ風鴻北ニ去ル

知ル我ガ寄声ヲ思フ

○奉ル呈シ

菊潭公ノ案右ニ

避近西京一夢如シ投レ瓜ヲ幸得タリ報レ瓊

琚ヲ象ニ家大業公ノ餘事早ク向テ滄濱ニ掣巨

魚ヲ

僕與

公於洛中ニ稍有リ一日之雅幸莫シ大焉開レ

公於椿府ト既ニ云フ厚スレ知ヲ而又タ得タリ見

心ノ未タ程アラ忽又遠ク別ル不レ勝ヘ悵望スルニ抒レ懐ヲ以

呈兼備テ謝意ヲ傳達　椿府ニ將淹シテ赤間

馬島ニ或ハ可得風使ノ一書ヲ否ヤ即チ自頃ル魂ヲ

而已

　壬戌

○奉復ニ

翠虚成公ノ　吟壇

西京

駐節ヲ之際稠人雜沓テ不獲從容鵠ヲ歟

曲河梁千秋ノ之恨一日三秋徒有夢

魂ノ飛越スル耳忽捧ケニ　　菊潭木寅亮

瓊篇ヲ舒テ又巻キ巻テ又舒ク如ク親接二アタリ

紫眉二累二承クヲ中

馨欬ヲ上ル頤シ慰ス比一日ニ瞻慕ノ之思ヲ蔚ントスル

高義何ノ日カ忘レンヤ之ヲ嗚呼天涯萬里再會

無期伏ノ想フ征帆已二抵レ馬島ニ未タ知ラ

淹留幾ノ日ヲ謹シテ嗣二

辱韻ヲ聊カ布二

謝憬ヲ臨ンテ書ニ帳然タリ不レ知ラ所ヲ裁セン惟タ希ス

行李

為道為レ時ノ

倍加保練千萬鄙衷統祈

原亮不宣

壬戌

○奉謝

翠虛公辱示韻　　　　菊潭木寅亮

仙帆萬里近何如忽獲

新詩似寶琚悵望一天東海月復因潮

信寄雙魚

才藻菁華錦不如漫容燕石混琪琚文

章別無司命未識憑誰辨魯魚

壬戌九月廿九日與朝鮮國學士成
翠虛公辭若于本國精舍卒賦甲言
呈以要和

青木東庵

三韓學士嘉良遭才德如君品第高今
見東瀛珠萬斛璨然揮出一雄毫

○奉次東庵示韻

學士翠虛

高人狂客幸相遭送唱西京意氣高古
肩秋吟鈔句華軒席上任揮毫

○更ニ賦ノ一絶ヲ呈ス成翠虛ノ詞桜ニ
　　　　　　　　　　　　　　餘東庵

當初吾ガ祖馬韓ノ孫　譜脉分流入ル葦原ニ　借
問ス玉堂ノ成進士　北邦ノ餘氏到テ今ニ存スヤ

不俟姓、餘氏也、系出ツ自リ馬韓王餘璋、
故ニ篇内ニ云フ

○奉レ次東庵ノ示韻ニ
　　　　　　　　　　　　　成學士翠虛

不俟嘗テ讀ム東史ヲ馬韓國ハ都ス於弊邦ノ金
馬郡ニ餘璋王在レ位ニ十三年ヲ而薨ス其ノ子

孫國ノ荒廢シテ後奔竄東西不ス知ニ定居ヲ云ヘリ

餘璋乃馬韓ノ祖箕準ヲ之ノ十五世ノ孫也

準乃箕子ノ之後裔ニシテ而箕子乃殷王成

湯ノ之雲仍ナレバ則餘璋亦湯ノ之遠裔ニシテ自箕

子避ケテ周ヲ来リ主ス於弊邦ノ之平壤城厥ノ後

及デ於準ニ卒ニ爲ニ燕ト人衛滿ノ所ニシテ逐弃セ平壤ノ

之西京ニ浮テ海而南遷ツリ都ニス於弊邦ノ金馬

郡ニ令ノ之忠清道ノ益山郡ノ地也後孫綿

延ヨリ湄于餘璋王ニ興亡有リ數不ス必モ枚舉

慮馬韓ノ之亡フル幾千有餘歲又タ其ノ子孫

在弊邦者或以箕或以韓或以鮮于
三姓行于世大彰明較著而不知有
餘氏之漂在海外矣今者東菴
公避迹於日東西京城中自謂馬韓
王餘璋之後裔云呼亦奇哉不佞嘗
眦古書春秋時以其祖名及食邑子
孫變以爲姓氏者非再詳載于
姓苑一部今也東菴公是亦不幸爲
亡國之弱子屡孫漂轉於海外絕域
變其祖姓得如姓苑之所載乎噫

畀笑哉茲者不安唯是東都至於西
京東庵藝詩求面仍歩瓊韻又挧鄙
懷如左待其博雅君子斤正焉
聞說公家天乙孫興亡禍福竟誰原萍
逢異域真奇事玄緒千秋予獨存

○呈洪滄浪李盤谷僉案下
　　　　　　餘東庵

一接風儀恓素聞二公襟韻冠同羣詩
名騰溢滄浪水筆勢冲凌盤谷雲不是
臣街使命那能吾輩致殷勤吟莚遮

方言異リ聊ゝ寫情懷ヲ呈ス鄙文ヲ

老爺見召不得已入去示韻當追和
以送矣

　　　　　　　　　洪滄浪

○用別韻謝四公總詩仍要和

　　　　　　　　　李鵬溟

當今四傑以詩鳴爲問騷壇孰主盟自
是才華俱第一愧將蕉語續希聲
席上有詩客四人故篇内云

○拳和李盤谷詞桜贈韻

箕邦英傑入テ桑鳴薛苔騒壇共結盟ヲ揮テ
筆調仙何待稿座間瞬息寫心聲ヲ

餘東庵

○送成學士歸朝鮮而趣大坂津仍
贐以一絶

餘東庵

浪華梵舍駐旌旗緑鵡明朝歌解維臨
別祝君千萬里征帆無恙到天涯

○謹歩東庵瓊韻

東庵公明信人也一見不俟北西京

客館眉宇ノ之間即チ知ル其ノ長德君子ノ人
也爲リ人ト端言テ而又能ク詩ヲ壇篆之際益
知ル其ノ人之多キヲ才臨別之時贈以曲江ノ
集一部ヲ銘感方ニ深矣公明信ナ人也以テ
未盡キ之憶跡之ヲ打大坂ノ客所ニ又呈ス淸ノ
詞ヲ不特別語之丁寧音韻鏗鏘帶ヒ得ス
唐人ノ氣習ヲ不勝ヘ喜ヒ之幸遂ニ次テ其ノ韻ヲ報
謝ス焉

白戰騷壇樹赤旗兒郷詩格對王維欲
知別後相思處海月光分漢水涯

漢江水ハ即チ弊邦ノ王都城南ノ之大江ニ説ニ
云々

○送洪滄浪詞按帰本國ニ

餘東庵

万里ノ雲濤路渺茫錦帆高ク掛ケ棹歸艎殷
勤好去難林容千里神交天一方

○走次東庵示韻ニ

洪滄浪

滄海ノ空烟接ス混茫三韓ノ使容促シ征艎ヲ臨テ
此不用傷離別男子平生志ス四方ニ

天和二壬戌七月廿一日ノ夜、筆ニ談ス作

牛窓ノ館ニ

向ヒ依テ通詞氏ニ布ク情ヲ、所許サ相見、幸ニ初メ

只聞ク學士ノ來ラ、未タ詳ニ其ノ姓名ヲ。顧書ヲ以テ示セ

之ヲ不肖在リ武士ノ之列ニ。然レ以テ侍講兼國ノ

學直講小原氏、名ハ正義、字ハ伯實、稱ハ善

助弼大丈軒ト

○自リ入テ

貴國ニ仍テ聞ク、直講之高名ヲ切ニ一對ヲ以テ

捄容中ノ之懷ヲ矣、不意ニ今者冒シ夜ヲ辱訪

先ッ示スニ以レ數行ノ之墨ヲ兼ネ陳ニ以スル姓名別
彌ッ有ルニ如キ十年ノ深交ノ勤ニ懇リ實ニ是レ傾ケ
蓋ッ如レ故ノ也
■
功深感
不安以テニ朝鮮
國ノ大學士ヲ虛名ノ所ニ及フ猥ニ此ノ製述官ノ之
任ヲ令ム陰ノ使ニ來テ入ニテ
貴國ニ矣　不侫姓、成名、琓字ハ伯圭彌ニ翠虛
居士ト亦彌ニ海月軒主人ト略、陳ク梗槩ヲ幸ニ
頃詳悉為ス妙ト
○示喩詳悉情モ亦タ相通ス就テ問フ三使ノ之
官位姓名モ亦タ幸ニ書ノ示セ之ヲ又問

于邦ノ退溪先生今有リヤ子孫乎亦タ能ク好ムシヤ學
乎亦タ有ルヤ傳フル其ノ學ヲ者乎　不甞嘗テ見ニ自省
錄ヲ器ク知ル其ノ學ノ之正ク其ノ德ノ之高キヲ今及于
茲ニ

○
對示意圭ト復再三ヲ而至扵三大使ノ之
官位姓名已ニ示メス扵三丈老ノ詩篇唱
酬ノ中ニ不必シモ更ニ煩サ矣且ツ其レ退溪ノ子孫尚ヲ
介極盛ンニテ傳道之ノ人綿連後先無愧扵
自省錄甚タ多シ矣

○
聞ニ退溪ノ之子孫極テ盛ニ而不ニヲ爲サ其ノ先ニ固

是其ノ先ノ之餘澤理モ亦タ不ハ如レ此ノ其ノ德ノ業

高ク且廣キ者其ノ名ノ驫亦タ欲ス聞クヲ之ノ所ノ示

喻ルヲ之三丈老ノ詩篇唱酬者何ゾや哉

○走筆奉レ呈

大丈軒ノ　詞案

目擊心能契知

君不俗姿懃懃留一句異日偶相思今

滄浪子奉稿

貴國獲逢高士望其

信容知其非塵埃人也兹將拙句敢陳

入

鄙懷ヲ斫ノ散且ッ和章甚

壬戌烁盃

○示喩幸甚且ッ見ッ示ッ四五ノ之聯玉袖ノ之ヲ
以テ爲ス寶只才短ノ詩拙ノ而不能速和雖モ
砌賜ユ玉ヲ而報之ヲ以ス尨ヲ然モ有唱必有川和
猥塵二　韵尾二

大丈軒　小原正義

鷹揚雲外ヨリ至ル自喜接ス
高姿相對ノ不能語ル揮毫ヲ通ス所思ヲ

壬戌七月廿一日

洪禪將ノ庵ノ下

掌聞ク北ノ人御中華ノ之天ヲ近ヨリ亦タ傳フ南ノ方

兵起リ殆ト將ニ復タ舊ノ物ヲ然レ未タ知ニ其ノ詳ヲ

貴國或ハ有ヤ聞ク其ノ詳願書ヲ其ノ聞ク以テ示セ之ヲ

○我ガ邦只ダ通ス北ノ京ト南ノ京ニ相ノ去ケ隔絕不ス

相聞ノ知セ

貴ノ邦ハ則チ長崎島中原ノ人往ノ來ス者ノ無シ日ト無キ

之ヲ必ス得ニ詳ノ知ヲ所ノ聞ク者ハ果ヲ何ノ事ヤ願ク聞ク

其ノ詳ヲ

○走メ次ニ

太丈軒　示韻ヲ

月白牛窓ノ夜相逢フ海鶴ノ姿　明朝弘ク袂ヲ後

匹耐兩郷ノ思

　　　　翠虛奉稿

○　奉和

壬戌下澣

翠虛先生ノ　示韻ニ　太丈軒小原正義

情睦窓前ノ眼心高ク塵外ノ姿　一言交リ不淺ク

千里幸ニ相思フ

壬戌七月下旬

　　　大德寺
　　　覺卬

○九月二十八日同ジク芳藏主訪フ朝鮮ノ信
使ヲ於本國寺官憲不許遇三使對馬
嶋主ノ家令小山朝三相引テ入ル學士ノ館ニ
既ニ而相見學士成琓揖讓而坐ス余書ノ
曰山林ノ釋子初テ視ニ君子國ノ人物ヲ是ノ
生之大幸琓書曰象外ノ二高枉テ訪旅ノ
舘ヲ目擊道存ス余有リ欲多ク贈三使之律詩
二章出ニ似ス于琓二
其一
彩服效唐文武ノ英職克ク衘ノ命ニ越ニ滄瀛ヲ梅ノ

始別櫃君ノ國ヲ蓮ノ放クル時登ル桑主ノ城ニ入テ作リ

千烁王者ノ輔ト出テ留ム万里ニ使乎ノ名ヲ從斯西

海波滋靜ヲ二域元ヨリ樂ム太平ヲ

其二

天賜吾ガ邦ニ以ス善隣ヲ屢看ル君子國中ノ人盡

誠四海皆ナ兄弟設テ禮ヲ一堂分ッ主實言語

不通文字有リ釋儒雖異ト性情均今朝相

遇テ明朝別ル永ク記ス三生ノ旧勝因

琬讀書ゲテ日清製入レ眼足洗塵襟欣

即和瓊韻ヲ忌レ勞則好シ余書ノ日本

邦ノ近世不レ重ンゼ做スヲ詩ニ況ヤ林下ノ愚僧鳥克ヲ

預リ于斯ニ乎今之二章聊致ㇾ顰ヲ耳ニ若シ賜ハヾ

和則チ幸莫ㇾ於大ナルハ焉ヨリ琬拙筆ヲ下スㇾ工ニ際有リ

神將洪世泰宇來叔号ハ滄浪者至ㇾ余ニ

贈ニ絶句一章ヲ曰ク

韓土ノ貴官奉ㇾ使ヲ來ル不ㇾ韙マ万里浪崔寛二

君ノ親睦如ㇾ兄弟ノ何ソ遠キ東方ノ野馬臺

世泰書曰只今老爺見召サ此ノ韻ヲ去テ

和以テ送ㇾ之便自取懐ヲ入ㇾ堂奥ニ也琬書ヲ

曰敢問法諱添字余書曰鄙讓曰義

諦字同聖僕号曰覺印少為琬和章

成不改一字

其一

真如法彌儘緇英曾泛珠船過大瀛雙

樹陰中遊佛界七多沙上倚香城孤蹭

梵字探禪理幾載琳官振盛名避迀天

涯知有數正同雲老對方平

其二

妙德從來好有鄰青眸奄對異邦人猿

心本自依迦葉象佛誰能籍劫賓地隔

東西ノ音雖レ別ト道通ニ儒佛意猶均シ星離レテ明

日偏ニ多レ恨更ニ結ニ來生未レ了ノ因ヲ

琬又窩レ芳ノ摸養華院ノ額字ヲ余書ス甚

笑ス高慮及ヒ禄筆ヲ琬書ノ曰一筆能ク作ニ百

昔ヲ何ノ勞ヲ之有ラ余書ノ曰荷ニ此ノ恩義ヲ不レ知

所ヲ以テ報レ之佛敎ノ比丘在レ不レ拜ニ在家ノ人ヲ

非ス敢テ慢ニ也琬書ノ曰僕十五載以ノ後盡ク

讀ニ儒書ヲ十八載以ノ後偏ニ省ニ大藏經ヲ及ヒ

名ノ僧傳豈不レ知ニ示意ヲ哉唐ノ李白杜甫

宋ノ黄山谷蘇東坡明ノ王舍卅唐荆川

皆儒家ヲ以テ佛家ニ通ズ況ヤ且六朝ノ時謝

靈運酷々佛書ヲ好ムノ故弥ス在家頭陀ノ僕モ亦

参ズ諸古人ニ而佛氏ノ書ヲ習フ也余書ヲ曰將

謂リ此個ノ俗漢元来冠ヲ戴クノ長老珖大ニ笑フ

其別去ニ臨テ余書ヲ曰朝鮮日本一時ノ奇

遇難忍分袖ヲ珖書ノ曰更ニ来生ヲ結テ未了ノ

因竟別將ニ門ヲ出ント京尹丹俊來テ三使ヲ問フ

余側ニ在テ其ノ禮式ヲ窺フ甚ダ嚴重下官三十

餘人旌旗戈矛ヲ持テ堂庭ノ左右ニ立列ス樂

官十餘人進前以テ尹ヲ待ツ尹至テ冠服ヲ整ヘ

既ニ入ル中ノ門ニ諸ノ樂擧作テ其ノ調ハ和ノ暢ビ及ビ尹ノ

入ビ堂ニ而後過ヘ矣三ノ使出テ堂ヲ相接シ送ニ再

拜ノ入ビ堂ニ又再ノ拜ノ而坐ス並ニ以テ紅毛氈ヲ爲

座ト左ノ首是レ尹次ハ是レ館ノ伴隱ノ岐 木田 右ノ首上ノ

使次ハ是レ副ノ使及ビ從事也對馬ノ嶋主爲ノ

帽直衣ヲ左ノ座北ノ面而坐ス通事官ハ右ノ座

北ノ面與嶋主相並テ而坐ス共ニ不L用ビ座ノ鐘ヲ

數輩少ノ冠擎テ茶ノ盞ヲ而至ル茶ノ禮畢テ島ノ主

坐起ヨリテ進テ至ニ尹ノ前ニ兩ノ手下L地ニ聽テ尹ノ言ヲ還テ

坐ニ本ノ座ニ傳フ之ヲ通ノ裏ニ即起テ誓ニ首ノ三ノ使ノ前ニ

傳ヘ之ヲ且聽テ三使ノ謝言ヲ還テ至ニ嶋主ノ前ノ甸ニ

甸傳ヘ之ヲ嶋主又起テ傳ヘ之ヲ於テ尹ニ歸ル本座ニ

如シ斯者又一匝ノ後三使及ヒ尹ノ館ニ伴ヒ皆ノ

起テ再拜シ尹將ニ出ント堂ヲ三使送テ之ヲ至ル戸ニ各

長揖シ而別ル尹下ル堂ノ庭ニ樂作ナ如シ前ノ及テ出ニ

中門ヲ則過ヶ矣余視テ三使ノ迎ルレ容ノ禮節始ノ

末秋ヲ有レ感賦シ一絕ヲ而歸ル

三使邀レ賓ヲ旅館ノ埠禮容彈ク効ニ漢唐ノ儀ニ可レ

憐中國變ノ胡服叢爾ル朝鮮文物遺ル

○奉二呈一

滄浪洪公ノ 吟榻二

高名揚ルコト早ク振フ弊境ニ嘗テ念フ

紫眷ヲ以テカラ披ク心中平生ノ之茅塞ヲ矣而地域

限ル西東ヲ

文旆ノ之至ルニ於斯見ル日ヲ如シ歳ノ方ニ今拜ノ

下塵ニ頓慰ス宿志ヲ不レ勝ヘ欣慊ノ之至ニ茲ニ裁ク

蜀語ヲ以テ呈ス

左右ニ伏ノ希クハ

郢政ヲセヨ

滄洲ノ向二謹稿ス

偃樓杳々トシテ滄瀛ヲ渉ル豈ニ憶セン一時ニ厚情ヲ通ジテ莫レ

調天涯同調少シク殊方ニ州木早ク名ヲ知ルヲ殊ニス

壬戌仲秋上澣

○走次

滄洲ノ瑤韻ヲ

片帆千里東瀛ヲ過グ邂逅今朝客情ヲ慰ス落

筆新詩更ニ奇絶始メテ知ル才子名ヲ虚シクセザルヲ

壬秋

○奉謝

滄浪洪公ノ案右ニ

滄洲向三走稿

滄浪稿

叨ニ総ニ樸樕ヲ率爾トシテ瀆ス
清覽ヲ豈料ラテヤ木投シ而
瓊報也莊誦數四爽氣溢ルニ于牙頬ニ不ス
壹ニ如キニ執ル熱ヲ者ノ之濯フ清風ニ也兹ニ疊シテ原韻ヲ
以テ述フ
謝慄ヲ
才華皁犖已ニ登ル瀛ニ
胸底深涵タス今古情惡シ得テ飛騰附ヲ
騏驥ニ詞場萬里騁セン榮名ヲ
壬戌之秋八月

謹テ奉ル呈ニ

翠虛成公ノ　榻下ニ

雲隔二江山ヲ路萬重

星槎浮テ漢ニ遠ク相從ヒ眷ル

君ヲ應ニ有ル神仙ノ骨登リ盡ス鰲頭ノ第一峯

壬戌暮秋下浣

滄洲向三拜稿

滄洲ノ韻ヲ

走テ次ヲ

翠虛稿

蓬島祥烟第幾重羽人遊慶拂テ衣從ヒ與ト

公倚得テニ

去ヲ喚テ向ニ金山萬丈ノ峯ニ山ニ金ノ

在リ貴國ノ東海ノ

中ニ故ニ云ハト

○壬戌季秋

○欽奉リテ呈ス

盤谷李公ノ　詞案

滄洲向三奉稿

仲夏既ニ聞ア

彩鷁ノ乗ニ風ニ

星軺ノ駕スルヲ雲ニ

翹首ヲ望ムコ之ヲ幸ニ今得テ把ス

光範大ニ慰ス渇慕ヲ欣抃ノ之餘綴チ俚詞一章ヲ

以呈ス于

吟壇更ニ冀フ賜ヲ斤和ヲ

水通碧海片帆開萬頃波濤天外廻歷
路山川多勝事風光定入錦囊來

　　壬戌孟冬上浣

○奉次

滄洲惠韻

　　盤谷

籬下秋花爛熳開故園三徑夢中廻寂
寥館無青眼時有騷人乙句來

　　壬戌陽月上浣

○奉謝

鵬濱李公吟壇

滄洲向三謹稿

不才謬テ蒙リ

青眼ヲ忽チ辱ニ

高和ヲ　盛春誠ニ深ク但ニ恨ヱ執ニ謁ヲ未レ幾ヲ歸ノ

期ニ在リ明ノ日再ノ遇寒別後ノ之顔面惟

有ニ一天ノ之明月耳乃チ用テ別ニ韻ヲ以テ謝ス

盛教ヲ效ニ顰之謂狎ヤ賢ニ之罪終ニ不レ能ハ免カ

焉

豪氣由来厭ス浩然ヲ

胸中呑盡幾ク山川忽チ乗ノ萬里長風至ニ佛ニ

去雲烟對ニ碧天ニ

又率ニ賦シテ一律ヲ以テ叙シ面別ヲ

海門秋盡テ朔風寒シ明日歸程遠ク指ス韓繞ニ

結テ交情ヲ永ク相別レ欲シ期セント再會ヲ亦空ク難シ路ハ廻ル

水上白雲ノ外腸ハ斷フ梁頭落月殘ル行テ到ニ天

涯ニ逢ヘ塞鴈ニ爲ニ傳テ音信ヲ報昔ニ平安ヲ

壬戌ノ初冬

○未呈セ別語ヲ而忙擾未果サ只望ム珍重珍重

　　　　盤谷

○震澤菊潭共ニ言西京ノ再晤匆々ト成ス別ヲ

瞻戀ノ之思曷ツ勝ニ悵缺ニ僕倚詔ハ

尊公必ズ以テ致ス此ノ言ヲ　公他時面ヤ　翠虛

公　滄浪公願クハ為メテ僕ニ傳ヲ之僕將ニ欲スル傳ヘ

之ヲ而忽ニ擾ノ之中無ク由テ展謁ニ　滄洲

○震澤菊譚別レテ不レ堪、悵然ノ之至ニ今如何　盤谷

滄洲

○無レ恙ヵ上

○謹テ呈ス　　　　吟楓　　　　冨春星應奎拜

滄浪洪公

英風偉譽、早ク聞フ于東方ニ、泰斗之仰、無レ時不レ傾注、為ニ忽チ獲レ晉謁ヲ于左右ニ、渥ク假ス聲邑、風昔苑結瘊照水釋、謹テ製ス俚詞一章ヲ、以テ解ク下懷ヲ、伏テ祈ル、縈庸ッテ賜ヘニ

斤正ヲ

錦帆秋掛ル海東ノ天知ヌ是

詞林第一ノ儂相遇テ立談皆白璧安將テ

眞訣爲吾傳

壬戌仲秋

○走次

次韻ヲ

冨春ノ韻ヲ

滄浪稿

幸披雲霧觀青天佳句吟来字ヘ儘他

日鷄林長紙價　姓名千載定流傳

壬戌仲秋

○再用前韻奉謝

滄浪洪公吟案二

應奎稿

偶獻砥砆謬賜

琬琰飲戴玩賞

詞鋒艶發如青萍之倚天

韻語清華若紅葉之秀水管窺惡

餘馨揄揚哉至于鄙作雖蒙

褒借自念敢非其分感愧交集欽用前

韻以

謝

高教ヲ

高吟髮鬓奏鈞天令日　還看李謫仙自

是江山開氣象ヲ

芳名一夜萬方傳

壬戌仲秋

○謹呈

翠虛成公　吟壇

文彩揚照海洲

雄毫揮慶玉虹流凌霄氣象

聲華重異域長傳千萬秋

星應奎拜

○次ニ謝ス示韻ヲ

冨春ノ

翠虛

彩鷁飄然ニ到ル十洲ニ　停橈テ河口ニ泝ル狂流青

眸開ク處情先ヅ至ル　一笑掀髯碧海ノ秋

壬戌仲秋

○謹テ呈ス

鵬溟李公榻下

星應奎

昻ク聽テ高名ヲ情未ダ通ぜ方今幸ニ得タリ把手

清風ニ

詞源衮〻シテ傾ク三峽ヲ異境千年仰ク杜公ヲ

○次ニ呈ス

冨春居士　案右　　　　　　　鵬濱稿

言語聊將テ筆舌ヲ通ス受　君ヵ標格凛高風ニ

聞説冨春山下ノ佳素心知ヌ　有レ甚ニ慕ニ嚴公ヲ

壬秋下浣

○奉呈

李學士ノ座下ニ　　　　　　　田村三恕

滄濱萬里好風長歎乃遇馳　星使航東

海山川壯觀足幾何秋典入ニ詩囊ニ

○走次

田村公惠韵

鵬濱稿

催歸倍覺驛程長始返滄溟万里航容

子行裝如淡水只將風月冨箕嚢

年未弱冠珠玉成君才可謂無雙

士也各將蕉詞庸報瓊琚須作別後

之容顔君須勤讀將作大儒可嘉

嘉

조선후기 통신사 필담창화집
번역총서를 간행하면서

20세기 초까지 한자(漢字)는 동아시아 사회의 공동문자였다. 국경의 벽이 높아서 사신 외에는 국제적인 교류가 불가능했지만, 문자를 통한 교류는 활발했다. 중국에서 간행된 한문 전적이 이천년 동안 계속 한국과 일본을 비롯한 주변 나라에 전파되었으며, 사신의 수행원들은 상대방 나라의 말을 못해도 상대방 문인들에게 한시(漢詩)를 창화(唱和)하여 감정을 전달하거나 필담(筆談)을 하며 의사를 소통했다.

동아시아 삼국이 얽혀 싸웠던 임진왜란이 7년 만에 끝난 뒤, 조선에 군대를 파견하였던 중국과 일본은 각기 왕조와 정권이 바뀌었다. 중국에는 이민족인 청나라가 건국되고 일본에는 도쿠가와 막부가 세워졌다. 조선과 일본은 강화회담이 결실을 맺어 포로도 쇄환하고 장군이 계승할 때마다 통신사를 파견하여 외교를 회복했지만, 청나라와에도 막부는 끝내 외교를 회복하지 못하고 단절상태가 계속되었다. 일본은 조선을 통해서 대륙문화를 받아들일 수밖에 없었고, 그 방법 중 하나가 바로 통신사를 초청 때에 시인, 화가, 의원 등의 각 분야 전문가를 초청하는 것이었다.

오백 명 규모의 문화사절단 통신사

연암 박지원은 천재시인 이언진(李彦瑱, 1740~1766)이 11차 통신사 수행원으로 일본에 다녀온 지 2년 만에 세상을 뜨자, 이를 애석히 여겨 「우상전」을 지었다. 그 첫머리에 일본이 조선에 다양한 전문가들로 구성된 문화사절단을 파견해 달라고 요청한 사연이 실려 있다.

일본의 관백(關白)이 새로 정권을 잡자, 그는 저축을 늘리고 건물을 수리했으며, 선박을 손질하고 속국의 여러 섬들을 깎아서 자기 소유로 만들었다. 그 밖에도 기재(奇才)·검객(劍客)·궤기(詭技)·음교(淫巧)·서화(書畵)·문학 같은 여러 분야의 인물들을 서울로 모아들여 훈련시키고 계획을 갖추었다. 그런 지 몇 달 뒤에야 우리나라에 사신을 파견해 달라고 요청하였는데, 마치 상국(上國)의 조명(詔命)을 기다리는 것처럼 공손하였다.

그러자 우리 조정에서는 문신 가운데 3품 이하를 골라 뽑아서 삼사(三使)를 갖추어 보냈다. 이들을 수행하는 사람들도 모두 말 잘하고 많이 아는 자들이었다. 천문·지리·산수·점술·의술·관상·무력으로부터 통소 잘 부는 사람, 술 잘 마시는 사람, 장기나 바둑 잘 두는 사람, 말을 잘 타거나 활을 잘 쏘는 사람에 이르기까지, 한 가지 기술로 나라 안에서 이름난 사람들은 모두 함께 따라가게 되었다. 그런데 이들 가운데서도 문장과 서화를 가장 중요하게 여기지 않을 수가 없었다. 왜냐하면 그들은 조선 사람의 작품 가운데 한 글자만 얻어도 양식을 싸지 않고 천리 길을 갈 수 있기 때문이었다.

도쿠가와 이에하루(德川家治)가 쇼군을 계승하자 일본 각 분야의 대표적인 인물들을 에도로 불러들여 조선 사절단 맞을 준비를 시킨 뒤,

"마치 상국의 조서를 기다리는 것처럼 공손하게" 조선에 통신사를 요청하였다. 중국과 공식적인 외교가 단절되었으므로, 대륙문화를 받아들이기 위해 조선을 상국같이 모신 것이다. 사무라이 국가 일본에는 과거제도가 없기 때문에 한문학을 직업삼아 평생 파고든 지식인들이 적어서, 일본인들은 조선 문인의 문장과 서화를 보물같이 여겼다.

조선에서도 국위를 선양하기 위해 여러 분야의 문화 전문가들을 선발하여 파견했는데, 『계림창화집(鷄林唱和集)』이 출판된 8차 통신사(1711년) 때에는 500명을 파견했다. 당시 쓰시마에서 에도까지 왕복하는 동안 일본인들이 숙소마다 찾아와 필담을 나누거나 한시를 주고받았는데, 필담집이나 창화집은 곧바로 출판되어 널리 읽혔다. 필담 창화에 참여한 일본 지식인은 대륙의 새로운 지식을 얻었을 뿐만 아니라, 일본 사회에서 전문가로서의 위상도 획득하였다.

8차 통신사 때에 출판된 필담 창화집은 현재 9종이 확인되었으며, 필담 창화에 참여한 일본 문인은 250여 명이나 된다. 이는 7차까지 출판된 필담 창화집을 모두 합한 것보다 훨씬 많은 수인데, 통신사 파견이 100년 가까이 되자 일본에서도 한문학 지식인 계층이 두터워졌음을 알 수 있다. 8차 통신사에 참여한 일행 가운데 2명은 기행문을 남겼는데, 부사 임수간(任守幹)이 기록한 『동사록(東槎錄)』이나 역관 김현문(金顯門)이 기록한 또 하나의 『동사록』이 조선에 돌아와 남에게 보여주기 위해 일방적으로 쓴 글이라면, 필담 창화집은 일본에서 조선과 일본의 지식인들이 마주앉아 함께 기록한 글이다. 그러기에 타인의 눈을 통해 자신의 모습을 객관적으로 볼 수 있다.

16권 16책의 방대한 분량으로 다양한 주제를 정리한 『계림창화집』

　에도막부 초기의 일본 지식인은 주로 승려였기에, 당연히 승려들이 통신사를 접대하고, 필담에 참여하였다. 그 다음으로 유자(儒者)들이 있었는데, 로널드 토비는 이들을 조선의 유학자와 비교해 "일본의 유학자는 국가에 이용가치를 인정받은 일종의 전문 지식인에 지나지 않았다"고 규정하였다. 그 가운데 상당수는 의원이었으므로 흔히 유의(儒醫)라고 하는데, 한문으로 된 의서를 읽다보니 유학에도 관심을 가지게 된 것이다. 이노 작스이(稻生若水)가 물고기 한 마리를 가지고 제술관 이현과 서기 홍순연 일행을 찾아가서 필담을 나눈 기록이『계림창화집』권5에 실려 있다.

　　　이　현 : 이 물고기는 우리나라의 송어입니다. 조령의 동남 지방에 많이 있어, 아주 귀하지는 않습니다.
　　　홍순연 : 이 물고기는 우리나라의 농어와 매우 닮았습니다. 귀국에도 농어가 있는지 모르겠지만, 이것과 같지 않습니까? 농어가 아니라면 내가 아는 물고기가 아닙니다.
　　　남성중 : 이 물고기는 우리나라 송어입니다. 연어와 성질이 같으나 몸집이 작으며, 우리나라 동해에서 납니다. 7-8월 사이에 바다에서 떼를 지어 강으로 올라가는데, 몸이 바위에 갈려 비늘이 다 떨어져 나가 죽기까지 하니 그 성질을 모르겠습니다.

　그는 일본산 물고기의 습성을 자세히 설명하고 조선에도 있는지 물었지만, 조선 문인들은 이 방면의 전문가들이 아니어서 이름 정도나

추정했을 뿐이다. 홍순연은 농어라고 엉뚱하게 대답하기까지 하였다. 조선 문인이라면 모든 것을 알 수 있을 것이라고 기대했기에 생긴 결과인데, 아직 의학필담으로 분화되기 이전의 형태다. 이 필담 말미에 이노 작스이는 이런 기록을 덧붙여 마무리했다.

> 『동의보감』을 살펴보니 "송어는 성질이 태평하고 맛이 달며 독이 없다. 맛이 진기하고 살지다. 색은 붉으면서 선명하다. 소나무 마디 같아서 이름이 송어이다. 동북쪽 바다에서 난다"고 하였다. 지금 남성중의 대답에 『동의보감』의 설명을 참고하니, '鮇'은 송어와 같은 것이다. 그러나 '송어'라는 이름은 조선의 방언이지, 중화에서 부르는 이름이 아니다. 『팔민통지(八閩通志)』(줄임)『해징현지(海澄縣志)』 등의 책에 모두 송어가 실려 있으나, 모습이 이것과 매우 다르다. 다른 종류인데, 이름이 같을 뿐이다.

기록에서 보듯, 이노 작스이는 다수의 의견에 따라 이 물고기를 '송어'라고 추정한 후, 비교적 자세한 남성중의 대답과『동의보감』의 기록을 비교하여 '송어'로 결론 내렸다. 그런 뒤에 조선의 '송어'가 중국의 송어와 같은 것인지 확인하기 위해 중국의 여러 지방지를 조사한 후, '송어'는 정확한 명칭이 아니라 그저 조선의 방언인 것으로 결론지었다. 양의(良醫) 기두문(奇斗文)에게는 약초를 가지고 기서 필담을 시도하였다.

> 稲生若水 : 이 나뭇잎은 세 개의 뾰족한 끝이 있고 겨울에 시들지 않으며, 봄에 가느다란 꽃이 핍니다. 열매의 크기는 대두만하고, 모여서 둥글게 공처럼 되며, 생길 때는 파랗고, 익으면 자흑색이 됩니다. 나무

에 진액이 있어 엉기면 향이 나고, 색이 붉습니다. 이름은 선인장 나무입니다. (줄임)

　기두문 : 이것이 진짜 백부자(白附子)입니다.

제술관이나 서기들이 경험에 의존해 대답한 것과 달리, 기두문은 의원이었으므로 자신의 지식을 바탕으로 확실하게 대답하였다. 구지 현박사의 연구에 의하면 이노 작스이는 『서물류찬(庶物類纂)』이라는 박물지를 편찬하기 위해 방대한 자료를 수집·고증하고 있었는데, 문화 선진국 조선의 문인에게 서문을 부탁하여, 제술관 이현이 써 주었다. 1,054권이나 되는 일본 최대의 백과사전에 조선 문인이 서문을 써 주어 권위를 얻게 된 것이다.

출판사 주인이 상업적인 출판을 위해 직접 필담에 참여하다

초기의 필담 창화집은 일본의 시인, 유학자, 의원 등 전문 지식인이 번주(藩主)의 명령이나 자신의 정보욕, 명예욕에 따라 필담에 나선 결과물이지만, 『계림창화집』 16권 16책은 출판사 주인이 직접 전국 각 지역에서 발생한 필담 창화 원고들을 수집하여 출판한 것이다. 따라서 필담 창화 인원도 수십 명에 이르며, 많은 자본을 들여서 출판하였다. 막부(幕府)의 어용 서적을 공급하던 게이분칸(奎文館) 주인 세오겐베이(瀬尾源兵衛, 1691~1728)가 21세 청년의 몸으로 교토지역 필담에 참여해 『계림창화집』 권6을 편집하고, 다른 지역의 필담 창화 원고까지 모두 수집해 16권 16책을 출판했을 뿐 아니라, 여기에 빠진 원고들까지 수집해『칠가창화집(七家唱和集)』10권 10책을 출판하였다.

『칠가창화집』은『계림창화속집』이라고도 불렸는데, 7차 사행 때의 최대 필담 창화집인『화한창수집(和韓唱酬集)』4권 7책의 갑절 규모에 해당한다. 규모가 이러하니 자본 또한 막대하게 소요되어, 고쇼모노도 코로(御書物所)인 이즈모지 이즈미노죠(出雲寺 和泉掾) 쇼하쿠도(松栢堂)와 공동 투자하여 출판하였다. 게이분칸(奎文館)에서는 9차 사행 때에도『상한창화훈지집(桑韓唱和塤篪集)』11권 11책을 출판하여, 세오겐베이(瀨尾源兵衛)는 29세에 이미 대표적인 출판업자로 자리매김하게 되었다. 그러나 안타깝게도 38세에 세상을 떠나, 더 이상의 거질 필담 창화집은 간행되지 못했다.

필담창화집 178책을 수집하여 원문을 입력하고 번역한 결과물

나는 조선시대 한문학 연구가 조선 국경 안의 한문학만이 아니라 국경 너머 오가며 외국인들과 주고받은 한자 기록물까지 연구해야 한다는 생각으로, 첫 번째 박사논문을 지도하면서 '통신사 필담창화집'을 과제로 주었다. 구지현 선생은 1763년에 파견된 11차 통신사 구성원들이 기록한 사행록 9종과 필담창화집 30종을 수집하여 분석했는데, 박사학위를 받은 뒤에도 필담창화집을 계속 수집하여 2008년 한국학술진흥재단의 토대연구에『조선후기 통신사 필담창수집의 수집, 번역 및 데이터베이스 구축』이라는 과제를 신청하였다. 이 과제를 진행하면서 우리 팀에서 수집한 필담창화집 178책의 목록과, 우리가 예상

한 작업진도 및 번역 분량은 다음과 같다.

1) 1차년도(2008. 7.~2009. 6.) : 1607년(1차 사행)에서 1711년(8차 사행)까지

연번	필담창화집 책 제목	면 수	1면 당 행수	1행 당 글자 수	예상되는 원문 글자 수
001	朝鮮筆談集	44	8	15	5,280
002	朝鮮三官使酬和	24	23	9	4,968
003	和韓唱酬集首	74	10	14	10,360
004	和韓唱酬集一	152	10	14	21,280
005	和韓唱酬集二	130	10	14	18,200
006	和韓唱酬集三	90	10	14	12,600
007	和韓唱酬集四	53	10	14	7,420
008	和韓唱酬集(결본)				
009	韓使手口錄	94	10	21	19,740
010	朝鮮人筆談幷贈答詩(國圖本)	24	10	19	4,560
011	朝鮮人筆談幷贈答詩(東京都立本)	78	10	18	14,040
012	任處士筆語	55	10	19	10,450
013	水戶公朝鮮人贈答集	65	9	20	11,700
014	西山遺事附朝鮮使書簡	48	9	16	6,912
015	木下順菴稿	59	7	10	4,130
016	鷄林唱和集1	96	9	18	15,552
017	鷄林唱和集2	102	9	18	16,524
018	鷄林唱和集3	128	9	18	20,736
019	鷄林唱和集4	122	9	18	19,764
020	鷄林唱和集5	110	9	18	17,820
021	鷄林唱和集6	115	9	18	18,630
022	鷄林唱和集7	104	9	18	16,848
023	鷄林唱和集8	129	9	18	20,898
024	觀樂筆談	49	9	16	7,056
025	廣陵問槎錄上	72	7	20	10,080
026	廣陵問槎錄下	64	7	19	8,512
027	問槎二種上	84	7	19	11,172

028	問槎二種中	50	7	19	6,650
029	問槎二種下	73	7	19	9,709
030	尾陽倡和錄	50	8	14	5,600
031	槎客通筒集	140	10	17	23,800
032	桑韓醫談	88	9	18	14,256
033	辛卯唱酬詩	26	7	11	2,002
034	辛卯韓客贈答	118	8	16	15,104
035	辛卯和韓唱酬	70	10	20	14,000
036	兩東唱和錄上	56	10	20	11,200
037	兩東唱和錄下	60	10	20	12,000
038	兩東唱和後錄	42	10	20	8,400
039	正德韓槎諭禮	16	10	18	2,880
040	朝鮮客館詩文稿(내용 중복)	0	0	0	0
041	坐間筆語附江關筆談	44	10	20	8,800
042	七家唱和集－班荊集	74	9	18	11,988
043	七家唱和集－正德和韓集	89	9	18	14,418
044	七家唱和集－支機閒談	74	9	18	11,988
045	七家唱和集－朝鮮客館詩文稿	48	9	18	7,776
046	七家唱和集－桑韓唱酬集	20	9	18	3,240
047	七家唱和集－桑韓唱和集	54	9	18	8,748
048	七家唱和集－客館縞綻集	83	9	18	13,446
049	韓客贈答別集	222	9	19	37,962
예상 총 글자수					589,839
1차년도 예상 번역 매수 (200자원고지)					약 8,900매

2) 2차년도(2009. 7.~2010. 6.) : 1719년(9차 사행)에서 1748년(10차 사행)까지

연번	필담창화집 책 제목	면수	1면 당 행수	1행 당 글자 수	예상되는 원문 글자 수
050	客館璀璨集	50	9	18	8,100
051	蓬島遺珠	54	9	18	8,748
052	三林韓客唱和集	140	9	19	23,940
053	桑韓星槎餘響	47	9	18	7,614

054	桑韓星槎答響	106	9	18	17,172
055	桑韓唱酬集1권	43	9	20	7,740
056	桑韓唱酬集2권	38	9	20	6,840
057	桑韓唱酬集3권	46	9	20	8,280
058	桑韓唱和塤篪集1권	42	10	20	8,400
059	桑韓唱和塤篪集2권	62	10	20	12,400
060	桑韓唱和塤篪集3권	49	10	20	9,800
061	桑韓唱和塤篪集4권	42	10	20	8,400
062	桑韓唱和塤篪集5권	52	10	20	10,400
063	桑韓唱和塤篪集6권	83	10	20	16,600
064	桑韓唱和塤篪集7권	66	10	20	13,200
065	桑韓唱和塤篪集8권	52	10	20	10,400
066	桑韓唱和塤篪集9권	63	10	20	12,600
067	桑韓唱和塤篪集10권	56	10	20	11,200
068	桑韓唱和塤篪集11권	35	10	20	7,000
069	信陽山人韓館倡和稿	40	9	19	6,840
070	兩關唱和集1권	44	9	20	7,920
071	兩關唱和集2권	56	9	20	10,080
072	朝鮮人對詩集1권	160	8	19	24,320
073	朝鮮人對詩集2권	186	8	19	28,272
074	韓客唱和/浪華唱和合章	86	6	12	6,192
075	和韓唱和	100	9	20	18,000
076	來庭集	77	10	20	15,400
077	對麗筆語	34	10	20	6,800
078	鳴海驛唱和	96	7	18	12,096
079	蓬左賓館集	14	10	18	2,520
080	蓬左賓館唱和	10	10	18	1,800
081	桑韓醫問答	84	9	17	12,852
082	桑韓鏘鏗錄1권	40	10	20	8,000
083	桑韓鏘鏗錄2권	43	10	20	8,600
084	桑韓鏘鏗錄3권	36	10	20	7,200
085	桑韓萍梗錄	30	8	17	4,080
086	善隣風雅1권	80	10	20	16,000
087	善隣風雅2권	74	10	20	14,800
088	善隣風雅後篇1권	80	9	20	14,400

089	善隣風雅後篇2권	74	9	20	13,320
090	星軺餘轟	42	9	16	6,048
091	兩東筆語1권	70	9	20	12,600
092	兩東筆語2권	51	9	20	9,180
093	兩東筆語3권	49	9	20	8,820
094	延享五年韓人唱和集1권	10	10	18	1,800
095	延享五年韓人唱和集2권	10	10	18	1,800
096	延享五年韓人唱和集3권	22	10	18	3,960
097	延享韓使唱和	46	8	14	5,152
098	牛窓錄	22	10	21	4,620
099	林家韓館贈答1권	38	10	20	7,600
100	林家韓館贈答2권	32	10	20	6,400
101	長門戊辰問槎 상권	50	10	20	10,000
102	長門戊辰問槎 중권	51	10	20	10,200
103	長門戊辰問槎 하권	20	10	20	4,000
104	丁卯酬和集	50	20	30	30,000
105	朝鮮筆談(元丈)	127	10	18	22,860
106	朝鮮筆談1권(河村春恒)	44	12	20	10,560
107	朝鮮筆談1권(河村春恒)	49	12	20	11,760
108	韓客對話贈答	44	10	16	7,040
109	韓客筆譚	91	8	18	13,104
110	韓人唱和詩	16	14	21	4,704
111	韓人唱和詩集1권	14	7	18	1,764
112	韓人唱和詩集1권	12	7	18	1,512
113	和韓文會	86	9	20	15,480
114	和韓唱和錄1권	68	9	20	12,240
115	和韓唱和錄2권	52	9	20	9,360
116	和韓唱和附錄	80	9	20	14,400
117	和韓筆談薰風編1권	78	9	20	14,040
118	和韓筆談薰風編2권	52	9	20	9,360
119	鴻臚傾蓋集	28	9	20	5,040
예상 총 글자수					723,730
2차년도 예상 번역 매수 (200자원고지)					약 10,850매

3) 3차년도(2010. 7.~ 2011. 6.) : 1763년(11차 사행)에서 1811년(12차 사행)까지

연번	필담창화집 책 제목	면수	1면당 행수	1행당 글자수	예상되는 원문 글자수
120	歌芝照乘	26	10	20	5,200
121	甲申槎客萍水集	210	9	18	34,020
122	甲申接槎錄	56	9	14	7,056
123	甲申韓人唱和歸國1권	72	8	20	11,520
124	甲申韓人唱和歸國2권	47	8	20	7,520
125	客館唱和	58	10	18	10,440
126	鷄壇嚶鳴 간본 부분	62	10	20	12,400
127	鷄壇嚶鳴 필사부분	82	8	16	10,496
128	奇事風聞	12	10	18	2,160
129	南宮先生講餘獨覽	50	9	20	9,000
130	東渡筆談	80	10	20	16,000
131	東槎餘談	104	10	21	21,840
132	東游篇	102	10	20	20,400
133	問槎餘響1권	60	9	20	10,800
134	問槎餘響2권	46	9	20	8,280
135	問佩集	54	9	20	9,720
136	賓館唱和集	42	7	13	3,822
137	三世唱和	23	15	17	5,865
138	桑韓筆語	78	11	22	18,876
139	松菴筆語	50	11	24	13,200
140	殊服同調集	62	10	20	12,400
141	快快餘響	136	8	22	23,936
142	兩東鬪語乾	59	10	20	11,800
143	兩東鬪語坤	121	10	20	24,200
144	兩好餘話상권	62	9	22	12,276
145	兩好餘話하권	50	9	22	9,900
146	倭韓醫談(刊本)	96	9	16	13,824
147	倭韓醫談(寫本)	63	12	20	15,120
148	栗齋探勝草1권	48	9	17	7,344
149	栗齋探勝草2권	50	9	17	7,650
150	長門癸甲問槎1권	66	11	22	15,972

151	長門癸甲問槎2권	62	11	22	15,004
152	長門癸甲問槎3권	80	11	22	19,360
153	長門癸甲問槎4권	54	11	22	13,068
154	萍遇錄	68	12	17	13,872
155	品川一燈	41	10	20	8,200
156	表海英華	54	10	20	10,800
157	河梁雅契	38	10	20	7,600
158	和韓醫談	60	10	20	12,000
159	韓客人相筆話	80	10	20	16,000
160	韓館應酬錄	45	10	20	9,000
161	韓館唱和1권	92	8	14	10,304
162	韓館唱和2권	78	8	14	8,736
163	韓館唱和3권	67	8	14	7,504
164	韓館唱和續集1권	180	8	14	20,160
165	韓館唱和續集2권	182	8	14	20,384
166	韓館唱和續集3권	110	8	14	12,320
167	韓館唱和別集	56	8	14	6,272
168	鴻臚摭華	112	10	12	13,440
169	鷄林情盟	63	10	20	12,600
170	對禮餘藻	90	10	20	18,000
171	對禮餘藻(明遠館叢書 57)	123	10	20	24,600
172	對禮餘藻(明遠館叢書 58)	132	10	20	26,400
173	三劉先生詩文	58	10	20	11,600
174	辛未和韓唱酬錄	80	13	19	19,760
175	接鮮瘖語(寫本)1	102	10	20	20,400
176	接鮮瘖語(寫本)2	110	11	21	25,410
177	精里筆談	17	10	20	3,400
178	中興五侯詠	42	9	20	7,560
예상 총 글자수					786,791
3차년도 예상 번역 매수 (200자원고지)					약 11,800매

1차년도에는 하우봉(전북대) 교수와 유경미(일본 나가사키국립대학) 교수를 공동연구원으로 하여 고운기, 구지현, 김형태, 허은주, 김용흠 박

사가 전임연구원으로 번역에 참여하였다. 3년 동안 기태완, 이지양, 진영미, 김유경, 김정신, 강지희 박사가 연구원으로 교체되어, 결국 35,000매나 되는 번역원고를 마무리하였다.

일본식 한문이 중국식 한문과 달라서 특히 인명이나 지명 번역이 힘들었는데, 번역문에서는 독자들이 읽기 쉽도록 한국식 한자음으로 표기하고, 첫 번째 각주에서만 일본식 한자음을 표기하였다. 원문을 표점 입력하는 방법은 고전번역원에서 채택한 방법을 권장했지만, 번역자마다 한문을 교육받고 번역해온 과정이 다르기 때문에 재량을 인정하였다. 원본 상태를 확인하려는 연구자를 위해 영인본을 뒤에 편집하였는데, 모두 국내외 소장처의 사용 승인을 받았다.

원문과 번역문을 합하여 200자원고지 5만 매 분량의『조선후기 통신사 필담창화집 번역총서』를 12,000면의 이미지와 함께 편집하고 4차에 나누어 10책씩 출판하는 과정이 복잡하고 힘들었기에, 연세대학교 정갑영 총장에게 편집비 지원을 신청하였다.『조선후기 통신사 필담창수집 번역본 30권 편집』정책연구비(2012-1-0332)를 지원해주신 정갑영 총장에게 감사드린다.

『조선후기 통신사 필담창화집 번역총서』를 편집하는 과정에 문화재청으로부터『통신사기록 조사 및 번역, 데이터베이스 구축』연구용역을 발주받게 되어, 필담창화집을 비롯한 통신사 관련 기록을 세계기록유산으로 등재하는 작업에 참여하게 된 것도 기쁜 일이다. 통신사 관련 기록들이 모두 데이터베이스로 구축되어 국내외 학자들이 한일문화교류, 나아가서는 동아시아문화교류 연구에 손쉽게 참여하게 된다면『통신사 필담창화집 번역총서』의 사명을 다하는 것이라고 생각한다.

조선후기 통신사가 동아시아 문화교류 연구에 중요한 이유는 임진왜란 이후에 중국(청나라)과 일본의 단절된 외교를 통신사가 간접적으로 이어주었기 때문이다. 통신사 필담창화집 번역총서 60권 출판이 마무리되면 조선후기에 한국(조선)과 중국(청나라) 지식인들이 주고받은 척독집 40여 권도 데이터베이스로 구축하여, 일본에서 조선을 거쳐 청나라로 이어지는 '동아시아 문화교류의 길' 데이터베이스를 국내외 학자들에게 제공하고자 한다.

■ 구지현(具智賢)

1970년 천안 눈돌 출생.

연세대학교 국문과를 졸업한 후 동대학원에서 석박사를 취득하였고, 한국고전번역원에서 한문을 공부하였으며, 일본 게이오대학 방문연구원(일한문화교류기금 펠로우십)을 거쳤다.

현재 연세대학교 국학연구원 학술연구교수.

주요논저로는『1763년 계미통신사 사행문학연구』(보고사),『통신사 필담창화집의 세계』등이 있다.

조선후기 통신사 필담창화집 번역총서 3

和韓唱酬集 一

2013년 7월 26일 초판 1쇄 펴냄

역　자 구지현
발행인 김흥국
발행처 도서출판 보고사

등록 1990년 12월 13일 제6-0429호
주소 서울특별시 성북구 보문동7가 11번지 2층
전화 922-5120~1(편집), 922-2246(영업)
팩스 922-6990
메일 kanapub3@naver.com
http://www.bogosabooks.co.kr

ISBN 979-11-5516-058-9　94810
　　　　979-11-5516-055-8 (세트)
ⓒ 구지현, 2013

정가 23,000원

이 도서의 국립중앙도서관 출판시도서목록(CIP)은 서지정보유통지원시스템 홈페이지(http://seoji.nl.go.kr)와 국가자료공동목록시스템(http://www.nl.go.kr/kolisnet)에서 이용하실 수 있습니다. (CIP제어번호: CIP2013012708)